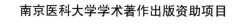南京医科大学学术著作出版资助项目

威廉·福克纳
小说叙事艺术研究

张曦 著

中国社会科学出版社

图书在版编目(CIP)数据

威廉·福克纳小说叙事艺术研究 / 张曦著 . —北京：中国社会科学出版社，2017.3

ISBN 978 - 7 - 5161 - 9833 - 9

Ⅰ.①威…　Ⅱ.①张…　Ⅲ.①福克纳（Faulkner，William 1897—1962）- 小说研究　Ⅳ.①I712.074

中国版本图书馆 CIP 数据核字（2017）第 025289 号

出 版 人	赵剑英
责任编辑	曲弘梅
责任校对	张依婧
责任印制	戴　宽

出　　版	中国社会科学出版社
社　　址	北京鼓楼西大街甲 158 号
邮　　编	100720
网　　址	http://www.csspw.cn
发 行 部	010 - 84083685
门 市 部	010 - 84029450
经　　销	新华书店及其他书店

印刷装订	北京君升印刷有限公司
版　　次	2017 年 3 月第 1 版
印　　次	2017 年 3 月第 1 次印刷

开　　本	710×1000　1/16
印　　张	15.75
插　　页	2
字　　数	232 千字
定　　价	69.00 元

凡购买中国社会科学出版社图书，如有质量问题请与本社营销中心联系调换
电话：010 - 84083683

序　言

Professor Zhang Xi begins this original and provocative study of William Faulkner by situating the writer within a central aesthetic dynamic of the traditional and the modern. The division corresponds with the central historical dynamic that governed Faulkner's life as well as his work, namely, the relationship between the ante-bellum Southern world and the twentieth-century contemporary world. Like many Southerners, Faulkner was deeply sensitive to the "Lost Cause" mentality that viewed the antebellum South and the Civil War fought to defend it as an era of mythic proportions that subsequent generations would never be able to match. What made Faulkner distinctive within this "Lost Cause" backward look, was his equal fascination with his contemporary, modern world, a world that was trying to forget rather than remember, trying to break away, not only from Southern infatuation with the past, but from everything that the past stood for. The historical division became in Faulkner's work an aesthetic and thematic division that provided it with an extraordinary tension, at times approaching an almost unbearable intensity. Such division is the source of much of the difficulty in reading Faulkner, since he could never fully heal that tension, virtually the source of his power and profundity.

Professor Zhang Xi explores the tension primarily in terms of different aesthetic and thematic levels, what, in very general terms, he calls the lyrical style and the realistic style. The lyrical style, especially vivid in Faulkner's use of "long sentence" stream-of-consciousness, is subjective, meditative, and is characterized by incessant qualification, the "flourishing modifiers" that extend the action, but delay its completion. The lyric style is what Professor Zhang Xi calls the "contemplative" style, derived from romantic and French symbolist poetry, revealing a character's psychological depths rather than his or her determination to alter the conditions that have created them.

The realistic style is what Professor Zhang Xi calls the "long-distance perspective," characterized by shorter sentences, a more detached, often comedic account of its material, and a focus on the possibility of productive change in a character's human affairs. Realism serves as a counterpoint to the lyrical, rescuing the text from its subjective, sometimes neurotic depths, and situating it in a plausible world in which contemplation might realize itself in significant action. While the complete reconciliation of these two forces is rare in Faulkner's work, their very existence as potentially complementary forms of expression and action provides an element of hope in the fiction.

In the history of Faulkner criticism there are many studies of the fiction that focus on the narrative thrust, the way in which characters carry out their projects, successfully or not, as well as a few cogent studies of the poetry. Professor Zhang Xi's special contribution to Faulkner studies is his ability to focus on the "poetry" of the fiction, what happens when the lyric mode becomes central to that narrative thrust through the use of "qualifiers" that not only add description to the narratives but also character depth to the extent that "qualification" becomes a character in itself, fully implicating (and implicated by) the process of dramatic event. To some extent this is characteristic of James Joyce's Ulysses, the difference being that action in Faulkner is far more robust than in Joyce, in whose work lyric might be said to overcome the "realism" of novelistic action.

In addition to this emphasis, perhaps Professor Zhang Xi's most original insight into Faulkner is his argument that the dual style of lyric and realism begins in the writer's one-act verse play, *The Marionettes*, written in

1920. Pairing the play with the novel, *As I Lay Dying*, Professor Zhang Xi identifies a structure that exemplifies that lyric/ realistic division: an interior level of "core/family speakers as lyric chanters" and an exterior level of "outer/ neighbor speakers as story tellers." This multiple perspective can be found in *The Marionettes*, as well as in Oscar Wilde's *Salome* and the poetry of Browning and Tennyson. The interior "chanting" style incorporates the frequent qualifiers of the lyric mode, virtually making the act of qualification into the protagonist of the sentence. Action is suspended; the sentence "spreads stagnantly on a static plane." As the hero and heroine of the verse drama chant their relationship of union and separation, the unnamed choral figures signal the simple plot of seasonal change. As an example of what Professor Zhang Xi refers to as "the contrasting relationship between exquisitely conceived scenes connected by a simple plot," *The Marionettes* initiates what will become Faulkner's "basic structural frame."

In *As I Lay Dying*, the members of the Bundren family, in separate monologues unknown to the others, explore the significance of Addie's death from their individual perspectives, while the chorus of neighbors and townspeople provide description of the death itself, which constitutes the basic narrative of the novel. From this outside perspective comes a larger, more encompassing view of the entire social, geographical, and cultural context of the Bundrens: "the noisy sound of the underclass." The novel thus is a major step in Faulkner's need to incorporate in coherent form the inner, lyric monologues of the characters and the outer choral figures that "prompt the course of the story."

These tensions, and Faulkner's different handling of them are the central concerns of Professor Zhang Xi's study. In *Light in August*, for example, there is a central figure, Joe Christmas, who functions as the chanter, his voice and psychic struggle for identity a version of the lyric monologue, while a series of outside "supporting roles report the story from a traditional point of view," bringing the plot of the novel forward. It is in *Absalom, Ab-*

salom! however, that Faulkner most successfully brings these clashing forces together. The technique of "suspension" can sometimes seem to halt narrative action entirely, as if forbidding an ending and therefore a productive result to human effort. Such suspension, however, creating a sense of past, present, and future all equally deferred, can also imply possibility and therefore hope. Each time zone becomes "a moment bearing the past and simultaneously looking forward."

With the help of Professor Zhang Xi's emphases, we can see a prevalent structure in Faulkner's fiction that seems to me to provide an important and useful insight in how to read it. The relation between main clauses and qualifying clauses in Faulkner'ssentences reflects a division that characterizes all his work. Within the sentences there is what I would call a horizontal thrust, a movement forward toward utterance that completes a thought, an action, ultimately a human life. Within that horizontal thrust, however, there invariably intrude the vertical dives downward—the complications, the contexts of all action, the history, the built and natural world, in a word everything that implicates forward motion. And so we move through a Faulkner text haltingly, a step or two forward followed by several steps downward. On the one hand, the movement forward is unintelligible, possibly pointless without the complementary context, which explains how and why the movement has been undertaken. On the other hand, the vertical interruption, the dip downward, while filling in the gaps, illuminating the forward movement, can become a form of paralysis, death by drowning, if it cannot return to the surface to complete the verb, to make a full sentence. The tensions of past and present, meditation and narrative, tradition and originality, are the central experiences of reading Faulkner, an experience that Professor Zhang Xi has greatly enriched with this study.

Donald M. Kartiganer

Professor of Faulkner Studies Emeritus

University of Mississippi

目 录

绪　论

福克纳研究已经经历了大半个世纪，从最初的无人问津到如今已经获得了五千部以上学术专著的关注。福克纳作为美国文学的代表作家，已经超越了马克·吐温和海明威，在英美批评界成为了仅次于莎士比亚的研究热点。"伟大作家都具有某种普遍魅力和高度，这与其说来自于某个国家甚至世界范围的对其创作中永恒价值的认同，不如说是他们的创作具有的满足不同时代读者需要的中肯。"① 从这个意义上讲，如同说不尽的莎士比亚，评论对福克纳的阐释，也是说不尽的。

第一节　国外研究状况

国外的福克纳研究起始于 20 世纪 30 年代。萨特是较早肯定福克纳成就的权威评论家，曾以其"坐在车上向后看"的著名比喻表达了对福克纳的最早也最直观的评论。马尔柯姆·考利的《〈袖珍本福克纳文集〉序》（*The Portable Faulkner*，1946）带有社会学方法的论述，其实是一系列偏重研究福克纳作品社会历史内涵的研究著作的肇端，这一思路在现今许多运用后现代主义理论的研究中仍然闪烁。作为最早发现福克纳价值并助其树立威望的美国评论家之一，考利与福克纳的信件和回忆至今仍是研究福克纳的重要资料。指责考利只对福克纳小说中人物的社会关系作简单化的分析的克林斯·布鲁克斯，也

① Robert W. Hamblin, ed., *William Faulkner Encyclopedia*, Westport: Greenwood Publishing Group, 1999, p. 9.

是早期评论家中极重要的一位，他与罗伯特·沃伦同为南方文艺复兴的主要鼓吹者以及新批评派的代表，他们对福克纳艺术手法及与南方文学的关系卓有成效的分析，开启了福克纳评论的另一个重要领域。考虑到新批评本身就是现代主义文学批评理论的主要流派，可以认为，布鲁克斯无疑为许多揭示福克纳创作的现代主义色彩或是运用现代主义手段研究福克纳的论述提供了直接或触类旁通的榜样。布鲁克斯、沃伦与福克纳同为南方文艺复兴中评论与创作的两翼，他们对福克纳的研究无疑是早期对福克纳创作最可靠的注解。

在此之后，随着《袖珍本福克纳选集》的出版和福克纳获得了1949 年的诺贝尔文学奖，福克纳研究越来越兴盛。今天看来，对福克纳的研究大致经历了三个时期。

一　20 世纪 40 年代至 60 年代

从 20 世纪 40 年代开始到 60 年代末是国外福克纳研究的第一个时期。这一阶段，在综合性的研究论著方面，克林斯·布鲁克斯的《威廉·福克纳：约克纳帕塔法乡》（*William Faulkner：Toward Yoknapatawpha Country*, 1963）和米契尔·米尔盖特的《威廉·福克纳的成就》（*The Achievement of William Faulkner*, 1963）代表了福克纳研究的最高水平。詹姆斯·马利维斯评价这两部风格迥异的著作"提供了任何福克纳综合研究的起始空间，在其他的研究路子耗尽后，所有的研究还将回到这里"①，足以说明其里程碑地位。

布鲁克斯秉承新批评的宗旨，将作品作为"某种静态的、成形不变的东西"，在对十四部小说的研究中绝少提及福克纳的创作背景和他人资料，在几乎完全凭借超人的艺术感受力向读者举隅了各种文学元素如何融入福克纳小说中之后，他得出结论：福克纳用一个浓缩了极高现实性的虚构世界展示了"人类精神追求终极价值的能力与可能性"。虽然诗人出身的他在资料细节的考证上不够准确，但他出色解

---

① James B. Meriwether, "William Faulkner", in Jackson R. Bryer（ed.）*Sixteen modern American authors*. New York：Norton Library, 1973, p. 232.

折之作，小说奇怪的结构向来引人注意。罗伯特·斯勒贝在《八月之光中的神话与仪式》（"Myth and Ritual in *Light in the August*"，1960）中认为小说实际上依照了包括基督教和其他异教神话元素在内的结构。小说视角和相关的考据工作则引起了克里斯丁·莫里森、米尔盖特和维克里的兴趣。相比之下，布鲁克斯对小说乡土意义的评价则更切中作品在福克纳创作生涯中由现代主义向乡土文学回归的转向意义。

　　《押沙龙，押沙龙！》（*Absalom*，*Absalom*！，1936）是《喧哗与骚动》之后福克纳的创作巅峰。米尔盖特、布鲁克斯、维克里三位大家围绕小说的论证尤为精彩。米尔盖特无孔不入地考证出在这部小说的创作中福克纳吸收了很多编辑的意见，这些来源复杂的元素被他一条条梳理出来。布鲁克斯认定萨德本实则美国式的悲剧人物，南方只是作为背景存在而已。这种让美国来承担南方的阴郁的企图遭到维克里针锋相对的否定，她认定萨德本就是南方的畸胎。罗伯特·诺克斯的《威廉·福克纳的〈押沙龙，押沙龙！〉》（"William Faulkner's *Absalom*，*Absalom*！"，1959）是对米尔盖特考证风格的深入，罗伯特·佐勒的《福克纳在〈押沙龙，押沙龙！〉中的散文风格》（"Faulkner's Prose Style in *Absalom*，*Absalom*！"，1959）以及厄斯·杜索尔·林德的《〈押沙龙，押沙龙！〉的构思与意义》（"The Design and Meaning of *Absalom*，*Absalom*！"，1955）从不同的角度研究了小说的艺术形式。

　　在相对"次要"的作品中，《圣殿》（*Sanctuary*，1931）的争议最多，多是围绕小说的道德水准展开。具体可见奥布里·威廉斯的《福克纳笔下清白的谭波尔》（"William Faulkner's 'Temple' of Innocence"，1960）以及詹姆斯·塞弗的《谭波尔·德雷克纠缠的性欲》（"The tangled Sexuality of Temple Drake"，1962）。《没有被征服的》（*The Unvanquished*，1938）被忽视多年，但米尔盖特却将它与其他作品联系，以充分的证据表明其与《沙多里斯》（*Sartoris*，1929）和《村子》（*The Hamlet*，1940）有同源关系，是福克纳创作精神发展的三部曲之一。《野棕榈》（*The Wild Palms*，1939）在长期被人指责为"结构随意"之后，终于有 W. T. 朱克斯的《福克纳〈野棕榈〉中的对位》（"Counterpoint in Faulkner's *The Wild Palms*"，1961）以及 W.
R. 摩西的《〈野棕榈〉的整体性问题》（"The Unity of *The Wild
Palms*"，1956）等论文出现，论证了福克纳这部小说具有精心构思的
艺术结构。

　　《村子》与《去吧，摩西》（*Go Down, Moses*，1942）是福克纳
晚年最重要的作品，获得的关注也更多。珀西·亚当《在福克纳的三
部曲中作为结构与主题的幽默》（"Humor As Structure and Theme in
Faulkner's trilogy"，1964）敏锐地感受到福克纳在《村子》中向幽默
传统的回归。约瑟夫·哥尔德与威廉·帕莫分别在《斯诺普斯主义的
常态：福克纳〈村子〉的普遍主题》（"The 'Normality' of Snope-
sism：Universal Themes in Faulkner's *The Hamlet*"，1962）、《斯诺普斯
的庸俗世界》（"The Mechanistic World of Snopes"，1967）中分析了弗
莱姆的物质主义。《去吧，摩西》一直被视作短篇小说的结合，持这
一论点的代表人物是布鲁克斯。不过米尔盖特继续从版本和相关资料
入手，断言作品确实是写作意图完整的小说。詹姆斯·迈拉德则从小
说与圣经节奏的内在一致性得出了与米尔盖特相似的结论。《熊》是
该书中最受关注的一篇，神话、视角、语言风格都不乏论者。亚历山
大·科恩的《福克纳〈熊〉中的评论与象征》（"Myth and Symbol in
Criticism of Faulkner's 'The Bear'"，1963），托马斯·伍特贝克的
《福克纳的视角与艾克·麦卡斯林的年表》（"Faulkner's Ponit of View
and the Chronicle of Ike McCaslin"，1962）都是这方面的代表。

　　此外福克纳的其他一些作品，如《坟墓闯入者》（*Intruder in the
Dust*，1948）、《故事集》（*Collected stories*，1950）、《修女安魂曲》
（*Requiem for a Num*，1951）等，也都得到专门的研究，但限于作品自
身的影响，成就不大。

　　在专著与论文之外，这一时期福克纳研究的一大亮点是资料索引
和传记整理工作的成就。

　　1957 年普林斯顿版的《福克纳目录》（*William Faulkner：A Check
List*，1957）是最早的索引资料，作者詹姆斯·马利维斯列出了福克
纳公开发表的各种作品和相关研究资料。罗伯特·丹尼尔的《福克纳

作品目录》（*A Catalogue of the Writings of William Faulkner*, 1942）则补充了大量未发表的早期作品的版本。另外，福克纳本人也曾亲自收集了自己的创作，这部珍贵手稿现存普林斯顿大学图书馆。

值得一提的是弗里德里克·霍夫曼和维克里合编的《威廉·福克纳：二十年评论》（*William Faulkner: Two Decades of Criticism*, 1951）和《威廉·福克纳：三十年评论》（*William Faulkner: Three Decades of Criticism*, 1960），这两部相隔十年的评论集开创了每十年总结一次福克纳评论研究的传统，至 2002 年已出到《六十年评论》。其间主编更迭，但文集的体例大致稳定，一般由十年间的评论方法、评论热点、作品研究、形式研究等几大块组成。除了第一部罗列了太多没有价值的评论之外，后来的续集皆能去粗取精，勾勒一个时代的福克纳研究进展。《三十年评论》是如此出色，以至于同时期罗伯特·沃伦的《福克纳评论集》（*Faulkner: A Collection of Critical Essays*, 1967）相比之下也显得不够准确，特别是后者把福克纳归入重农派，似乎非福克纳本人所愿意。佩兰·洛威尔的《福克纳作品在美国的批评接受》（"The Critical Reception of William Faulkner's Work in the United States", 1956）和 O. B. 爱默生的《福克纳在美国的文学声誉》（"William Faulkner's Literary Reputation in Amercia", 1962）摘引了大量评论原文，是对福克纳早期研究史比较好的描述。

资料整理的另一个亮点是访谈类资料汇编。迄今为止最有价值的四部福克纳访谈录全部诞生于这个时期。分别是马尔科姆·考利的《福克纳－考利档案：通信与回忆》（*The Faulkner-Cowley File: Letters and Memories*, 1944—1962, 1966），约瑟夫·丰特与罗伯特·阿什利比安合编的《福克纳在西点》（*Faulkner at the West point*, 1964），弗里德里克·格温、约瑟夫·布罗特纳版《福克纳在大学》（*Faulkner in the University*, 1959），以及詹姆斯·马利维斯与米尔盖特编写的《园中之狮》（*Lion in the Garden*, 1968）。另外，福克纳著作版本的校勘也完成于这个时期。詹姆斯·马利维斯在《福克纳的文本：介绍与注释》（"The Text of Faulkner's Books: An Introduction and Some Notes", 1963）一文中介绍了福克纳小说各个版本的可靠性和价值。

卡沃·克林斯则在《新奥尔良素描》（*New Orleans Sketches*，1968）和
《早期散文与诗歌》（*Early Prose and Poetry*，1962）中汇编了福克纳
学徒时代的各种作品，为研究福克纳早期创作提供了可靠依据。

传记是福克纳研究的传统领域。《我的兄弟比尔》（*My Brother
Bill*，1963）和《密西西比的福克纳一家》（*The Faulkners of Mississip-
pi*，1967）是福克纳的两位亲人约翰和玛瑞的手笔，虽然文学性不
高，但其中许多生活细节和不载于公开文献的回忆是研究福克纳早期
生活的重要辅助资料。约瑟夫·布罗特纳的《福克纳传》（*Faulkner*：
A Biography，1969），是公认最好的版本，其细节之准确、评述之精
妙使之获得了"官方传记"的美誉。① 还有一些对福克纳某一人生阶
段考察的传记也有趣味性。比如布罗特纳后来又写过《福克纳在好莱
坞》（"Faulkner in Hollywood"，1961），评述这位作家在好莱坞写剧
本的经历。米尔盖特则与戈登·史蒂芬合编了《福克纳与皇家空军》
（"Faulkner and the Royal Air Force"，1964），详细记录了福克纳在加
拿大接受空军培训的过程，随后意犹未尽的米尔盖特还补写了《福克
纳在多伦多：补充传记》（"Faulkner in Toronto：A Further note"，
1968）。家族与家乡作为融入福克纳的乡土创作中的元素，也受到传
记研究者的青睐。唐纳德·杜克罗斯的《悲伤的孩子：福克纳上校的
生平、作品及影响》（"Son of Sorrow：The Life，Works，and Influence
of Colonel William C. Faulkner"，1962），仔细描述了福克纳的曾祖传
奇性的一生对作家的影响。《奥克斯福是福克纳小说中的原型吗?》
（"Is Oxford the Original of Jefferson in William Faulkner's Novels?"，
1962）是 G·T·巴克利研究奥克斯福和杰弗生之间相似之处的论文。
詹姆斯·韦伯和维格弗·格林的专著《奥克斯福的威廉·福克纳》
（*William Faulkner of Oxford*，1965）则饶有趣味地讲述了福克纳在镇
上的趣事。福克纳的中学同学约翰·卡伦也写了一本《福克纳乡野上
的旧时光》（*Old Times in the Faulkner Country*，1961）。这些回忆性的

---

① 此传记 1974 年曾再版，作者又作了重大补充和调整。因而，《福克纳传》有第一、
第二版之分。

文献都有一定的资料价值。

福克纳研究的第一个时期正值新批评盛行，作者的思想、创作主题、作品形式、艺术风格在专著、论文、传记、访谈、考据等不同形式的研究下得到深入发掘。特别是适合新批评发挥的形式与风格研究，为读者提供了体验福克纳古怪文本中诗情画意的可靠解读。这时期已出现了很多代表性的研究者和批评思路，比如布鲁克斯和米尔盖特的综合研究、乔治·科恩的神话研究、沃伦·贝克的风格研究、查尔斯·安德森的道德观研究、布洛克纳的传记资料研究等，他们的研究为后人树立了榜样。传记、资料与版本的整理工作在这个时期的完成则为日后的研究提供了坚实的材料基础，同时也出现了像马利维斯这样的版本专家。

二　20世纪60年代至80年代

约翰·巴塞特编写《福克纳：近期评论目录注释》（*Faulkner*：*An Annotated Checklist of Recent Criticism*，1983）时，把1966年作为文章编目的分界线。他说自己"有些武断"，只是凭感觉这样做。但现今看来，这是对变化中新的批评倾向的敏感。① 60年代末正是后现代主义开始在文艺评论中萌芽的时期，从60年代末到80年代初，福克纳研究体现着多种批评思路的交替与转换。

这个时期，随着福克纳很多未发表的作品和私人信件的公开，很多评论开始将其看作现代主义的范例和某种理论模式、技术手法的代表，这细微的变化意味着这些评论逐渐将现代主义作为一个对象加以观照，福克纳的文本成了这种观照的途径而非本体。

乔治·佰德在《基尔凯郭尔与福克纳：存在的变迁》（*Kierkeg-aard and Faulkner*：*Modalities of Existence*，1972）中从宗教、文学的角度探讨了现代主义的危机，福克纳的小说主题作为背景资料被用于存在主义核心概念的推演。这部70年代早期的论著为后来众多把福克

---

① John Earl Bassett, *Faulkner*：*An Annotated Checklist of Recent Criticism*, The Kent State University Press, 1983, p. X.

纳作品作为证明社会问题的资料的研究开了头。约翰·艾尔文的《重复与乱伦，循环与复仇：对福克纳的推测性解读》（*Doubling and In-cest/Repetition and Revenge: A Speculative Reading of Faulkner*, 1975）则更明确地体现了新的时代动向。这部以拉康、结构主义、尼采学说为方法论的批评，采样《喧哗与骚动》和《押沙龙，押沙龙!》中的昆丁，总体上站在精神分析的角度，但又借鉴后现代主义理论，梳理了小说中的父子关系和循环模式。

种族问题在这个时期得到比以往更多的重视，这与黑人民权运动的社会背景是分不开的。麦拉·杰赫伦的《福克纳笔下南方的阶级与形象》（*Class and Character in Faulkner's South*, 1976）认为种植园主与自耕农矛盾是福克纳小说的中心主线，但福克纳对于种族和阶级的构想则来源于自己的想象。维克特·斯丹博格则在《福克纳总论：六个视角》（*A Faulkner Overview: Six Perspectives*, 1981）中指出：福克纳笔下的黑人总不能摆脱传统正义感的束缚，这是福克纳的局限。查尔斯·皮维在《福克纳与种族》（*Faulkner and the Race*, 1971）中借福克纳的文本讨论了混血、奴隶制、种族主义、种族隔离等社会问题。女性主义的兴起在福克纳评论中则表现为女性形象的独立意义被彰显出来。萨利·佩奇在 1972 年写的《福克纳的女性：形象化与意义》（*Faulkner's Women: Characterization and Meaning*, 1972）直陈福克纳笔下的女性形象不仅是呆板的模式，相对于男性的破坏性的生命原则，女性滋养性的生命原则使她们成为大地的保护者。这部得到布鲁克斯力赞的论著给福克纳的文学史评价加上了重彩的一笔，但如此高的女性主义定位是否为福克纳创作意图的本意就不得而知了。大卫·威廉斯的《福克纳的女性：神话与缪斯》（*Faulkner's women: The Myth and the Muse*, 1977）将原型批评引入福克纳笔下的女性形象研究，以神话原型为纲描述了女性形象在小说中的变迁，这是新时期文学理论在批评中的运用。

阐释多于研究，这种新倾向在这一时期的论著中非常明显，但是，旧的琴弦既然已被拨过，它的余响便不会在新时代完全消散。形式研究虽然受到后现代主义批评的冲击，但它与艺术的接近保证了自己不会过时。弗朗西斯·皮塔费，虽然来自后现代主义的发源地法国，却以新批评的细读讨论了《八月之光》的结构、技巧、形象与景物，细致发掘了福克纳"真正意义上的独创"——对位结构。埃德文·亨特《威廉·福克纳：叙事实践与散文风格》（*William Faulkner：Narrative Practice and Prose Style*，1973）中同样以细读方式讨论作家的修辞习惯、叙事技巧与风格。约瑟夫·瑞德和托马斯·麦克哈里分别在《福克纳的叙事》（*Faulkner's Narrative*，1973）和《福克纳的〈野棕榈〉》（*William Faulkner's The Wild Palms*，1975）中以研究了小说的构成和作者在复杂的结构中对对位手法的使用。安德·布雷克斯坦结合《喧哗与骚动》最早的材料构成，分析了福克纳的叙事技法和心理模式。亚瑟·基尼在《福克纳的叙事诗：视觉化风格》（*Faulkner's Narrative Poetics：Style as Vision*，1978）中将福克纳作为典型的现代主义作家研究，梳理了意识流对他的影响和他对意识流的革新，强调对福克纳的阅读是一个依靠读者的想象将文本中那些感触、并置、语言模式综合起来的动态建构过程。这些绵延于 70 年代到 80 年代初，研究对象、角度各不相同的论著有一个共同特点，那就是都秉持了细读的传统，力求从艺术的角度对福克纳作出某种解读，福克纳的文本始终作为本体而非材料在这些论者的眼中散发着光彩，对艺术的膜拜作为基本精神贯注于这些评论之中。这传统在 1978 年，随着布鲁克斯的《威廉·福克纳：朝向约克纳帕塔法及其他》（*William Faulkner：Toward Yoknapatawpha and Beyond*，1978）的出版而得到有力的重申。这部特别强调福克纳早期诗歌和散文研究的专著完成了对论者早先在《约克纳帕塔法乡》中没有涉及的福克纳创作的评论，标志着这位专家对自己的福克纳研究进行了某种总结。新批评的理论与实践以及南方文化背景在他非凡的鉴赏能力和语言表述之下结合得如此之好，以至于除了米尔盖特以和维克里的部分评论外，几乎没有人可以和他相提并论。基本上可以算作后现代主义批评家的托马斯·英奇称赞布鲁克斯为"最好的读者"，表明后现代主义并非对现代主义的完全决裂，正如如今看来现代主义对传统的继承也大于背弃。

比较文学在 70 年代中期渗透到了福克纳研究之中，W. T. 萨拉和

W. M. 爱考克编著的《威廉·福克纳：主流陈述与世界文学》（*William Faulkner: Preailing Verities and world literature*, 1973）汇集了九篇比较文学论文，整理了福克纳在各个国家的接受状况。此外，简·维斯哲伯从主体、道德观、文艺观角度研究陀思妥耶夫斯基与福克纳的相似之处及影响的《陀思妥耶夫斯基与福克纳：影响与融会》（*Faulkner and Dostoevsky: Influence and Confluence*, 1974）以及琳达·瓦格纳从实验技巧角度比较福克纳与海明威的《海明威与福克纳》（*Hemingway and Faulkner*, 1975），这两本出版于法国与美国的论著分别体现了比较文学两大学派的基本研究视角与方法。

一些边缘性的综合研究也值得一提。如埃文斯·哈林顿与安·艾伯代伊合编的《福克纳，现代主义及电影：福克纳与约克纳帕塔法》（*Faulkner, Modernist, and Film: Faulkner and Yoknapatawpha*, 1978），综合了多篇论文，从戏剧、绘画、电影多个角度分析现代艺术对福克纳的滋养。伊丽莎白·科尔在《福克纳的哥特王国》（*Faulkner's Gothic Domain*, 1978）中率先分析了福克纳小说的哥特元素和哥特传统对他的影响，此后哥特研究一直是福克纳评论中的重要选题侧重。格雷·斯托纳姆总结了福克纳的内在创作机制，在《福克纳的创作生涯：内部文学史》（*Faulkner's Career: An Internal literary History*, 1979）中得出福克纳总是在过去创作感觉中更新写作范式的结论。

1981 年出版的《约克纳帕塔法的心脏》（*The Heart of Yoknapatawpha*, 1981）是这一时期总结性的专著，作者约翰·皮克金顿综合传统与当时的批评理论研究了他认为是约克纳帕塔法世系最重要的九部小说。在不逊于米尔盖特的资料考证基础上，皮克金顿详细研究了这些作品的创作背景、人物形象、语言风格和文本结构，并且提出福克纳的创作着力于批判物质占有欲对人类精神的腐蚀这样一个总体性观点。

这一时期，后现代主义的理论和方法运用到了对单部作品的研究之中，在此背景下以往受忽视的边缘作品得到重视。

米尔盖特认为《士兵的报酬》（*Soldier's Pay*, 1926）以晚期浪漫主义的散文风格将战后的普遍情绪表达于一种新的技巧试验之中；詹姆斯·凯拉德强调这部小说的萌芽性质，特别是出现于其中的戏剧人物在后来的创作中日渐丰满；布鲁克斯在《福克纳的蚊群》（"Faulkner's Mosquitoes"，1977）中则强调了早期福克纳根深蒂固的浪漫主义艺术观念。① 此外还有一些评论从女性视角、道德研究、版本研究的角度切入。②

《沙多里斯》受到的关注比较多，大约是这个时期的研究更倾向从创作源头发掘福克纳的特质。凯丽·麦克斯文尼指出《沙多里斯》虚构了一个融入了诗性的时空场景，在这个场景中性冲动与作为束缚力量的过去构成了主体性的紧张结构，而这正是小说所表达的冲动所在。凯瑟琳·霍金认为小说的浪漫主义色彩明显，主人公巴亚德体现着拜伦式的浪漫，而贺瑞斯·班波则体现着就济慈式的热情。③

《喧哗与骚动》是福克纳研究的必入之门。德洛丽丝·伯顿的文章《七部小说中的说教语调模式》（"Intonation Patterns of Sermons in Seven Novels"，1970）和 E. N. 哈琛斯的《作为时间性语言形式的小说》（"The Novel as Chronomorph"，1972）都对小说作了语言形式、风格上的研究。米契尔·格罗顿在《新构架下的批评：〈尤利西斯〉与〈喧哗与骚动〉》（"Criticism in New Composition: *Ulysses* and *The Sound and the Fury*"，1975）中则倾力于福克纳的内心独白，剖析出

---

① See: [1] Michael Millgate. "Starting Out in the Twenties: Reflections on Soldiers'Pay," *Mosaic*, 7, No. 1 (Fall 1973), pp. 1 – 14. [2] James M. Mellard, "Soldiers'Pay and the Growth of Faulkner's Comedy," in O. M. Brack and Jr. Scottsdale (eds.) *American Humor: Essays Presented to John*, Ariz: Arete, 1977, pp. 99 – 117. [3] Cleanth Brooks, "Faulkner's Mosquitoes," *Georgia Review*, 31 (Spring 1977), pp. 213 – 234.

② See: [1] Philip Castile, "Women and Myth in Faulkner's First Novel." *Tulane Studies in English*, 23 (1978), pp. 175 – 186. [2] Thomas L. McMillan. "'Carry on, Cadet': Mores and Morality in *Soldiers'Pay*," in Glenn O. Carey, (ed.) *Faulkner: The Unappeased Imagination, A collection of Critical Essays*. New York: Whitston, 1980, pp. 39 – 57. [3] Margaret J. Yonce, "The Composition of *Solders'Pay*." *Mississippi Quarterly*, 33 (Summer 1980), pp. 219 – 326.

③ See: [1] Kerry McSweeney, "The Subjective Intensities of Faulkner's *Flags in the Dust*," *Canadian Review of American Studies*, 8 (Fall 1977), pp. 154 – 164. [2] Katherine C. Hodgin, "Horace Benbow and Bayard Sartoris: Two Romantic Figures in Faulkner's *Flags in the Dust*," *American Literature*, 50 (Jan. 1979), pp. 647 – 652.

乔伊斯的影响。威廉·汉迪从形式主义的角度在《〈喧哗与骚动〉：
形式主义解读》（“*The Sound and the Fury*：A Formalist Approach”，
1976）中描述了班吉部分的整体性及与其他部分的关系。詹姆斯·科
万的《〈喧哗与骚动〉中梦境在昆丁章节的作用》（“Dream-Work in
the Quentin Section of *The Sound and the Fury*”，1974）列举了数个梦境
的例子，试图表明福克纳对梦的使用。此外詹姆斯·马利维斯撰写的
《〈喧哗与骚动〉介绍》（“An Introduction for *The Sound and the Fury*”）
发布了福克纳 1933 年写就但从未发表的对小说的自我介绍，是非常
珍贵的原始资料。吉恩·怀斯在《美国的历史阐释：可靠的调查策
略》（*American Historical explanations*：A Strategy for Grounded Inquiry，
1980）中把班吉的思想作为样本用于讨论定义“思想”的不易，新
历史主义的范式与概念是论者分析的手段，同许多类似的著作一样，
很难说这是一部文学批评而非哲学著作。

　　《我弥留之际》的实验风格使它深受各种叙事理论的喜爱而成为
阐释对象。除了形式风格、人物形象这些与传统研究交错的领域，小
说的时间、多角度叙事、女性形象和人物关系是论说的重点。斯蒂
芬·罗斯指出，福克纳接受了柏格森的时间观念，借助语法和叙事惯
例实验性地再现时间，将其富于弹性和变化地融于小说之中。艾伦·
帕里斯以同情的眼光称赞艾迪是令人敬佩的女人，她的问题在于无法
以一己之力对抗生活。罗伯特·克则运用埃里克·艾利森和玛格丽
特·迈勒的镜子理论，以镜与自我的生成关系分析了小说人物间的
情感。①

　　J. F. 科伯勒与理查德·帕斯卡的研究都揭示了《八月之光》与
济慈和《希腊古瓮颂》（*Ode on a Grecian Urn*）的关联，其中前者还
描述了琳娜形象与济慈笔下著名古瓮的相似，这是对福克纳浪漫主义

---

① See：[1] Stephen M. Ross, “Shapes of Time and Consciousness in *As I lay Dying*，” *Texas Studies in Literature and language*, 16 （Winter 1974），pp. 723 – 737. [2] Alan D. Perlis, “*As I Lay Dying* As a Study of Time，” *South Dakota Review*, 10 （Spring 1972），pp. 103 – 110. [3] Robert J. Kloss, “Addie Bundren's Eyes and the Difference They Make，” *South Carolina Review*, 14 （Fall 1981），pp. 85 – 95.

本质的重申。① R. G. 克林斯则认为正是从《八月之光》开始，福克纳放弃了以神话、象征为手段追求传奇的创作路线，开始以社会、心理的多维视角演绎乔、希陶尔、琳娜这些人物的故事，进而关注个体自我与社会身份之间的复杂关系。这是对福克纳写作中心理开掘深度与社会意义的肯定。② 此外从种族角度研究小说的论述在这一时期的评论中占相当的比例。

《押沙龙，押沙龙！》还是《喧哗与骚动》，哪一部作品才是福克纳的最高成就？这个问题正是 70 年代萌发的。因为前者叙述上的元叙事非常符合后现代主义者的趣味，由它来代替叙事手段上已经"老迈"的《喧哗与骚动》更可体现福克纳的超前眼光。但优秀作品特有的复杂性拥有让各种评论施展的空间，后现代主义、现代主义、更为传统的批评思路都以自己的方式关注这部小说，这使得《押沙龙，押沙龙！》比其他作品更典型地体现了这个时代文艺理论的多元碰撞过程。

T. II. Adamowski 在《董贝父子与萨德本父子》（"Dombey and Son and Sutpen and Son"，1972）中讨论极端个人主义和贪婪对家庭的破坏。弗兰·坡里克在《从背叛到纯粹公民：极端个人主义与社会》（"From Renegade to Solid Citizen：The Extraordinary Individual and the Community"，1977）中以同样的视角研究了萨德本等人的思想动机。约翰在《安德森的穷白人与福克纳的〈押沙龙，押沙龙！〉》（"Anderson's *Poor White* and Faulkner's *Absalom，Absalom*！"，1976）中关注以前不被人注意的穷白人沃许形象。形式研究方面，如瑞珀研究蒙太奇电影技巧在小说中运用的《〈押沙龙，押沙龙！〉中的非逻辑结构》（"Alogical Structure in *Absalom，Absalom*！"，1971），研究钦定版圣经对小说韵律、句法影响的玛克辛·罗斯的《〈押沙龙，押沙龙！〉散文风格中的钦定版圣经回响》（"Echoes of the King James Bible in the Prose

---

① [1] J. F. Kobler, "Lena Grove：Faulkner's 'Still Unravished Bride of Quietness'，" *Arizona Quarterly*, 28 （Winter 1972）, pp. 339 – 354. [2] Richard Pascal. "Faulkner's Debt to Keats in *Light in August*. " *Southern Review*, 14 （July 1981）, pp. 161 – 167.

② R. G. Collins, "Ligust in August：Faulkner's Stained Glass Triptych. " *Mosaic*, 7, No. 1 （Fall 1973）, pp. 97 – 157.

style of *Absalom, Absalom*!"，1981），都延续了细读的路子。亚瑟·基尼则在《〈押沙龙，押沙龙!〉的形式与功能》（"Form and Function in *Absalom, Absalom*"，1978）中考量罗曼司作为小说的中心如何投射到作品形式中的过程，这个过程是神话、历史、个人经历和小说技巧的结合，同时还可以见出作者曾祖父和陀思妥耶夫斯基的影响。布鲁克斯清理了这部看似繁杂的小说各部分间的关系，他的《〈押沙龙，押沙龙!〉的叙事结构》（"The Narrative Structure of *Absalom, Absalom*!"，1975）坚持了他一贯的批评理念。叙事学的兴起也很快便影响到福克纳评论，施罗密斯·在《从再生到生产：福克纳〈押沙龙，押沙龙!〉中的叙述情况》（"From Reproduction to Production: The Status of Narration in Faulkner's *Absalom, Absalom*!"，1978）中谈到小说三个层面的复述：事件的重现、以叙事形态对事件的表述、重述听自别人的故事。这部关于复述的小说借助离场将离场生动化。弗朗西斯·皮塔费在《〈押沙龙，押沙龙!〉中的哥特风格》（"The Gothicism of *Absalom, Absalom*!"，1972）中将一直感兴趣的哥特元素与叙事学结合，阐明哥特元素作为创造性与质疑性并存的力量在小说故事、叙事性和叙述三个层面的作用。此外指出小说的时间如何共时又历时地阐释着故事的帕特里夏·托宾的《〈押沙龙，押沙龙!〉中神话与历史的时间》（"The Time of Myth and History in *Absalom, Absalom*!"，1973），研究小说种族问题的约翰·夏果皮安的《〈押沙龙，押沙龙!〉与黑人问题》（"*Absalom, Absalom*! and the Negro Question"，1973）以及体现了马克思主义批评与语言学手法结合的约翰·麦克卢尔的《〈押沙龙，押沙龙!〉中的语法与颓废》（"The Syntax of Decadence in *Absalom, Absalom*!"，1981）等，都是很有特点的评论。

　　《村子》是斯诺普斯三部曲中研究得比较多的一部，物质主义、象征意义、边疆幽默传统是常见的评论角度。①

---

　　① See：[1] Robert C. Pierle, "Snopesism in Faulkner's The Hamlet," *English studies*, 52 (June 1971), pp. 246 – 252. [2] David W. Jarrett, "Eustacia Vye and Eula Varner, Olympians: The World of Thomas Hardy and William Faulkner," *Novel*, 6 (Winter 1973), pp. 163 – 174. [3] Louis D. Rubin, "The Great American Joke," *South Atlantic Quarterly*, 72 (Winter 1973), pp. 82 – 94.

《去吧，摩西》出版比较晚，在这一时期成为研究的重点。《熊》是研究得最多的作品，多指涉熊的象征意义、种族问题、埃克与荒野的关系等，也有人认为《熊》的意境在文学传统上与《白鲸》相连，以一种混沌的巨大压迫出人类高尚与丑恶并存的灵魂中战栗着的恐惧与希望。① 对于这部小说是否是长篇，在 70 年代就争论了很久，但此时的评论渐渐倾向于将它视为在自由的主题下连为一体，并以隐藏的并列结构将各部分贯穿的整体。② 此外，结构主义批评对这部小说的解析也是十分出色的。③

后现代主义的介入是这一时期福克纳研究的重要特征。多年以后琳达·瓦格纳说，"正是解构主义和女性主义来到了美国学术界，福克纳的作品才得到新的探索。"④ 像《士兵的报酬》、《蚊群》（*Mosquitoes*，1927）、《路标》（*Pylon*，1935）、《野棕榈》、《坟墓闯入者》（*Intruder in the Dust*，1948）这些以往不被重视的作品，正是在后现代视角下获得了新的阐释，这丰富了人们对福克纳创作的理解。不过后现代主义的阐释并没有改变对福克纳作品的评价格局。《喧哗与骚动》和《押沙龙，押沙龙!》仍然是最重要的作品，最为经典的评价仍然是布鲁克斯和米尔盖特作出的。后现代主义与现代主义力图提供一个艺术上的完整性和意义以供失落的心灵躲避不同，它更在乎拆解架构之后对权力话语的揭露与斥责。后现代主义关注的不是文本而是文本携载的关系，为了萃取这种关系它可以破裂文本的完整性。割裂还是整一，站在文艺角度看，这是后现代主义与现代主义的最大区别。今天看来，后现代主义批评在种族、女性和大众文化三个方面对福克纳创作，尤其是边缘创作的开掘是其对福克纳研究的最大贡献，

---

① Edward Stone, "More on Moby-Dick and 'The Bear'," *Notes on Modern American Literature*, 1, No. 2 (Spring 1977), p. 13.

② Weldon Thornton, "Structure and Theme in Faulkner's *Go Down, Moses*," *Costerus*, 3 (1975), pp. 28 – 32.

③ Wesley Morris, *Friday's Footprint: Structuralism and the Articulated Text*, Columbus: Ohio State University Press, 1979, pp. 1 – 83.

④ Linda Wagner-Martin, ed., *William Faulkner Six Decades of Criticism*, East Lansing: Michigan State University Press, 2002, p. x.

而这三个方面的研究，至今仍是热点。

三 20世纪90年代至今

进入90年代以后，后现代主义激进的热潮开始消退。理论的贫乏也使福克纳研究陷入低潮。"在70年代至90年代前期运用新的理论和新的方法来解读福克纳及其作品的论著，层出不穷，热闹非凡，而自90年代中后期，随着理论热的消退，福克纳研究必然也在思考新的研究方向。"① 整合成了时代的任务，"如果承认福克纳的伟大艺术可以连接读者、学者、批评与其他作家，那么这一共识便是总结20世纪文学和展望21世纪写作的基石。"②

沃德玛·萨迦利舍维奇编写的《福克纳和他的同时代人及效仿者》（*Faulkner, his Contemporaries, and his Posterity*, 1994）收集了海明威、埃文思等同时代作家对福克纳的评价，福克纳与海明威的文学分歧，以及康拉德等文学前辈如何影响到福克纳的独特创作及后者的创作受到的诸如汽车工业、新奥尔良城市化的大背景的影响。菲利浦·韦恩斯坦在《剑桥文学指南》中则更清楚地表明了自己的态度，他认为90年代最好的福克纳研究很难用一个标准或者思潮来描述，"指导标准的缺失可使大相径庭的争论展开……我们所谓的'福克纳'，其实体只是一个复数，存在于不同批评观念操演下不同的阐释。"③

后现代主义的研究时有佳作呈现。约翰·杜沃的《福克纳的边缘夫妇：隐形、非法和不可言说的社会》（*Faulkner's Marginal Couple: Invisible Outlaw, and Unspeakable Communities*, 1990），综合了符号学、女性主义、马克思主义的理论，挑战福克纳文本对女性的厌恶这样一

---

① 姚乃强：《兼容有序 聚焦文化——谈90年代福克纳研究的态势》，《四川外语学院学报》2004年第5期，第4页。

② Linda Wagner-Martin, ed. , *William Faulkner Six Decades of Criticism*, East Lansing: Michigan State University Press, 2002, p. vii.

③ Philip M. Weinstein, ed. , *The Cambridge Companion to William Faulkner*, Shanghai Foreign Language Education Press, 2000, p. vii.

个传统认识，描述福克纳文本中多对充满激情、强壮而性感的男女之间互补的关系，得出这样的文本实则超越了南方家长制的精神传统的结论。帕特里克·当纳的《福克纳与后现代主义》（*Faulkner and Postmodernism*，2002）则将福克纳作品中那种文学、文化及历史的自我超越性作为后现代主义对现代主义超越的宏观体系中的一环，并将福克纳的文本中包含的那些超越时代的因素作为厘清现代主义与后现代主义关系的样本。

后殖民主义也渗透到了福克纳研究中，基于将战败的南方当作北方的殖民地这样一个思路，查尔斯·贝克的《威廉·福克纳的后殖民南方》（"William Faulkner's Postcolonial South"，1997）论述了福克纳与南方文艺复兴的其他作家一样，将家乡作为南北战争的受害者，在一定意义上这些作家的写作也是后殖民意识的反映，但福克纳则通过蚀解南方神话获得了个人的心力释放，这是他不同于其他南方作家之处。

女性主义自70年代以来一直是福克纳研究的重点，而且随着时间的流逝越来越融合了其他思潮的精髓变得更加包容。敏洛斯·戈文的《女性与福克纳：性别差异之外的阅读》（*The Feminine and Faulkner: Reading Beyond Sexual Difference*，1990）就将后结构主义与语言学融入女性主义视角，解读《喧哗与骚动》《押沙龙，押沙龙!》及《野棕榈》中的女性形象。埃米·伍德在《女性在福克纳〈我弥留之际〉中的反抗与模仿》（"Feminine Rebellion and Mimicry in Faulkner's *As I Lay Dying*"，1994）中将艾迪奉为反抗南方家长制，与这一文化氛围赋予她的语言、宗教乃至自己的身体不懈斗争的强硬女英雄。路易斯·巴雷特的《凯蒂与南希：〈夕阳〉与〈喧哗与骚动〉中的种族、性与个人身份》（"Caddy and Nancy: Race, Gender, and Personal Identity in *That Evening Sun and The Sound and the Fury*"，1996）则以黑人妇女南希被杀的遭遇解析种族与性别的双重压迫。

种族研究与女性主义一样是边缘性热点。吉恩·摩尔的《种族划分与福克纳标准》（"Ethnicity and the Faulkner Canon"，1991）认为福克纳最有价值的作品是那些讨论"我是谁"的作品，人物的主体性越难以回答，则小说的实际价值就越高。在南方将人的主体性建立在种族基础上的背景下来考量，福克纳的疑惑实则是道德问题。塞德里克·布赖恩特则在《镜中的种族他者：〈喧哗与骚动〉中的昆丁康普生与助祭》（"Mirroring the Racial 'Other'：The Deacon and Quentin Compson in William Faulkner's *The Sound and the Fury*"，1993）中解析教堂的助祭与昆丁在种族问题上的相互误读，表明白人与黑人之间相知甚少。亚瑟·基尼的《福克纳与种族主义》（"*Faulkner and Racism*"，1994）是近年来最出色的论文之一，福克纳在从《喧哗与骚动》到《去吧，摩西》中对种族主义的态度被作者描述为从遮掩到反省的动态过程，心理、社会、语言的视角保证了作者的分析紧扣文本，福克纳"终其一生与自己的文化、遗产斗争的经历"是作者对大师敬意的评价。

1990 年理查德·摩兰德出版了《福克纳与现代主义：重读与重写》（*Faulkner and Modernism：Rereading and Rewriting*，1990），福克纳作品中的"修正性复述"是作者所讨论的核心内容。这部兼具现代主义和后现代主义研究视角的专著某种意义上是对双方观点的总结。此后，叙事学的研究逐渐占据了福克纳评论中艺术研究的领域，而生态文学、心理学研究逐步融入福克纳研究。① 在多元化的背景下，研究福克纳在他国的接收与影响情况的比较文学研究成就显著。赫尔曼·施罗瑟的《威廉·福克纳对战后德国文学的影响》（"William Faulkner's Influence on Post-War German Literature"，1993）和朱恩·坦森德的《威廉·福克纳与内战后西班牙小说》（"William Faulkner and the Spanish Post-Civil War Novel"，1993）是其中代表。以马克思主义为代表的社会历史批评从经济、社会、阶级等方面对福克纳小说的社

---

① See：[1] Dieter Meindl, "Between Eliot and Atwood：Faulkner as Ecologist," in Waldemar Zacharasiewicz（ed.）*Faulkner, His Contemporaries, and His Posterity*, Tubingen：Francke, 1993, pp. 301 – 308. [2] Donald M. Kartiganer, "Teaching *The Sound and the Fury* with Freud," in Stephen Hahn and Arthur F. Kinney（eds.）*Approaches to Teaching Faulkner's The Sound and the Fury*, New York：MLA, 1996, pp. 73 – 78.

会动因给予了深刻解析。①

版本整理经过多年的研究之后仍然有令人惊奇的新资料出现。波尔·诺埃尔与约翰·哈特收集整理的《威廉·福克纳的散佚故事》（*Uncollected Stories Of William Faulkner*，1997）以及《〈圣殿〉原始修订版》（*Sanctuary*：*Corrected First Edition*，1985）得到了米尔盖特的认可，后者成为其多篇论文引用的文献版本。菲利浦·科恩的《手握天才：三封未发表的福克纳信件》（"This Hand Holds Genius：Three Unpublished Faulkner Letters"，1993）也有参考价值。

国外的福克纳研究历经大半个世纪，其间热点多有变换。如果说新批评对福克纳的艺术肯定与体会有赖于南方的农业道德背景，或者说如迈克尔·克瑞林所言是和密西西比的现代化变迁相对应②，这多少限于地方经验的话，那么后现代思潮如解构主义、女性主义、种族研究则使福克纳获得了文化层面上更广泛的学术深度。当整合和消化前两个时期的批评思路成为现今福克纳评论的主流，以后的研究将走向何方？影响很大的"福克纳与约克纳帕塔法年会"可以从侧面反映出一点端倪。自1974年始办，年会的议题经历了从70年代的福克纳与神话、与现代主义和电影，80年代的福克纳与妇女、与小说技巧、与大众文化、与乡土，90年代的福克纳与心理学、与性、与文化文本，新世纪初的福克纳与战争、与生态，直至如今的"回到文本"。似乎在经历了现代主义、后现代主义批评之后，在融合的基础上回到文学自身是福克纳研究新的趋势。正如在第27届福克纳年会的开幕词中，本书序言的作者唐纳德·卡迪格纳教授所说："（作为研究者）一方面我们要确定，新世纪的具体环境如何影响了我们对福克纳的接受。即是说，阅读如何随着环境和读者需要的变动而变动；

---

① See：[1] Tony Fabijancic，"Reification，Dereification，Subjectivity：Towards a Marxist Reading of William Faulkner's Poor-White Topography，" *Faulkner Journal*，10.1（Fall 1994），pp. 75 – 94.　[2] Rick Wallach，"The Compson Family Finances and the Economics of Tragic Farce，" *South Atlantic Review*，62.1（Winter 1997），pp. 79 – 86.

② Michael Kreyling，"Boundaries of Meaning，Boundaries of Mississippi，" in Robert W. Hamblin and Ann J. Abadie（eds.）*Faulkner in the Twenty-First Century*：*Faulkner and Yoknapatawpha*，Jackson：University Press of Mississippi，2003，pp. 14 – 30.

另一方面，假设存有一种独立于环境，比如读者的力量，我们如何继续对这种文本内在的力量做出反应，去了解我们尚未发现却早已存在的东西。福克纳并非在我们身后而是就在我们面前，等待我们去追赶。"①

第二节　福克纳在中国的接受概况

福克纳在中国的接受经历了一个漫长而又短暂的过程。漫长，是因为从 20 世纪 30 年代中期他的名字第一次在中国出现，迄今已大半个世纪；短暂，是因为中间经历了长期空白，真正意义上的译介是从 1979 年才开始的，不过 30 多年历史。这期间，社会环境、政治影响、文学自身的因素都从各个方面左右了这个过程。

福克纳的小说创作始于 1924 年，其时正值中国新文学的第一个十年，新文学吸收外国文学营养的重点并不在历史短暂的美国文学。据鲁迅等人编著的《中国新文学大系》记载，当时所译国外作品多来自欧、日、俄，涉及美国甚少，或有译介亦为英美合集，想来还是沾了英国文学的光，收入的也多是欧文、坡等经典作家的作品。② 这种情况下，一个在美国尚且不知名的当代作家当然不可能被介绍到中国。

1927 年之后，新文学走入第二个十年，福克纳也步入了自己创作的辉煌期。但 30 年代的大萧条使他晦涩而诗化的小说销路不好，考利为他编写《袖珍本福克纳》时发现除《圣殿》外，他的作品几近绝迹。发行量微小妨碍了中国译界对福克纳长篇小说的了解，倒是 1928 年起他为赚钱写的短篇小说，因为发表在著名杂志，分布广，引起了中国人的注意。

---

① Donald M. Kartiganer, "Opening Remarks," in Robert W. Hamblin and Ann J. Abadie (eds.) *Faulkner in the Twenty-First Century*: *Faulkner and Yoknapatawpha*, Jackson: University Press of Mississippi, 2000, p. xix.

② 参见鲁迅、茅盾等《中国新文学大系》（1917—1927）（史料·索引卷），上海文艺出版社 1981 年版。

1934 年 5 月 1 日，由施蛰存、杜衡主编的《现代》杂志第五卷第一期刊出了赵家璧所译英国评论家弥尔顿·华尔德曼（Milton Waldman）的《近代美国小说之大趋势》，其中有《福克奈尔的美国小说》一节，这是福克纳的名字第一次出现在中国。① 同年 10 月 1 日，《现代》又推出《现代美国文学专号》（第 5 卷第 6 期），刊有他的短篇《伊莱》的中译。这是他的作品首次译成汉语。②

1936 年，赵家璧在他的《新传统》一书中再次谈到福克纳。他将福克纳的创作分为战争小说、心理小说、自然主义小说三个阶段③，介绍了《士兵的报酬》《沙多里斯》《喧哗与骚动》《我弥留之际》《圣殿》《八月之光》六部长篇。尽管他认为福克纳的创作和美国文学开始向"现实主义的大道"转向不一定准确，但这是中国学者对福克纳的主要成就——长篇小说开始探索的最早努力。

可惜的是，《现代》对福克纳的介绍没引起读者多少兴趣，便是知识界也少有应和，不久就无人问津，销声匿迹。这次介绍是整个现代文学史上唯一一次译介福克纳。当新文学进入第三个十年，抗战和解放战争相继而来，拯救民族危亡、寻求解放的主旋律支配了文学的方向。正如当时《文艺新闻》的发刊词所言："这是一个暴风雨的季节……我们可以看见英勇的海燕在云天间展翅翱翔；我们已经听见美丽的缪斯在朗诵争自由的诗句。"④ 这时外国文学的译介对象基本上是高尔基、德莱塞之类描写下层人民苦难、反抗民族压迫的作家，且明显偏向俄苏文学。这样的时代背景下，尽管福克纳声望日隆，但他那与现实功利作用相去甚远的题材与风格使中国学者再没有兴趣去关

---

① 参见陶洁《福克纳在中国》，《中国比较文学》1991 年第 2 期；又见唐沅等编《中国现代文学期刊目录汇编》，天津人民出版社 1988 年版，第 1356 页。

② 关于这篇中译，李文俊先生有一段较为详细的考证，可参见李文俊《福克纳评传》，浙江文艺出版社 1999 年版，第 124 页。李文俊证明译者不是赵家璧后，耿纪永则又考证译者很有可能是施蛰存先生。详见耿纪永《早期福克纳研究及其在中国》，《同济大学学报》（社会科学版）2006 年第 2 期，第 80 页。

③ 赵家璧：《新传统》，上海良友图书印刷公司 1936 年版，第 249 页。

④ 唐沅等编：《中国现代文学期刊目录汇编》，天津人民出版社 1988 年版，第 1360 页。

注他了。

民国时期战乱频仍，但20年代末至30年代中期相对稳定宽松的外部环境给中国现代派文学提供了一定的发展条件。自20年代中期李金发、戴望舒以象征诗开启中国现代主义文学后，至30年代，穆时英、施蛰存等人的新感觉派小说把这个运动推进了一步。其间他们不断从法国象征派诗歌、西方意识流小说、日本新感觉派等外国现代派文学吸收营养。翻译福克纳是他们介绍国外现代主义新动态、寻求借鉴，同时也为国内的现代派文学壮声势的文学活动。

其时福克纳的创作全貌尚未清晰，加之译介者预先的接受视野甚至功利目的的干扰，对他的理解难免偏颇。如赵家璧认为，福克纳受弗洛伊德影响的"用意识之流写的主观的心理小说"，表达的是"现代人的悲哀"，显然就不够准确，这倒是同中国新感觉派自己的创作理论有几分相似。福克纳译介作为中国现代主义文学运动的一部分，被译者以自己的文学理论来衡量并用于扩大本流派的影响，原在情理之中，但这妨碍了他们以意识流、现代派之外的眼光全面理解福克纳。

福克纳没有被当时的中国读者广泛接受，主要原因很多。他较多运用实验性的技巧，文字沉闷、难懂，题材又局限在美国落后的南方地区，离中国人传统的文艺审美习惯太远。另外他与中国现代派文学捆得太紧，跟着后者一同偃旗息鼓，这是更为重要的因素。

十七年时期，时任《译文》（后更名为《世界文学》）编辑的李文俊在1958年曾组织翻译过《胜利》《拖死狗》两个短篇。60年代初，中科院哲学社会科学部学术资料研究室出版的内参《美国文学近况》中也曾提到他。但是福克纳的形象已经被改为"对于战争的痛恨和对于受到战争摧残的人们的深刻同情"的反战人士。[①] 这大约是借鉴了福克纳的老朋友、老对手海明威在中国的生存之道。后者也是解放前介入中国的，而且不少作品也具有现代主义色彩，但却被接受了下来。很大原因在于，海明威是以反战的现实主义作家而非现代主义者的面目出现在中国的。对于在内部参考资料中被划入资产阶级作

---

① 参见李文俊《〈喧哗与骚动〉译余断想》，《读书》1985年第3期，第30页。

家的福克纳，可能反战的立场可以符合当时的接受要求。

真正的翻译和研究工作是从新时期才开始的。

1979 年，上海的《外国文艺》和广东的《现代外国译丛》各自刊登了福克纳的著名短篇《献给艾米莉的玫瑰》。同年，张英伦、吕同六主编的《外国名作家传》中，李文俊结合《喧哗与骚动》《我弥留之际》两部小说对福克纳作了介绍。这番介绍多少还有些阶级分析法的色彩，同论者本人不久后的观点差别很大。1980 年《读书》第 3 期刊登了冀平的《当代西方文学中的杰作》，该文借《纽约时报书评》对"二战"前后各作家的地位的调查，介绍了福克纳在美国作家中首屈一指的地位。董衡巽也在《美国现代文学评述》一文中重点介绍了福克纳和《喧哗与骚动》，这表明在经常接触外文资料的学者心目中，福克纳已有相当的地位。

实际上，当时外国文学翻译研究工作受传统的惯性和苏联文艺界的影响还是很强的。我们对美国文学的介绍，多集中于欧文、库珀、爱伦·坡、马克·吐温等经典作家，对 20 世纪作家则多选择德莱塞、辛克莱·刘易斯、斯坦贝克等现实主义作家。引进福克纳的当务之急在于给他一个适当的"身份"，以恰当的定位介绍给中国读者。

真正的转折发生在 1980 年 5 月。作为中国社科院外国文学研究所出版的《外国文学研究资料丛刊》的一部，李文俊选编了《福克纳评论集》，收入马尔科姆·考利、克林斯·布鲁克斯、萨特等名家的评论，对福克纳的创作倾向、重点作品、创作体会、研究状况等都有介绍。特别是李文俊在前言中对福克纳高度评价，称其为"美国文学现代最重要的小说家之一"、南方文学"无可怀疑的主要代表者""乔伊斯之后最突出的现代派小说家"，对其文学史地位作了充分肯定。评论集中诸多名家的研究成果无疑开阔了国内研究者的眼界，有助于更为全面地认识福克纳的创作和文学史地位，国外学者的研究角度和方法也启发了国内学者。

以今天的眼光来看，这部评论集中最重要的文章几乎都来自《福克纳评论三十年》。这部评论集在福克纳六个十年的评论集中公认为水准最高（实际上只有五部，四十年未出版）。蓝本非常高的学术质量使得《福克纳评论集》较全面地体现了新批评时期国外福克纳研究的最高水平。可以说，我们对福克纳地位和价值的认识很大程度上来源于这部评论集（当时还没有什么像样的福克纳作品中译本）。从那以后，福克纳作为美国文学中数一数二的代表人物的地位，被牢固确立在中国读者心目中，甚至我们后来的研究，都受到这本集子所定基调的影响。由于评论集的成功，福克纳的长篇作品开始被陆续翻译，评论集还起到了导读的作用。这种先有评论，后有作品的现象，也算是福克纳在中国接受的一大特色吧。

此后的三四年，福克纳研究基本集中于引进国外评论和翻译作品两方面。前者大致沿着李文俊评论集的路子，介绍别人成熟的观点。这些译文或重申了福克纳"美国文学黄金时代的主要作家之一"，"三十年代美国文坛上被认为无可非议，最杰出也最有影响的作家"的文学史地位，或介绍了国外学者的新观点，或强调福克纳的影响力，可以说是对《福克纳评论集》的补充。

相比之下，这段时间的作品翻译工作进行得相当扎实。《法官》《喧嚣与愤怒》片段，《干旱的九月》《夕阳》等十几个短篇先后在《春风译丛》《当代外国文学》等各类杂志刊出，有的还不止一个版本。1982年王佐良先生编选的《美国短篇小说选》也收入一篇《熊》。这些作品的翻译让读者对福克纳的作品有了直观接触，无疑为中国学者独立开展研究奠定了初步基础。

1979年到80年代中期的这段时间，可以说是中国福克纳译介的发轫期。随着福克纳越来越受重视，仅靠期刊上不定期刊登几个短篇已不能满足需要。他的主要成就——长篇小说的翻译提上了议事日程。适逢此时意识流小说成为国内文坛热点，福克纳主要作品也就以意识流小说这样一个以技法为称谓的比较中性的身份来到中国。

1984年《喧哗与骚动》的出版，是一个里程碑。这不仅是因为福克纳最重要的作品有了中译，更因为译本的大受欢迎带动了对他其余中长篇小说的系统翻译，这个工作一直持续到今天。在技术上，李文俊为了使福克纳艰涩的文风易于理解，在译著中加入了大量的注解，起到很好的效果。这也为后来的译者所借鉴。1985年《世界文学》编辑部聘请布鲁克斯的学生 H. R. 斯通贝克编排出版了《福克纳中短篇小说选》，收入《熊》《老人》两个中篇和 16 个短篇，多方面介绍了福克纳的创作。到 1990 年，《我弥留之际》《熊》《三角洲之秋》等重要中篇和其他一些短篇都陆续有了中译本。不少福克纳的访问记、信件、演说词也附随作品出版。

80 年代中期到 90 年代初，由于国外研究成果的介绍和作品翻译所打下的基础，中国学者具体研究福克纳的论文不断出现。形成一个热潮。这些论文有的探讨福克纳作品的翻译技巧，如李文俊的《〈喧哗与骚动〉译余断想》，他在文章中谈了福克纳艰深的表现手法给翻译带来的困难及自己的对策；更多则是作家作品研究（约 20 余篇）①，其中《喧哗与骚动》最受重视（从中也可以看出李文俊中译本的贡献），约 11 篇以上，占了这类论文总数的多一半。《我弥留之际》《熊》《沙多里斯》等，成了绝大部分论文的研究对象。它们或言作者的艺术技巧、语言、文体风格，或论小说主题、人物形象，或究作品的时空意识、文化色彩等。足见学者们已把眼光由短篇小说转移至了更代表福克纳成就的长篇小说，并作了多角度的分析、研究，这是很大的进步。不过，研究的对象相对窄了些，集中在有限几部有中译的作品上，论者的研究视角多受外国学者影响。不少论文研究福克纳的意识流手法、语言风格、文体特征，这恐怕受了韦贝尔、沃伦·贝克等人的启示；有的文章讨论《喧哗与骚动》的时间、历史，同萨特的那篇著名论文也不无关系。相比而言，比较文学视角的学者把福克纳同包括中国在内的他国文学进行比较，倒具有一定的新意和本土化色彩。

90 年代国外福克纳研究陷入低潮但国内却日趋升温，特别是 90 年代中期以后，出现了一个相当繁荣的时期。自李文俊翻译的《去吧，摩西》（1996）出版，《八月之光》（1998）、《掠夺者》（1999）、《坟墓的闯入者》（2000）、《押沙龙，押沙龙！》（2000）、《村子》（2001）等作品以几乎一年一部长篇的速度翻译了过来。2004 年上海

---

① 本文的统计数据以《复印报刊资料索引》的记载为基础。

译文出版社又将已出版的八部小说结为《福克纳文集》再版。《坟墓闯入者》《盗马贼》《没有被征服的》《圣殿》等几部相对次要的作品也在这一时期翻译出版。至此，构成约克纳帕塔法世系最重要的作品都有了中译版。

随之而来的研究工作也表现出不同以往的新特点，学者们借鉴国外较新的理论和视角，将语义学、符号学、接受美学、结构主义、解构主义、女权主义等理论运用到福克纳研究，从现代悲剧意识、后现代主义色彩、语言模式、时间观念等角度对之展开讨论，拓展了研究领域。由于可供研究的作品增多和前人微观研究打下的基础，1997年以后的论著宏观色彩渐浓，探讨对象往往是几部作品中的某一类形象、整体创作模式、文化背景等。把福克纳同莫言、余华等当代中国作家相对比的比较文学论文更昭显了这个趋势。应该说，20世纪90年代以后的福克纳研究表现出多元化的繁荣面貌。国外主张社会历史批评和主张运用现代批评理论的福克纳研究流派在中国都有所反映。①

综合来看，90年代至今中国学者的研究方向大致可以分为生平、主题、创作背景研究和作品研究两个大类。前者常涉及福克纳的妇女观、宗教观、南方地方性，以及包括运用复调小说理论、存在主义、后殖民主义、女性主义、语义学、心理学、解构主义、生态文学等新颖理论对福克纳的阐释。后者主要集中于福克纳几部主要作品的研究。对于《喧哗与骚动》，论者一般认为小说揭示了大家族的崩溃和南方社会秩序的破败，意识流技巧和对位结构是技法研究的热点，凯蒂和迪尔西两位女性则是最被评论关注的小说人物。作为最被中国学界关注的作品，研究《喧哗与骚动》的文章比其他所有福克纳研究论文加起来还多，存在很多重复之处。② 陶洁也说，"研究过于集中"，"视野也很狭窄"。《我弥留之际》是福克纳尝试多角度叙事的牛刀小试，评论也多谈及其叙事技法。"同心圆结构""语义学上二元对立的结构原则"是国内学者较有创见的观点。《押沙龙，押沙

---

① 参见姚乃强《福克纳研究的新趋向》，《外国文学评论》1993年第3期。

② 高奋：《二十年来我国福克纳研究综述》，《浙江大学学报》（人文社会科学版）2004年第7期，第147页。

龙！》常被联系上新潮的理论，后现代主义的元叙事、复调理论、神话原型批评以及存在主义的荒谬与选择模式都曾经被运用于这部小说的结构分析。《八月之光》因为作品本身题材的现实性，则常被联系到作者对"灰暗现实世界的深刻认识与对人类生存的深切忧虑，对世界与永恒的追求"。《圣殿》有了中文版后，也得到一些关注，评论者们多谈及小说透露出的当时西方人道德世界的困惑。对福克纳短篇小说的评价多集中于《献给艾米丽的一朵玫瑰花》和《熊》等不多的几篇作品。诚然这些是福克纳短篇中的精品，但单独挖掘其人性、道德乃至生态意义，视野终究有限。福克纳短篇有两个重要价值，一是这些小说往往是他精彩灵感的雏形，日后的长篇作品往往修改于此。因而前后文本间的对比能够见出成熟文本中不易察觉的风格特质。二是短篇小说常常补充福克纳在长篇小说中有意回避的历史信息。比如《曾经有这样一位女王》讲述巴亚德死后守寡的纳西莎为了"荣誉"必须拿回拜伦·斯诺普斯当年写给她的色情信而被迫委身于联邦密探，坚强的珍妮姑婆闻知此事后死去。这便将时代的变迁对家族传统的挤迫补充到《沙多里斯》之中。福克纳不愿直说，但利用两部作品的互文作用解释了旧家族曾经高贵的荣誉感干瘪成了对子孙的形式化束缚，传统实际已经崩塌。短篇小说帮助形成了约克纳帕塔法世界的历史框架，是福克纳"总体艺术品"写作的一部分。这些研究角度以往未能引起足够重视。

　　90 年代以后，福克纳的传记研究也得到学界重视。戴维·敏特的《圣殿中的情网——威廉·福克纳传》1991 年由三联书店出版，后来该书又两度由不同出版社再版。姚乃强翻译的弗雷里克·霍夫曼的《威廉·福克纳》也于同年由春风文艺出版社出版。2007 年，弗莱德里克·R. 卡尔的《福克纳传》和杰伊·帕里尼的《福克纳传》分别由商务印书馆和中信出版社出版。这些在国外享有盛誉的传记为国内读者提供了翔实的福克纳生平资料。不过，约瑟夫·布罗克纳的《福克纳传》和理查德·格雷的《福克纳的一生：传记批评》尚无中译版，这多少是遗憾。前者以精确到细节的翔实资料取胜，后者则以后现代主义观点梳理福克纳的创作生涯，是各自时代的代表性传记。

中国学者独立写作的福克纳传记首见于潘小松 1995 年出版的《福克纳——美国南方文学巨匠》，4 年后李文俊又出版了《福克纳评传》，后者参考了多部国外传记并结合作者本人翻译福克纳的过程中的经验和逸事，于细微处往往有独到创见。

　　总体来看，三十多年来，我国的福克纳翻译工作成绩斐然，优秀可靠的长篇小说译本构成了中文版的约克纳帕塔法世系。研究工作的优点在于国内学者对国外的研究状况比较熟悉，能够紧跟潮流。不足之处则在于研究视野过于集中在几部热点作品，过于喜欢套用前卫理论以追求新意。出现这些问题的根本原因在于很多研究没有真正深入文本之中，且缺乏总体视野。对福克纳成熟时期的风格、形式、思想就事论事。既不能通过对其早期诗歌等艺术活动的洞察探寻这些叙事形式的由来和与文学传统的关系，也不注意福克纳后期写作向乡土回归的内在原因。平面地、共时地截取福克纳，自然无法全面理解他的写作，无法厘清哪些是时代赋予作家的，哪些是作家赋予时代的。当我们赫然发现国外研究已经转向福克纳与大众文化、通俗文化乃至生态文学的关系时，便匆忙套用新近的理论加以追赶，但不能与文本肌质连贯的阐述终显生硬。

　　文学批评的本质是作品解读，即使国外学者也承认新批评时期的文本细读是福克纳批评的基础，克林斯·布鲁克斯和迈克尔·米尔盖特的学术成就一直受到推崇，他们的著作几乎是高质量研究的必引资料。可能对于中国的福克纳研究而言，认真理解福克纳的文本，对其整体创作形成有鲜明见解的认识，貌似没有"新意"，但可能却是实质上最有国际视野的工作。

　　鉴于此，本书拟在语言、视角、小说结构和世系结构这四个由低到高的文本层面上整体性地讨论福克纳独具一格的叙事艺术，揭示其以重复为基本特征的艺术特质，以及这种特质与更广泛的文学传统和美国南方社会历史之间的相互关系。在此基础上，简略兼谈福克纳在 20 世纪 80 年代对莫言、余华两位中国作家的影响，求得比较视野中对于福克纳叙事艺术之影响及价值的认识。

第一章　福克纳的叙事语言

从高贵的古典辞令到粗俗俏皮的南方土语，福克纳凭借惊人的语言天赋将丰富的词汇化入变化多端却又始终保持着整一节奏的句式。在长句中他总是陷入回环反复的咏叹，通过纷繁的修饰，想象与抒情被他堆积到句子的每一个词汇之上。这些繁复但内部结构和谐严整的句子常常被连缀成充斥着错乱混杂的只言碎语的章节，成为对内心生活零碎片断下那奔涌着的暗流生动的解说。在短句中，福克纳也会如同"把钉子敲进厚板并使其纹丝不动"一般，以精确的动词催动事件简单明了的表述。这使得他的短句更加贴近传统的叙述方式，与长句所显示的对传统表达形式的反叛精神形成精妙的平衡，尽管后者更体现出他的创造热情。

作为文本的最基层，句子决定了高层结构的风貌，并成为福克纳叙事风格最为明显的表征。

第一节　一般风格

在那个漫长安静炎热令人困倦死气沉沉的九月下午从两点刚过一直到太阳快下山他们一直坐在科德菲尔德小姐仍然称之为办公室的那个房间里因为当初她父亲就是那样叫的——那是个昏暗炎热不通风的房间四十三个夏季以来几扇百叶窗都是关紧插上的因为她是小姑娘时有人说光照和流通的空气会把热气带进来幽暗却总是比较凉快，而这房间里（随着房屋这一边太阳越晒越厉害）显现出一道道从百叶窗缝里漏进来的黄色光束其中充满了微尘在昆丁看来这是年久干枯的油漆本身的碎屑是从起了鳞片的百叶窗上刮进来的就好像是风把它们吹进来似的。

有扇窗子外面的木格棚上，一棵紫藤正在开今夏的第二茬花，时不时会有一群麻雀随着不定吹来的风和在花枝上落下，飞走前总要发出一阵干巴巴的、叽叽喳喳、尘土气十足的声音：而在昆丁对面，科德菲尔德小姐穿一身永恒不变的黑衣服，她这样打扮到如今已有四十三年，究竟是为姐姐、父亲还是为"非丈夫"。没人说得清楚。她身板笔挺，坐在那张直背硬椅里，椅子对她来说过于高了，以至她两条腿直僵僵地悬垂着仿佛她的胫骨和踝关节是铁打的，它们像小孩的双脚那样够不着地，透露出一股无奈和呆呆的怒气，她用阴郁、沙嗄、带惊愕意味的嗓音说个不停，到后来你的耳朵会变得不听使唤，听觉也会自行变得混乱不灵，而她那份无可奈何却又是永不消解的气愤的早已消亡的对象，却会从那仍然留存、梦幻般、占着上风的尘土里悄然出现，漫不经心而并无恶意，仿佛是被充满反感的叙述召回人间的。①

From a little after two o'clock until almost sundown of the long still hot weary dead September afternoon they sat in what Miss Coldfield still called the office because her father had called it that-a dim hot airless room with the blinds all closed and fastened for forty-three summers because when she was a girl someone had believed that light and moving air carried heat and that dark was always cooler, and which (as the sun shone fuller and fuller on that side of the house) became latticed with yellow slashes full of dust motes which Quentin thought of as being flecks of the dead old dried paint itself blown inward from the scaling blinds as wind might have blown them. There was a wistaria vine blooming for the second time that summer on a wooden trellis before one window, into which sparrows came now and then in random gusts, mak-

---

① ［美］威廉·福克纳：《押沙龙，押沙龙！》，李文俊译，上海译文出版社 2000 年版，第 1 页。以下本书所引该作品中译本皆出自该版本，不再另注，只在引文后标明页码。

ing a dry vivid dusty sound before going away: and opposite Quentin, Miss Coldfield in the eternal black which she had worn for forty-three years now, whether for sister, father, or nothusband none knew, sitting so bolt upright in the straight hard chair that was so tall for her that her legs hung straight and rigid as if she had iron shinbones and ankles, clear of the floor with that air of impotent and static rage like children's feet, and talking in that grim haggard amazed voice until at last listening would renege and hearing-sense self-confound and the long-dead object of her impotent yet indomitable frustration would appear, as though by outraged recapitulation evoked, quiet inattentive and airless, out of the biding and dreamy and victorious dust. ①

很多中外论者都以这一段来分析威廉·福克纳的语言风格，我们不妨也从这里开始。这是《押沙龙，押沙龙!》的开头，一段不过两个句子，对国内读者来说很长，不过对于福克纳来说这不算太长。

写作这部小说时，福克纳已经不再处于他语言运用上最前卫的实验时期。1935 年年末到 1936 年年初，身处好莱坞的他在写作这部小说时正值创作生涯的顶峰，对语言的把握已经非常成熟，偏激地一口气写三页甚至五页长的句子，在此前和此后都会出现，但在这部小说中没有。写电影剧本的影响加上责任编辑的修改，这部小说最初版本中的很多长句都已经被改成了相对较短的句子。句子的中等长度和出自作家最鼎盛时期的作品，这段引文确乎可以代表福克纳行文中的一般风格。

在第一句中，携载着"漫长""安静""炎热""令人困倦""死气沉沉"的九月下午，与"从两点刚过一直到太阳快下山"一起构成了时间状语，两个时间短语之间的连接用的是 of 而不是通常的 in，作者似乎在表明这两段时间之间不是隶属关系，而是彼此融为一体的

---

① William Faulkner. *Absalom*, *Absalom*!, NewYork: Penguin Books Ltd., 1985, p. 1. 以下本文所引该作品英文版皆出自该版本，不再另注，只在引文后标明页码。

时间绵延。这喋喋不休的一连串修饰在句法上几乎淹没了真正的主句"他们坐"（they sat），使得"他们坐"变得不再重要，时间淹死了动作。主句之后跟随的地点状语"办公室"，也被"科德菲尔德小姐仍然称之为"和"因为当初她父亲就是那样叫的"这两个从句所密集地限定。这两个从句并非真的关心房间是否是办公室，"仍然"与"当初"代表着从过去顽强地延伸到了现在的因果关系。时间，确切地说是过去那一端的时间决定了这个房间的性质。同位语"那是个昏暗炎热不通风的房间"和"关紧插上的百叶窗"似乎反而是自己繁复的修饰成分——时间词"四十三个夏季"和"她是小姑娘时"的载体，它们的存在是为了让过去赋予它们紧闭而昏暗的性质，而这两个同位语又将原先的"房间"埋没，空间要素由此被淡化。"昆丁看来"跟着的从句几乎很难让读者读懂吹进来的是碎屑，因为为了表现"年久干枯"，它实在是太长了。这个犹如枝藤般蔓延的从句借助which又用来修饰房间在黄色光束下的充满微尘的样子，以至于全句的核心"房间"由于与同位语的并列而变得很难辨认，它的性质被周围的同位语和同位语携带的众多时间性修饰成分所吸收，空间意义被融解在时间之中。有趣的是表现当前时间的"随着房屋这一边太阳越晒越厉害"却没有用 when 或者 with 连接成时间状语从句，甚至从句法上讲，将它与前面的 which 稍微调换一下次序，也就可以不用这个碍眼的括号，但是福克纳牺牲明了通顺的句法习惯的冒险只在再现过去的时间时适用。被括号包裹起来的插入语身份使得这表现当前时间的短语无法真正与句子融为一体，"现在"在这个句子中只是理解"过去"的一个条件罢了。

这个在三个层次上分布了众多状语从句、定语从句和介词短语的复杂句子，"即使在折回重叙之际也竭力拥挤向前，不断用修饰形容的子句充实自己：或提炼，或补充、或替代、或说题外话"①。拥挤向前是句子的结构给人的印象，不断地补充、修饰、限定却始终将不

————————

① ［美］埃默里·埃利奥特主编：《哥伦比亚美国文学史》，朱通伯等译，四川辞书出版社 1994 年版，第 741 页。

肯消失的过去再现于现在。

第二个句子由"一棵紫藤正在开今夏的第二茬花"和"科德菲尔德小姐坐（sitting）、说（talking）"两个分句构成主干，第二个分句没有真正意义上的动词，只有动词的进行式。动词是句子的眼睛，在古典写作中动词的选用几乎是最重要的，动词的模糊就意味着意义不清。这种对于语法公认原则的破坏，冲破了书写的界限，将动作悬置下来。科德菲尔德小姐永恒不变的黑衣，被它的从句"打扮到如今已有四十三年"所限定，时间决定了她的穿着，也让表示原因的插入语"为姐姐、父亲还是为'非丈夫'"变得不再重要。准动词"坐"（sitting）被镶嵌在"在"的状语"笔直"和"直背硬椅"中，"硬椅"本身又被自己的定语从句"对她来说过高了"和从句所嵌套的结果状语从句"以至她两条腿直僵僵地悬垂着"和方式状语从句"仿佛她的胫骨和踝关节是铁打的"所补充。至于"像小孩的双脚那样够不着地"是作为介词独立结构被安插进句子的。第二个准动词"说"（talking）的情况也差不多，十数个各种独立结构、状语从句、定语从句至少在三个语法层面上将"阴郁""沙嘎""不听使唤""混乱不灵"置入科德菲尔德小姐的讲述，这讲述本身也不重要，它只是将已经消亡的对象从过去的光阴召回现在。

无论是描写环境的第一句还是表现人物的第二句，动词都被大量附着的修饰成分所拖拽，而第二句中部分动词的形态甚至不完整。动作的停滞延宕着行动的进展，句子在大部分时候都在凝固的状态中沉重地徘徊。停顿，停顿，还是停顿。从两点到黄昏的死气沉沉，四十三年来紧插的百叶窗，安静而永不变化的房间，空间不变时间在流动，但这时间不是向前演进而是不断向后延滞。罗莎·科德菲尔德小姐的打扮、姿态、怨气，她的惊愕、阴郁、无奈，都是这不断倒流的时间给予的。这些修饰成分所反复吟唱的东西将动词和动词所能带来的结果永远地停止在那里，反复的吟唱变成了句子的主角。

威廉·拉波夫（william Labov）曾经谈道："那些沉思的语调中的风格元素全都与评价紧紧相连，因为它们决定了句法关系。叙述在风格和意图上都与对一般事件的报道不同，当事件被纯粹报道时，通常都使用一般过去时态。但是当评价被构建入叙述之时，偏离常规的叙述句法，借助句法的变形将动作、行为暂停，以特殊的视角将评价和个体经验介绍到叙述框架之中就成为必要的手段了。随着情节与人物的不同，叙述中的句法风格也就不断变化起来"①。在拉波夫的理论中，动作被暂停是很重要的，因为只有这样主观态度才能被介绍到句子中去，也许这是文学表达的基本手段。在福克纳的句子中，动作的悬置是因为对于过去的记忆过于强烈，似乎每一句话都在缅怀一段悠久的历史。那些不肯被忘却的记忆，争先恐后地挤到句子之中成为对往事的复述。动作在很多时候是为了停滞而存在的，所以很多时候福克纳句子中的动作似乎都没有结束的可能性。那些必须要与现在纠缠的过去弥散在动作的罅隙，也许是因为作者自己就认为过去还没有过去，因为他自己也没有弄清已经发生的过去，无法把对往事清晰的评价介绍进句子的框架，所以只好一遍又一遍地展现过去。

过去，永远都不会死，甚至它都没有过去。②

悬置的现象是为了真理的还原，为了更接近事情的本质。在这两个句子中，动作被悬置了，这不仅仅是文学叙述策略的需要。悬置是因为动作的结果还不明确，它必须被悬置。结果是指向未来的，它意味着了结。被暂停的动作虽然为过去所托付，但它既不属于过去也不属于现在或是未来。悬置在句子中的动作是一个存在于文学最小单位里的高潮来临前的那一瞬。悬置包含着可能性，可能性代表着希望。希望，正是这小小句子中悬而未决的表象下蕴藏的本质，蕴藏的真理。尽管连作者也不知道一旦动作被重启，最终的结果是被过去所吞没，是对过去的修正，还是与过去决裂的全新未来。但这并不是他所要关心的，文学给人以希望而不是给人结果。如果我们稍稍注意一下句子中"漏进来的黄色光束""吹进来的风""今夏的第二茬花"，会

---

① J. B. Bunselmeyer, "Faulkner's Narrative styles," in Linda Wagner Martin（ed.）*William Faulkner*：*six decades of criticism*，East Lansing：Michigan University，2002，p. 314.

② William Faulkner, *Requiem for a Num*，New York：Random House，1951，p. 9.

发现它们并不仅仅属于那些联系着过去的状语或者定语成分，它们那激起人们联想的象征寓意也同时使他们身处现在并指向未来。福克纳那源自柏格森的关于过去、现代、未来是一个绵延整体的观念并不是一味偏向过去，过去虽然沉重，但未来可以期待。时间的每一个节点都是背负过去而指向未来的时刻，罗莎·科德菲尔德小姐与昆丁谈话的时刻也不例外。在对过去反复的咏叹中包含着不易察觉的希望，这是福克纳的思考中恐惧与热情纠葛的体现。

动词的悬置和大量的修饰成分使得句子的表达并不向前发展，而是在近乎停滞的平面上铺开。无论是昆丁"认为"，还是罗莎小姐"坐""说"都不导致事情向前发展，相反，依附在这几个动词之上的修饰成分却彼此生发，不断增加自己的分支并由此蔓延开去，无穷无尽。"坐"带来了"笔直"和"硬椅"，"硬椅"生发出"太高"，"太高"又生发出罗莎小姐铁打似的脚踝和胫骨，胫骨和脚踝又带来无奈和怒气……套用绘画的术语，这样的句子构筑的是平面的审美内容而不是透视的效果。实际上，19世纪末20世纪初现代主义绘画的变革的基本精神确实在于打破传统绘画透视构图的技法末路，以平面化的构图恢复画家表达个体情感和主观体验的空间。透视画法已经日益走向技术化、自然科学化，当门锁的铜扣倒映着开门者的身影，过于追求透视和细节表现使得绘画与照片已无太大区别。福克纳早年曾经深受新艺术主义（Art Nouveau）和世纪末风格（fin de siècle）绘画的影响，他本人亦多次绘制过图画。通过对绘画的学习与创作，他获得了形式化的表达手段，这些形式模型日后作为原型成为他小说创作中的基本形式单元。① 作为率先作俑创新的艺术门类，现代派绘画对诗歌、小说皆有深刻的影响。当然绘画中的这种变革意识最终在福克纳的句子中体现出来，其过程则无疑非常复杂、曲折。我们在《押沙龙，押沙龙！》中看到的这平面美学的句子，当然可以说有福克纳早年研习现代派绘画的影子，但这更多是现代主义文艺精神的共同

① Lothar Hönnighausen, *William Faulkner: the Art of Stylization in his early Graphic and literary work*, New York: Cambridge University Press, 1987, p. 22.

呈现。

　　纯粹从形式上来看，这个段落的句子是顺循着反复与回环的节奏复沓着前进的。从段落的开始，句子就通过从句和独立结构的蔓延分叉走向形式上的繁复沉冗，也将越发紧张的沉重感堆积到这形式之中。就在形式快要不堪重负之时，"风"吹了进来。句子在这里落脚，而累积的沉重和压抑也因"吹"这个动词带来的变化和风的某种寓意而舒缓，句号则意味着某种转折。第二句的运行如第一句一样，以树形分叉模式不断修饰、叠加自身，形式走向烦琐的同时压抑感也不断积压。"说"和"坐"出现在句子中间，给人一种期盼之意，但在稍稍舒缓之后，福克纳的笔锋又再次走向循环叠压，并在一连串鱼贯相继的"说个不停""不听使唤""混乱不灵"的连续加压之后将紧张感推向了高潮——那些早已消亡的亡灵借着叙述被召回了人间。句子在此就戛然而止了，就如同乐曲在最高潮处结束于它的最强音，但意味却没有言尽于此。句子的形式在经过紧张—舒缓—紧张的音乐式的单元排列之后走向一个循环的终点，归于希腊古瓮般安详的静态，但是却将它积蓄的动能留在了句子的末尾，将期待留给读者。这期待与想象的空间，也赋予结构上已经锁闭的句子开放的意味。这意味来源于形式又超出形式之外，想象的可能性将生气灌注到句子之中，形式由此完成了黑格尔所谓"从自身中来又回到自身"，成为独立的自足体的过程，语言的灵性在这过程中闪耀。

　　不论是第一句还是第二句，它们的基本形式都是以动词和树枝状衍生的修饰成分在紧张—松缓的节奏之间相互搭配，回环前进，如果第一句是节奏上的紧张—舒缓，第二句则在舒缓之后又归于紧张。既有重复又有变化，不仅在节奏上如此，句子在结构上也保持着高度的对称。两个句子的前半部分都是对环境的交代，后半部分又都引入了某种态度和评价，只是侧重点正好相反，避免了重复。句子的修饰成分虽多，但在句法上很少超过三个层次。内在的一致性和包含着和谐节律的波动，给了福克纳的句子动态的整体感，显得生气盎然。

　　冗长谜叠的堆砌却又拥有和谐的节奏，整体性的对称架构将沉重的怀旧和微亮的希望糅合在一起，这是福克纳句子的一般特点，从

《喧哗与骚动》到《去吧，摩西》，他成熟时期最主要的作品的都是借由这样的散文叙述而成。

第二节 诗化与抒情的意识流

以诗意的抒情和细腻的沉思去追求大段文字的整体表现力，是福克纳独树一帜的风格。他总是从诗人的视角来表达，以敏感、脆弱和主观性的思考来整理进入自己视野的世界。他的句子提供描写性的基调并激发读者的想象去填充客观叙述的不足所留下的意义空间。这样的风格发展到极致，便是他的意识流长句。

《喧哗与骚动》长久以来被视作福克纳的代表作品，很大程度得益于这部小说所创造的语言奇迹。客观地说，这是一部精巧有余而视野不足的作品，但福克纳在小说中将自己在学徒期积累的语言素材和形式手段首次结合成一个整体，将抒情与沉思的诗意融入奔涌的意识之流，这是他在小说语言上达到的最高峰，因而这部小说更应该被看作是福克纳语言表达上的代表作而非他全部作品中的最高成就。

报三刻的钟声开始了。第一下钟声鸣响了，精确而平稳，庄严而干脆，为第二下钟声驱走了那不慌不忙的寂静原来如此如果人也能始终这样相互交替那该多好就像一朵火焰扭曲着燃烧了一个短短的瞬间然后就彻底熄灭在冷冷的永恒的黑暗里而不是躺在那里尽量克制自己不去想那摇晃的钟摆直到所有的杉树都开始具有那种强烈的死亡的香味那是班吉最最讨厌的。我只要一想到那丛树便仿佛听见了耳语声秘密的波浪涌来闻到了祖裸的皮肉下热血在跳动的声音透过红彤彤的眼帘观看松了捆绑的一对对猪一面交配一面冲到大海里去于是他说我们必须保持清醒看着邪恶暂时得逞其实它并不能永远——于是我说它也没有必要占上风如此之久对一个有勇气的人来说——于是他说你认为那是勇气吗——于是我说是的父亲你不认为是吗——于是他说每一个人都是他自己的道德观念的仲裁者不管你是否认为那是勇气反正它比那行动本身比任何行动都重要否则的话你不可能是认真的——于是我说你不相信吗我可是认真的——于是他说我看你是过于认真了才这样要使我震惊否则你是不会感到万不得已非告诉我你犯了乱伦罪不可的——于是我说我并没有说谎我并没有说谎——于是他说你是想把一桩自然的出于人性所犯的愚蠢行为升华为一件骇人听闻的罪行然后再用其实情况来拔除它——于是我说那是要将她从喧闹的世界里孤立出来这样就可以给我们摆脱掉一种负担而那种声音就象是从来没有响过一样——于是他说你当初是存心要她干的吧——于是我说我当初害怕这样做我怕她会同意这样一来就没有什么好处了可是如果我能使你相信我们干了那样的事那么事情就会真的是那样了而别人的事就会不是那样而整个世界就会喧叫着离开我们①

　　这是昆丁在自杀前最后时刻的内心独白。昆丁的部分在整个小说中最接近乔伊斯的笔法。昆丁一整天的游荡几乎是微缩般的《青年艺术家的肖像》，以整段都没有标点的超长句子表现不间断的意识跳跃又使人想起《尤利西斯》结尾处莫莉临睡前的独白。

　　"钟声开始了"，"就好像火焰燃烧了一下就彻底熄灭"。这似曾相识的声音在三百年前麦克白的口中也曾吟诵："熄灭了吧，这短暂的烛火！"行将熄灭的火焰是对死亡的欲拒还迎，时间一直是昆丁所想逃避的，因为绵延的时间不断将不堪忍受的回忆附着在他身处的每个时刻，即使砸碎钟表也无济于事，只有死亡才能结束时间带来的折磨。

　　昆丁的独白表明他与时间的战斗是在寻找没有时间的纯粹空间以获得稳定的安全感，所以他试图将时间固定在某一个空间之内，但这

---

　　①　[美]威廉·福克纳：《喧哗与骚动》，李文俊译，上海译文出版社1984年版，第199—200页。以下本文所引该作品中译本皆出自该版本，不再另注，只在引文后标明页码。

是不可能的，变化不可避免地要发生。① 而且对昆丁来说，不停延展的时间将空间世界的所有事物都沾上了自己的属性，将其挟裹在不停的变化之中，既是事物自身又不断变化为其他事物，既包含着过去又指向他的归宿。

杉树的死亡意味便是时间的绵延给予的，这意味作为香味而存在，则显然来自象征主义诗歌中以通感的印象暗示朦胧抽象的意识的手法，是波德莱尔式的神秘而美丽的死亡气息。"那是班吉最讨厌的"，却又带有自由联想的特点，这首创于乔伊斯的手法将人物崩溃之前瞬息万变的心理中对家人隐隐的不舍搅动出来。同时这也是柏格森式的直觉认知，在柏格森看来，分析式的理性思维是对确定事物的有效安排，是对现实秩序的某种观察，但却不能以通感的体验获得对事物更为本质的认识。② 唯有直觉的方式才能超越作为意志表象的客观世界，体验到存在于人们的内心绵延之中的生命冲动。昆丁在这里表现出的是生命结束前的最后冲动，"它随着绵延的积累而不断增长，如雪球一样越滚越大"③。

由班吉，他想到了妹妹凯蒂，"树丛"便承担了思维跳跃的转换节纽，由客观的对应物刺激起人物的心理反应以实现意识的跳跃。这是意识流的传统笔法，早在普鲁斯特的《追忆似水年华》中便有了很成熟的运用，后来弗吉尼亚·伍尔夫和乔伊斯都继承了这一技巧。在这里，福克纳把艾杜阿·杜加丹的月桂树、伍尔夫庭院中的花草搬过了大西洋，放置在南方衰朽世家的庄园，他对自由联想起承转合的技巧已经运用自如。

树丛下的耳语和赤裸的身体是昆丁对妹妹失贞的直观印象，以感

---

① Gail L. Mortimer, "Precarious Coherence: Objects through Time," in Harold Bloom (ed.) *William Faulkner's The Sound and the Fury*, New York: Chelsea House Publishers, 1988, p. 107.

② Donald M. Kartiganer, "The Sound and the Furry and the dislocation of Form," in Harold Bloom (ed.) *William Faulkner's The Sound and the Fury*, New York: Chelsea House Publishers, 1988, p. 33.

③ ［法］柏格森：《内心生活的绵延》，郭建译，载柳鸣九主编：《意识流》，中国社会科学出版社1989年版，第370页。

官的印象来表达最直接的不加修饰的悸动以谋求心理的真实，这是意识流手法最早也是最根本的目的。耳语的秘密超越昆丁所坚持的道德传统底线，赤裸的身体则冲击着昆丁带有洁癖的自尊和脆弱神经，对他来说这是猪一般的交配。以扭曲形象来暗示人物的态度，这是弗洛伊德理论的某种体现。欲望以压缩、移置、象征、转换的方式从潜意识改头换面到意识之中，成为可以言说的表象。猪交配着并冲向大海是昆丁对妹妹失身后的谴责、担忧、怜惜而又不忍直言的幻象。

在经历了晦涩、混乱的内心独白之后，跳跃的自由联想将小说的时间由钟表时间带进心理时间，这是柏格森意义上的时间，是包含着许多融为一体的时刻，体现着生命全部意义的时间。昆丁的思绪进入时空交错之中，不时跳跃于现在和与父亲康普生先生对话的那晚。

对话本身也是跳跃性的，因为昆丁已经不能理智地整理任何东西，意识的潮水喷涌而出，吞没了他的头脑，使之进入某种超验状态。无声无息之中对话已经转入"伊丽莎白时代晚期的气氛"，紧张、阴郁还带着一丝血腥，这是人物自杀前最后的挣扎，一直深藏的自杀动因显露出它的恐怖面目直接登台了。

"女人，你的名字叫做脆弱"，妹妹的失贞是昆丁不能容忍的罪恶，因为这是一项把旧时代以道德名义还残喘于世的最后存在也无情打破的罪行。对罪恶的态度的讨论重复着"生存还是毁灭"这样的老问题，"是该忍受残酷命运的毒箭还是该挺身反抗，这两种行为哪个更高贵？"问题是不会有答案的。因为答案的出现需要的不是讨论而是行动，这一点无论是昆丁还是康普生先生都不具备。昆丁是一位哈姆雷特，在勇气和行动哪个重要的矛盾之中选择了自己的反抗——告诉父亲自己与妹妹犯了乱伦罪。这是一个虚构的罪行，其目的在于将凯蒂的过错转化为自己所值守的道德世界中的一项罪恶，这总比让凯蒂落入物欲横流的邪恶世界要好。他力图把无意义的肉体堕落行为转化成多少带有悲剧意味的毁灭。[①] 以自虐的方式维系最后的自尊，

---

① See：Geroge Marion O'Donnell，"Faulkner's Mythology"，in Frederick J. Hoffman and Olga W. Vickery（eds.）*William Faulkner Three Decades of Criticism*，Ijklmn：Michigan University Press，1963，p. 85.

这是一种令人心碎的做法。这自欺欺人的办法使昆丁像一个可怜的演员，"人生不过是一个行走的影子，一个在舞台上指手画脚的拙劣的伶人，登场片刻，就在无声无息中悄然退下"。他想把妹妹从喧闹的世界中孤立出来，回归到坍塌之前的南方道德传统，但这个传统的社会基础已经不复存在，随着奴隶制和庄园经济的垮塌永远也不会再回来，所以昆丁的想法更接近夏多布里昂，接近那种对旧时代反复咏叹但却被雨果斥为伪浪漫主义的罗曼蒂克精神。康普生先生虚无主义的回答将昆丁的一切努力溶解在辨析哲学概念的溶液里，将其变得毫无意义。昆丁头脑之中如原子般纷纷下落的印象、感觉、回忆最终成为他斗争失败后的遗言，犹如"一个愚人所讲的故事，充满着喧哗和骚动，却找不到一点意义"。

邦塞梅勒（J. E. Bunselmeyer）认为，福克纳那些沉思的段落都是由否定（negatives）、同位（appositives）、双重修饰（double modifiers）、比较成分（comparisons），或者从句（or-clause）构成。这些风格元素串连在一起构成的表达模式吸引读者在阅读句子时充分运用想象，并且以一种评判性的视角，将事件或行动转变为价值判断。[①] 在昆丁的独白中，那些变幻的意识折光最终提示的是人生作为徒劳悲剧的幻灭感：

The three quarters began.

The first note sounded，（同位）

measured and tranquil, serenely peremptory, emptying the un-hurried silence for the next one（双重修饰）

and that's it（同位）

if people could only change one another forever that way（或者从句）

merge like a flame swirling up for an instant（双重修饰）

then blown cleanly out along the cool eternal bark（同位）

---

① J. B. Bunselmeyer, "Faulkner's Narrative styles," in Linda Wagner Martin （ed.） *William Faulkner: six decades of criticism*, East Lansing: Michigan University, 2002, p. 324.

instead of lying there trying not to think of the swing until all ce-
dars came to have that vivid dead smell of perfume that Benjy hated
so. ① （否定/比较）

这幻灭与绝望情绪在麦克白的口中是这样的：

Out, out, brief candle!
Life's but a walking shadow, a poor player （同位/否定）
That struts and frets his hour upon the stage （双重修饰）
And then is heard no more. （同位/比较）
It is a tale told by an idiot, full of sound and fury, （双重修饰）
Signifying nothing. （否定）②

熄灭了吧，熄灭了吧，短促的烛光！
人生不过是一个行走的影子，一个在舞台上指手画脚的拙劣
的伶人，
登场片刻，就在无声无臭中悄然退下；
它是一个愚人所讲的故事，充满着喧哗和骚动，
却找不到一点意义。（《麦克白》，第五幕第五场，朱生豪译）

将这两段加以比照并不是因为福克纳在被问到小说为何叫《喧哗
与骚动》时，他随口将包括引文在内的一大段莎士比亚台词吟诵而
出，虽然这是他熟读莎士比亚的佐证；③ 也不是仅仅因为昆丁与麦克

---

① William Faulkner, *The Sound and the Fury*, NewYork: Vintage Books, 1954, p. 219.
以下本书所引该作品英文版皆出自该版本，不再另注，只在引文后标明页码。

② 对该诗行的分析参考了 J. B. Bunselmeyer, "Faulkner's Narrative styles," in Linda
Wagner Martin （ed.）*William Faulkner: six decades of criticism*, East Lansing: Michigan Univer-
sity, 2002, p. 326。

③ See: James B. Meriwether and Michael Millgate, eds., *Lion in the garden: Interviews with
William Faulkner* 1926—1962, Lincoln and London: University of Nebraska Press, 1980, pp.
169 - 170.

白都在呻吟着人生如梦的幻灭主题，诗歌式的节奏是这两段的共同特点。

莎士比亚使用的是白体无韵诗，福克纳使用的是散文，文体上的不同在于前者虽然行尾不押韵，但须讲究每行的音步和音步内的轻重音以维系诗歌的音律。但是，"诗的结构是格律，而格律不仅归结为韵脚"。除了韵脚之外，"还有节奏——是联系诗行的手段。"① 如果说散文无法遵循诗歌的韵脚，节奏却是它可以从诗歌那里继承的有用手段。这两段句子皆以内部基本模块间相似的重复、并列、对比、修饰的组合排列不断阻缓着句子的线性进展，使叙述获得某种层梯式的构造，每一级都部分重复着上一级但又多出一点点变化，以一种类似 a+（a+1）+［（a+1）+2］…的方式获得一唱三叹的诗歌节奏，抒情的诗意在这种结构中应韵而生。② "艺术作品的形式决定于它与该作品之前已存在过的形式之间的关系。"③ 在这个意义上，福克纳的意识流确实具有与莎士比亚化戏剧相似的诗化特征。

诗体的节奏和抒情的风格，这是福克纳对意识流技法最大的创新。

第三节　意识流中的写实问题

在福克纳之前，意识流技法的集大成者无疑是乔伊斯，他在从《青年艺术家的肖像》到《尤利西斯》的创作中已经将内心独白、自由联想、精神顿悟、双关语、复义、戏拟、词语变形等技法炉火纯青

---

① ［俄］维·什克洛夫斯基：《散文理论》，刘宗次译，百花洲文艺出版社 1997 年版，第 129 页。

② 事实上，在日本当被问及为何莎士比亚的原文"sound and fury"并没有冠词 the，而福克纳的标题却加了 the 在 sound 和 fury 之前时，福克纳回答说，就是为了强调节奏，"耳朵说，它需要节奏"。See：James B. Meriwether and Michael Millgate, eds., *Lion in the garden*：*Interviews with William Faulkner* 1926—1962. Lincoln and London：University of Nebraska Press, 1980, p. 170.

③ ［俄］维·什克洛夫斯基：《散文理论》，刘宗次译，百花洲文艺出版社 1997 年版，第 31 页。

地运用于意识流写作中。力图将"生活感和真实性"表现于"对应精神运动的形式",这是他对形式创新不懈追求的动力。这种源自亚里士多德的将形式因视为事物之真之所由的观念,在乔伊斯那里变成了形式与内容一体,以形式求真实的尝试。"幻影般的雾气、碎片般的混乱、酒吧里的气氛,停滞的社会——这一切只能通过我使用的词语的肌质(texture)传递出来。"① 细屑的日常细节,枯燥的对话,对事件的非情节化处理,在近乎自然主义的态度中,乔伊斯以飘忽不定、朦胧晦涩的形式表达着人物心中变形了的琐碎世界和情感。

乔伊斯的意识流技法革新"标志着英美意识流小说的真正崛起",现代小说的表现形式在很大程度上得到了乔伊斯形式实验的惠泽。福克纳受到过乔伊斯很大的影响,虽然他一直拒不承认这一点。"乔伊斯我听说过,别人告诉过我他在做什么,也许我受到了间接的影响。"② 这是福克纳对自己借鉴过乔伊斯的最接近事实的表态。但这还远远不够,福克纳接受的不是"间接"影响,他实实在在地读过乔伊斯,这已为评论界所确定。③ 福克纳作品中的自由联想、内心独白、戏拟古代经典、自造生词等手法基本上是源自对乔伊斯的学习,早在《士兵的报酬》中,人物内心的挣扎就与《尤利西斯》中的部分段落很相似。④ 对于两人在文本上的相似性,米尔盖特甚至说,直

---

① 戴从容:《乔伊斯与形式》,《外国文学评论》2002 年第 4 期,第 8 页。

② Michael Millgate, *The Achievement of William Faulkner*, Athens and London: The University of Georgia Press, 1989, p. 14.

③ 据米尔盖特考证,在密西西比大学校刊上曾经刊登过《青年艺术家肖像》的片段,当时参与校刊工作的福克纳完全没有看自己的刊物是不太可信的。另外,1924 年的《尤利西斯》福克纳也有一本,不过他一直声称自己没读过。在写作《喧哗与骚动》之前,福克纳读过《都柏林人》《青年艺术家肖像》也听说了《尤利西斯》。1918—1920 年刊登在《小评论》上的《尤利西斯》摘选福克纳应该也读过。另据福克纳太太的回忆,在 1929 年她与福克纳度蜜月期间(此时是《喧哗与骚动》完成后的 8 到 9 个月,但还没有清样),福克纳要求她看两遍《尤利西斯》,由此看出在福克纳最成熟的作品出现之前,他应该看过了《尤利西斯》,确切的时间很可能是 1924 年。详情 See: Michael Millgate, *The Achievement of William Faulkner*, Athens and London: The University of Georgia Press, 1989, pp. 14 – 15。

④ Michael Millgate, *Faulkner's place*, Athens and London: The University of Georgia Press, 1997, p. 87.

到《喧哗与骚动》和《我弥留之际》的写作，他才"深思熟虑地抑制住自己语言与技巧中典型的乔伊斯元素"①。

但乔伊斯的写法也是有极限的，过于追求形式的表意功能，将形式本体化，这也会割裂形式与材料之间的有机联系，陷入"无意可表"的尴尬。乔伊斯曾感慨自己技巧多而缺乏思维，评论界批评《芬尼根守灵夜》艰涩的叙述表明作者"已经无话可说"。这些恐怕不能仅仅用"现代主义开始被后现代主义取代"②来理解，这是将形式推崇到极端的结果。

对这个问题，沃伦·贝克曾谈道，现代小说的两个主要趋势，其一，依赖简单地列举事物与行为的名称和话语报道，以求得越来越有形的喜剧化呈现；其二，则倾向于对自由流淌的意识做直观、彻底、流畅的复制。这些方法造就了《太阳照样升起》和《尤利西斯》这样大相径庭却保有共同元素的作品。在这两种写作类型中，作者都试图将自己完全隐藏在材料之后，从而给予材料整体现象的属性。在这样的目的下，风格就瞄准于纯粹的复制，不允许从任何独立视角展开限定和阐释。这些最真诚的尝试，发明了许多卓越的技巧，其衍生的创作也不乏可称上品者。可是当在一个方向上走到极端，这些尝试就显得贫乏、枯竭，或招致散乱不连贯。那些面临着当今种种缺憾与混乱的现实，又在对科学方法的屈从中变得过于无神论，试图做到绝对客观的作家，无论是在表面上还是心理上，无论是在总体事件上还是一连串联想上，他们的想法有时似乎是一种无用且不合理的反理智美学。③

这番话说到两个问题，一是以乔伊斯为代表的以形式求真的思路走到了极端，使得意识流技法由最初表现主观真实的企图逐渐在实践

---

① Michael Millgate, *Faulkner's place*, Athens and London：The University of Georgia Press, 1997, p. 88.

② 李维屏：《论乔伊斯的小说艺术》，《外国文学评论》2001 年第 1 期，第 110 页。

③ Warren Beck, "William Faulkner's Style," in Frederick J. Hoffman and Olga W. Vickery (eds.) *William Faulkner Three Decades of Criticism*, Ijklmn：Michigan University Press, 1963, p. 155.

中滑向了机械复制的呆板；二是艾略特的非个人化理论在小说创作中被片面运用带来的失衡。

非个人化理论原本出于 T. S. 艾略特对文学自律性的考虑，旨在反对浪漫主义的情感泛化，恢复作品的本体价值。但是这个理论所包含的一系列标准，比如以古讽今，以新奇的客观对应物固定情感，也多少限制了主观性体验在作品中的表达。虽然艾略特本人又提出了"统一感受力"的提法，企图以受到思想、理性约束的感觉保留情感在文学中的作用，但是在不是每一个人都具备他本人那种感觉与思索的天才平衡能力的情况下，"统一感受力"很难作为普遍经验在创作中得到精准的操作，其对非个人化主张的补充作用还是有限。作者从作品中的退出和对主观体验的约束确实抑制了写作中感性与抒情元素的发挥。

T. S. 艾略特的诗作对福克纳的早期创作影响较大，这在《蚊群》和《士兵的报酬》中可以见及。但就文艺理论而言，艾略特对现代主义文学的影响远甚于对福克纳个人的影响。

就宏观考量，意识流在写实道路上的极端发展，非个人化理论的教条化以及构成意识流手法理论基础的那些思潮中不宜管束的非理性因素，使得意识流小说在《尤利西斯》之后存在陷入机械复制心理图式的创作危机。

在这样的背景下，福克纳意识流笔法中的抒情风格和诗意就显得格外有益。"在另一个意义上看福克纳的叙事技巧，特别是贯彻到他的整个风格中时，不仅不是一种倒退，反而可能是一种进步的体现。它使文学渡过了由过于热衷于时髦的照相式或心理图式复制而引发的危险困境。"①

福克纳曾把自己的文艺滋养分成两类，老师和同路人。前者包括塞万提斯、赫尔曼·麦尔维尔、福楼拜、陀思妥耶夫斯基、狄更斯和康拉德。"我每年读一次《堂·吉诃德》，每四到五年读一次《白

---

① Warren Beck, "William Faulkner's Style," in Frederick J. Hoffman and Olga W. Vickery (eds.) *William Faulkner Three Decades of Criticism*, Ijklmn: Michigan University Press, 1963, p. 155.

鲸》，我读《包法利夫人》《卡拉马佐夫兄弟》。我读《旧约》，哦，大约每十到十五年一次，我有一本有一册装的《莎士比亚全集》，随身携带，不时读上一点。狄更斯和康拉德我每年也读上一些。"① 后者大多是 20 世纪同时代的作家，米尔盖特曾经列了一个名单：爱德华·洛宾森（Edward Arlington Rbinson）、康拉德·艾肯（Conrad Aiken）、艾米·洛维尔（Amy Lowell）、辛克莱·刘易斯（Sinclair Lewis）、约翰·麦瑟菲尔德（John Masefield）、罗伯特·福斯特（Robert Frost）、萧伯纳（Geroge Bernard Shaw）、尤金·奥尼尔（Eugene O'Neill）、埃兹拉·庞德（Ezra Pound）以及 D. H. 劳伦斯（D. H. Lawrence）。② 在各类访谈中，福克纳都不怎么提到乔伊斯和普鲁斯特，更不要说弗吉尼亚·伍尔夫。

在日本，当被问到为什么普鲁斯特、乔伊斯、奥登不在他的日常阅读作家之列时，福克纳说："乔伊斯是很了不起的，普鲁斯特我读过。但我提到的名字是曾经影响过我的人，当我读乔伊斯和普鲁斯特时，我作为作家的生涯已经定型，所以已没有太多的机会接受他们的影响。你可以说，有些坏的习惯已经养成。当我列出我读过的作家时，并不是说除了他们我没再读过其他人的作品，但这些作家是这样一群人，对我来说他们曾经是师傅。我如同年轻学生对待自己的教授那样对他们抱有忠诚、受影响和敬佩的心情，但这并不意味着年轻学生不和他的同学交换想法。乔伊斯是我的同时代者，普鲁斯特几乎也可以这样说，这意味着当他们在往自己创作天赋的最高峰推进时，我也做着同样的事。不，我当然并不是说我从不读他们的作品。我对他们的天才极为尊敬，我只是列出了那些曾经影响过我，可以称为我的老师的人。"③

① James B. Meriwether and Michael Millgate, eds., *Lion in the garden*: *Interviews with William Faulkner* 1926—1962, Lincoln and London: University of Nebraska Press, 1980, pp. 110 - 111.

② Michael Millgate, *The Achievement of William Faulkner*, Athens and London: The University of Georgia Press, 1989, p. 290.

③ Ibid., p. 112.

　　福克纳避谈曾经给他确实影响的乔伊斯也不完全是出于某种可以理解的考虑，他对于师傅和同路人的划分说明他把来自这两组作家的影响放在了不同的地位上。前者他以拜服的心态吸收营养，后者可能更多以挑剔的目光加以借鉴。

　　虽然乔伊斯的技巧帮助他结束寻找实用的表达形式的艰难过程，但他对乔伊斯的语言并不完全服膺："他没有必要非得以任何白痴都读得懂，任何有三年级文化的劣等生都能理解的方式去写作"，"他的天赋比他能够控制的部分大得多"①。这段话似乎说明福克纳看到了乔伊斯的写作中存在僵化复制的危险，这危险抑制了乔伊斯将天赋发挥到最大。因而在对语言的表达上他采取了与乔伊斯不同的策略。乔伊斯的用词始终坚持一种讲究的晦涩，几乎无一字无来历，不过在词汇上乔伊斯使用标准、通用的语言。福克纳的词汇选择更本地化，甚至以南方口语入文，但在笔法上更偏向抒情写意。

　　对于塞万提斯、莎士比亚、麦尔维尔、福楼拜等人的推崇反映出福克纳相比乔伊斯更坚守古典文学的立场，他对于 20 世纪文学的技巧借鉴更多出于获得当下性的表现形式的需要。"福克纳与乔伊斯在《尤利西斯》中喜欢用高度的技巧类推复杂而精细的模型不一样，他是一个机会主义的探索者，喜欢使用简单可用的资源。"② 当下性的实验技巧在很大程度上对福克纳来说是可供汲取的资源，带有古典和浪漫气息的抒情和诗歌的节奏则是福克纳自始至终坚持在自己创作中的特质。

　　模仿现实与抒发内心，写实与抒情，现实性或浪漫性，不管怎么称谓，文学中的这两大流派，早已在彼此长久的论争中证明了各自与文学的某些本质要素的深刻关联。过于偏向哪一方，都可能走向偏颇。从意识流小说的整体发展来看，自从亨利·詹姆斯提出作家退出小说的口号起，抛弃全知叙述，从"意识中心"出发，以小说人物

---

① Michael Millgate, Faulkner's place, Athens and London：The University of Georgia Press, 1997，p. 87.

② Warren Beck, "William Faulkner's Style," in Frederick J. Hoffman and Olga W. Vickery (eds.) *William Faulkner Three Decades of Criticism*, Ijklmn：Michigan University Press, p. 133.

的感受与认知求取带有陌生化色彩的真实感，这一手法就潜伏着机械复制的隐患。福克纳的句子消除了这个隐患，丰富了意识流手法的表现力，使现代文学技巧在写实与抒情间重新恢复了平衡。

当然，福克纳对意识流其他方面技巧的改进也是有的。比如，他将人物的对话与内心的意识流交错在一起以求得没有间断的流畅文本，在同一物理时间内这文本可以包含截然不同的时空感受：

> "嗨，班吉。"凯蒂说。她打开铁门走进来，就弯下身子。凯蒂身上有一股树叶的香气。"你是来接我的吧。"她说。"你是来等凯蒂的吧。威尔许，你怎么让他两只手冻成这样。"
>
> "我是叫他把手放在兜里的。"威尔许说。"他喜欢抓住铁门。"
>
> "你是来接凯蒂的吧。"她说，一边搓着我的手。"什么事。你想告诉凯蒂什么呀。"凯蒂有一股树的香味，当她说我们这就要睡着了的时候，她也有这种香味。（《喧哗与骚动》，第5页）

凯蒂对班吉的嘘寒问暖与班吉内心对姐姐的依恋交错在一起，轻轻流淌，树的香味象征着纯真无瑕，昔日岁月那温馨的画面静静地被展开。

福克纳通常用斜体将意识流中不同时空的冥想区别开来，方便读者理解：

> "好，现在下水去玩，看你还哭哭啼啼、哼哼唧唧不。"
>
> 我停住呼叫，走进水里这时罗斯库司走来说去吃晚饭吧，凯蒂就说，
>
> *还没到吃晚饭的时候呢。我可不去。*
>
> 她衣服湿了。我们在河沟里玩，凯蒂往下一蹲把衣裙都弄湿了，威尔许说，
>
> "你把衣服弄湿了，回头你妈要抽你了。"（《喧哗与骚动》，

第 17 页）

两种字体将意识流分割为三个时刻：当前，1898 年康普生家的孩子们下河玩的时刻，以及那一天稍早时候大姆娣去世的时刻。三个时刻的转化则依靠水这个客观对应物带给班吉的感觉所刺激起的回忆。以相同词语的反复完成不同时空中情景蒙太奇的剪辑，这是福克纳对自由联想的革新。乔伊斯式的自由联想常常天马行空，不可预测。如《尤利西斯》中布鲁姆参加朋友葬礼时，由墓地管理员身上挂着钥匙想到名字发音相同的酒商科斯，由此又想到科斯托他做的广告，由广告又想到自己写给打字员的求欢信。这些自由联想基于感觉的不断变化而产生，不时在听觉、视觉、触觉之间转化，虽然获得了五光十色的表达效果，但感觉作为生理冲动难以避免的个人性和随意性，使得以此衍生的意识流即使经过乔伊斯的精心构筑，仍然难免自然主义式的机械反应并时常被抱怨为难以理解。福克纳依靠具有象征意义的客观对应物在自由联想中的反复出现串联意识的跳动，实则在意识流中引入了诗歌在不同段落中重复主题的复沓手法。文本多了一份言外之意，显得更为整一而平静，这是福克纳收束意识流的非理性色彩的某种努力，尽管他是出于艺术家的本能而非理论家的思辨做到这一点的——"我知道什么叫做灵光一现，但我也愿意以纪律约束我的生活和作品。"①

不过，过于繁复而形状奇异的句子总不利于理解，抒情与诗歌的节奏与意识流的结合也需要作家以极高的语言天赋把握最细微处的平衡，以获得整体性的表达效果，即便福克纳也只是在他的几部代表作中可以做到。如同巴尔扎克会重复以前作品中的材料，福克纳有时也会用语重复。康拉德·艾肯发现福克纳总喜欢使用一些特定的词汇。"无数的"（myriad）、"无根源"（sourceless）、"不可理解的"（impalpable）、"蛮横的"（outrageous）、"滑稽的"（risible）、"深刻的"

---

① James B. Meriwether and Michael Millgate, eds., *Lion in the garden*: *Interviews with William Faulkner* 1926—1962, Lincoln and London: University of Nebraska Press, 1980, p. 72.

(profound)，① 这些词的确是作者笔端的常客，深受他的喜爱。这些多少算是福克纳意识流长句的缺憾，但是，这些长句是福克纳最具想象力的作品中的语言，用以表现那被各种混乱意识、怪象所充塞和折磨的，时而亢奋、时而奄奄一息的头脑。为了将这兴奋的时刻不停地放大，句子也就只好循环反复，不断添加不相干但又不得不挤在一起的成分，直到无法再填塞，这已是语言所能达到的接近意识本体的极限了。

第四节　短句与喜剧风格

福克纳曾经谈到过，"促成了自己多产文学生涯的不是内容，而是风格，是他小说中多样的形式"②。虽然说长句是他最为突出的语言成就，但他的句子也不总是迂回曲折。海明威讥笑他"需要世界上最长的句子才能使一本书有特色"，有的时候也不尽然。

简洁明快，再加上一点幽默风格，这是美国文学固有的传统，凡美国作家皆工于此。如果说福克纳抒情与沉思的长句融入了诗歌的特点，受到来自欧洲的文学传统与时尚风潮的润泽，那么福克纳那些明白晓畅、节奏快行、在乡土人情的幽默中嗤笑现代文明的句子则根植于美国文学虽不悠久却特点鲜明的传统，是马克·吐温风格的延续。

福克纳会用简明的短句勾画电光火石的瞬间。

　　布克大叔登上马背的动作一点儿也不像个六十岁的人，他瘦削灵活得像一只猫，头颅圆圆的，一头白发留得很短，一双灰眼睛又小又冷酷，下巴上蒙着一层白胡茬，他一只脚刚插进马镫，那匹马就挪动步子了，等来到开着的院门口就已经在奔跑了，到

---

① Conrad Aiken, "William Faulkner: The Novel As Form," in Frederick J. Hoffman and Olga W. Vickery (eds.) *William Faulkner Three Decades of Criticism*, Ijklmn: Michigan University Press, 1963, p. 137.

② Doreen Fowler, "Introduction," in Doreen Fowler and Ann J. Abadie (eds.) *Faulkner and the craft of Fiction*, Jackson: University Press of Mississippi, 1987, p. ix.

这时，布克大叔才往马鞍上坐了下去。①

《话说当年》中的这一段描写布克大叔去追出逃的黑奴托梅的图尔，对人物外形的描写十分精确，人物的气质特征被转化成精细的比喻语言，这是想象力的表现。布克大叔的动作被刻画得尤为精彩，充分体现了作者对节奏的有力把握。动词"插""挪动""奔跑""坐"都被一连串表示时间紧凑递进的状语修饰。与《押沙龙，押沙龙!》的开篇不同，动词在句子中直接而有力，仿佛时间是被动作不停追赶的猎物，由此营造的简洁而急促的句子节奏使人物的干净利落机敏地跃然纸上。虽然大部分时候福克纳并不使用这样言简意赅的句子，但这样动感的描写说明福克纳在语言表达上全面的能力。"虽然福克纳不避免精细繁复的笔法，但他不是这种笔法的奴隶。"②

沃伦·贝克发现，福克纳在描写人物外形时虽不能完全避免繁复堆砌，但一般都精练准确。繁复来自作者与巴尔扎克相同的野心，这野心驱使他全面把握自己笔下包括人物在内的一切事物，精练则是在全面地把握之上以最准确的词汇，交代对象在约克纳帕塔法世界中得以成为一员的只有他本身才具备的属性：

> 先开口的那个印第安人名叫三筐，年纪兴许已有六十了。两个人都是矮墩墩的，还算结实，俨然一副"自由民"的架势，大肚子，大脑袋，泥土色宽宽的大脸膛，安详的脸色看去迷迷糊糊，仿佛暹罗或苏门答腊一堵残壁上雕着的两个头像，隐隐出现在薄雾中那是阳光造成的感觉——阳光奇猛，阴影也就奇浓：他们的头发活像烧得光光的土地上长出的芦苇，三筐还有一只彩色

---

① ［美］威廉·福克纳：《去吧，摩西》，李文俊译，上海译文出版社1996年版，第7页。以下本文所引该作品中译本皆出自该版本，不再另注，只在引文后标明页码。

② Warren Beck, "William Faulkner's Style," in Frederick J. Hoffman and Olga W. Vickery (eds.) *William Faulkner Three Decades of Criticism*, Ijklmn: Michigan University Press, 1963, p. 144.

的鼻烟壶，当个耳坠戴在耳朵上。①

这一段虽然也算是长句，但显然分属两个部分。前半句非常简短，采用传统的外貌描写，人物的年纪、神态、动作与架势交代得清清楚楚。后半句粗看像是意识流长句的风格，实则不是。句子没有蔓生的繁复修饰与回沓，虽然分句比较长，但每句意义的跳转非常快捷，绝不重复，不存在相互间的拖黏。犹如头像般迷迷糊糊的脸色和芦苇般的头发，则以比喻的手法活灵活现地透露出这两个印第安人，在自家那与大自然相契合的传统，被白人蓄奴经济同化后失去了生活准则，变得懵懂与迷惘。

比喻可以化繁为简，以感性形象来表示抽象的属性，福克纳在短句中对相对复杂事物的表述常借助比喻进行转化，这体现了其语言上精简的一面。

> 可是得克萨斯人鼓不起大伙儿买马的劲头。他开始在埃克身上下功夫，因为头天晚上是埃克帮他把马赶进牲口棚喂上玉米粒的，他还跑得及时，没给马踩死。他就像是堤坝决口时被水冲出来的一块小石子，从牲口棚里蹦了出来，及时跳上大车，躲得正是时候。②

洪水是马群的咆哮，如石子般连滚带爬是埃克·斯诺普斯逃出马厩时的仓皇，"蹦"字既像石子的滚动也是埃克逃命的动作，显示了作家选用动词的精准。村民们为蝇头小利而奔突的妙态被福克纳的比喻生动托出。实利主义本来就是美国精神中的基本方面，历来就是边疆幽默中自我挖苦的绝妙题材。

---

① ［美］威廉·福克纳：《殉葬》，蔡慧译，载陶洁主编：《福克纳短篇小说选》，译林出版社2001年版，第87页。

② ［美］威廉·福克纳：《花斑马》，陶洁译，载陶洁主编：《福克纳短篇小说选》，译林出版社2001年版，第263页。

　　他们那股味儿，他们身上那股臭气，似乎在热烘烘静止的空气里时起时伏。他们似乎是在那里一齐苦苦思索一件年代久远的事，一件不可思议的事。他们就像是一条章鱼，他们就像一棵大树见了老根，就在泥土刨开的一瞬间，露出了底下长久不见阳光，郁愤难舒的一大堆，纠纳盘曲，粗而奇臭。（《殉葬》，第88—89页）

　　福克纳将这蓄奴制下的殉葬罪行转喻为章鱼般的错综，树根般纠结而不见阳光的恶臭。黑人们对这恶习的抗议，虽然无声但却郁愤难舒，蕴含着随时爆发的力量。

　　很多时候，动态的描写又和比喻结合在一起：

　　接着又是尘土飞扬。除了带花斑的马皮和鬃毛，还有得克萨斯人像用线拴着的两个核桃似的皮靴服外我们什么也看不见。一会儿，那顶高帽子悠悠地飘过来，活像一只肥胖的老母鸡飞过篱笆。（《花斑马》，第264页）

　　"最高明的办法，不如截取树枝的姿态与阴影，让心灵去创造那棵树"①，以虚写实是福克纳最喜爱的笔法之一。旁观者的眼光将彪悍的驯马转化成马戏团式的杂耍，由快捷的动作和漫画式的比喻构成的场景营造出闹剧的气氛。这段表述显然还吸收了地方口语鲜活而俏皮的特点，借鉴了马克·吐温那种"融通变化多端的密集意义和日常会话的流动性的自由风格"②。只是这种语言在《花斑马》《烧马棚》《父亲亚伯拉罕》这类幽默喜剧题材中如鱼得水，但在呈现更宏伟、阴郁、悲剧性的主题时就力不从心了。

　　以精练的动词更迭推动句子的快速进展，将三言两语不好讲清的抽象定义统统转化为精妙而形象的比喻，这是福克纳在短句中的基本

---

①　Michael Millgate, The Achievement of William Faulkner, Athens and London: The University of Georgia Press, 1989, p. 99.

②　Arthur P. Dudden, ed. , *American Humor.* Cary: Oxford University Press, 1987, p. 27.

策略。简短而具象的句子结构取消了长句中那层梯式的结构对意义展开的阻缓作用，一唱三叹的节奏转化为迅捷的推进，抒情和沉思由此被陈述性的写实替代，即便是频繁变化的意义也可以很晓畅地在这样的结构中呈现出来，句子形成了简单明快的节奏和幽默爽朗的风格。

邦塞梅勒将这些表现万花筒般缤纷场景的句子归结为喜剧风格。"喜剧风格的句子，并不将动作停顿，而是不断堆加彼此独立的事件从而将行动向前推进。在同一层次的句法结构中堆入不同的动作，消除了次属结构中的价值判断元素。在喜剧风格的段落中，动作被一次一个的累加，当句子向前演进，意义的要点从一个动作向下一个动作飞快移动，以至于评价和沉思根本就没有机会被插入到停顿的间隙。"① 这样的句子构成了福克纳短篇小说的大部分文本，这使得福克纳的大部分短篇小说比较《喧哗与骚动》《押沙龙，押沙龙!》这样的长篇更为诙谐轻快，更接近西南边疆幽默的传统。在这类小说中，对话是表现人物的主要手段。福克纳的短篇也成功地借助生动的交谈反映了对话者的鲜活性格，表明了自己各体皆工的艺术才华。

《夕阳》中：

> 凯蒂去问妈妈。杰生也去了。"我可不能让黑人在我家卧室睡觉。"妈说。杰生哭了。他哭个不休，最后妈说，他要是再哭就三天不给他吃甜点心，于是杰生说，要是迪尔西给他做巧克力蛋糕他就不哭了，爸爸也在那儿。
>
> "你为什么不采取点措施？"妈说，"那些警察是干什么的？"
>
> "南希为啥怕耶苏呢？"凯蒂说，"你怕爸爸吗，妈妈？"
>
> "他们又能做什么呢？"爸爸说，"连南希都没看见他，警官又怎么能找到他呢？"
>
> "那她为什么要怕？"妈说。
>
> "她说他在那儿。她说她知道他今晚在那儿。"

---

① J. B. Bunselmeyer, "Faulkner's Narrative Styles," in Linda Wagner Martin (ed.) *William Faulkner: six decades of criticism*, East Lansing: Michigan University, 2002, p. 315.

"我们纳了税，"妈说，"可我却得一个人呆在这大房子里，等你们去送一个黑女人回家。"

"可你知道我没拿着剃刀埋伏在外头呀。"爸爸说。①

故事讲述被白人欺凌的黑人妇女南希因失贞被丈夫耶苏杀死。事发当晚，有所预感的南希请求留宿康普生家但遭康普生太太拒绝。谈话中，孩子们的纯真，康普生先生的犹豫衬托出康普生夫人的高傲、虚伪、自私和冷漠。面对类似的事情，哈克贝利·芬的回答是："那好吧，就让我去下地狱吧。"② 表达了人物的真诚与高尚，体现了美国民族的善良。康普生夫人却仅仅因为对方是黑人就拒绝其"在我家卧室睡觉"，表现了南方社会道德的堕落。福克纳的这段对话从相反的角度继承了马克·吐温的传统和艺术家的良心。

在对话的言简意赅与特点鲜明上，福克纳有时甚至不比海明威做得差。如在《送给爱米丽小姐的一朵玫瑰花》中，爱米丽小姐要买毒药毒死自己的情人：

"我要买点毒药"，她跟药剂师说、她当时已经三十出头，依然是个削肩细腰的女人，只是比往常更清瘦了。一双黑眼冷酷高傲，脸上的肉在两边的太阳穴和眼窝处绷得很紧，那副面部表情是你想象出的灯塔守望人所应有的。"我要买点毒药"她说道。

"知道了，爱米丽小姐。要买哪一种？"是毒老鼠之类的吗？那么我介……

"我要你们店里最有效的毒药，种类我不管。"

药剂师一口说出好几种，"它们什么毒得死，哪怕是大象。

---

① ［美］威廉·福克纳：《夕阳》，黄梅译，载陶洁主编：《福克纳中短篇小说选》，译林出版社 2001 年版，第 76 页。

② 芬在黑人朋友吉姆被抓后在奴隶是主人财产的观念和真诚的友谊之间挣扎许久，最后选择搭救朋友并且甘愿承担为之撒谎而招致的"下地狱"的诅咒，被视为整个小说的高潮。见 ［美］马克·吐温《哈克贝利·芬历险记》，许汝祉译，译林出版社 2000 年版，第 240 页。

　　可是你要的是……"

　　"砒霜，"爱米丽小姐说，"砒霜灵不灵?"

　　"是……砒霜? 知道了，小姐，可是你要的是……"

　　"我要的是砒霜。"①

　　爱米丽小姐的言简意赅的实话实说来源于传统赋予的高贵与力量，她对北方佬情人的报复也可以看作是地方主义对自己尊严的过激反应。虽然传统正在消失，但作为其化身者的贵妇，她那不需要任何起承转合和补充说明的命令式的鲜明话语仍然具有一种不可置疑的征服力度，药剂师的唯唯诺诺则是对已经成为纪念碑的那些事物的应和，虽然其权威已经形式化。

　　当然，和海明威相比福克纳再简洁的句子也显得不够简洁。比如《永别了，武器!》中：

　　"你属于哪一旅的?"

　　他告诉了他们。

　　"哪一团的?"

　　"为什么不跟你那一团的人在一起?"

　　他把原因说了出来。

　　"你不知道军官必须和他的部队在一起的规矩吗?"

　　他知道的。问话到此为止。另一个军官开口了。

　　"就是你们这种人，放野蛮人进来糟蹋祖国神圣的领土。"

　　"对不起，我不懂你的话，"中校说。

　　"就是因为有像你这样的叛逆行为，我们才丧失了胜利的果实。"

　　"你们经历过撤退没有"中校问。

---

　　①　[美]威廉·福克纳：《献给爱米丽的一朵玫瑰花》，杨岂深译，载陶洁主编：《福克纳短篇小说选》，译林出版社 2001 年版，第 47 页。

　　"意大利永远不撤退。"①

　　显然这段对话更干脆一些。被冤作逃兵者的绝望与悲愤，官僚们在保卫祖国名义下草菅人命的虚伪与冷酷，都昭示了战争的残酷和无意义。对话中每个人物都只讲出一两分的意思，但却意在言外，这是海明威冰山理论的体现，这个理论的基础是作家退出作品的非个人化创作法则。相比之下，福克纳在他最简捷的对话中也不忘多少交代一些评价性的话语。对爱米丽小姐神采外貌充满怜惜与敬意的主观描写，"我要买点毒药"的循环反复，这些都是他在长句中的写作习惯。与其说这是福克纳在言简意赅上不及海明威，不如说这是两人句子风格的差异。这差异的成因远非当年二人间的口龃所能揭蘖，福克纳倾心地方化的、抒情的现代主义，海明威致力欧化、写实的现代主义是其中机要所在。②

　　"欧涅斯特·海明威是一位专注于散文故事的艺术家。他的作品保持着一种穿透力，犹如野兽的嘶鸣。经常被与海明威比较的福克纳是一位卓越的，以繁复见长的作家，不过他不是一位自觉的作家。"③"不自觉"在于福克纳常常回到他那些长句巴洛克般的写作习惯上

----

　　①　[美]海明威：《永别了，武器!》，林疑今译，上海译文出版社1980年版，第243页。

　　②　尽管福克纳与海明威都曾公开赞扬过对方为优秀作家，但两人在大部分创作生涯中保持着竞争关系。福克纳曾经称海明威"没有足够的勇气探索，从来没有写出过一个让读者不得不为其用法翻下字典的词"。在被要求列出当代美国的五位优秀作家时，他把自己排在第二位，将海明威列在多斯·帕索斯之后名列第四。后来福克纳多次改变过名单，但从没把海明威列为首位。海明威则私下说福克纳只是一个转述者，一个害怕死亡的人。福克纳在获诺贝尔奖时大谈当代作家忘记了书写古老的道德与传统的光彩，海明威则断言作家应该摒弃孤独的写作，参与社会生活，只有加入群体之中才能对社会有所裨益。不过在内心深处，两人也还是互相仰慕的。福克纳高度称赞《老人与海》，海明威说《熊》如果是他自己的作品，则很愿意收入自己的文集。他们之间在创作上的某些微妙联系已被证明，比如《野棕榈》与《丧钟为谁鸣》的借鉴关系。两人间的相互竞争与借鉴也是不同文学主旨和风格在当时争奇斗艳的体现。

　　③　Geroge Monteiro. "The Faulkner-Hemingway Rivalry," in Joseph R. Urgo and Ann J. Abadie (eds.) *Faulkner and His Contemporaries.* Jackson：University Press of Mississippi, 2004, p. 74.

去，以准确的用词和节奏的力度见长的句子毕竟不是其句法的最高成就，也不是他的独创。① 不过，"喜剧风格和沉思风格贯穿于福克纳的全部作品"，两种叙述风格常常在同一部作品中混合。比如《掠夺者》这样的喜剧作品中存在沉思的段落，而那些关于死亡与葬礼的、原本不被看作喜剧题材的小说中也常常有喜剧式的描写。② 决定文本总体风格的，是某种风格的呈现程度而非对它的单独使用。福克纳经常会把多种风格混用，以不同的占主导地位的风格定夺整个段落或章节的特色，如此形成的文本实则将鲜明的风格特点建筑在多样性的活力之上，这是多数伟大文学作品语言上的共同优点。

最后值得一提的是福克纳那些描写自然、景物的句子。

> 那是一幢过去漆成白色的四方形大木屋，坐落在当年一条最考究的街道上，还装点着有十九世纪七十年代风格的圆形屋顶、尖塔和涡形花纹的阳台，带有浓厚的轻盈气息。可是汽车间和轧棉机之类的东西侵犯了这一带庄严的名字，把它们涂抹得一干二净。只有爱米丽小姐的房子兀然独存，四周簇拥着棉花车和汽油泵。房子虽已破败，却还是桀骜不驯，装模作样，真是丑中之丑。(《献给爱米丽的一朵玫瑰花》，第41页)

这样的景物描写更接近19世纪小说的特点，与巴尔扎克《高老头》的开篇竟有几分相似：

---

① 当然这里的差异还有更深刻的背景。如布鲁克斯所言，我们大可以说福克纳的所有小说，尤以《沙多里斯》为甚，一方面是海明威式的，另一方面又好似世纪之交的老派南方小说。这样的概括有些粗陋，但大体可以见出福克纳的某种特质。20世纪的特殊问题与"荒原"的诸多意象被放置在一直弥漫着南北内战气氛的南方小镇，尽管福克纳本意是表现迷惘一代反对传统社会的努力，但他笔下那些人物的烦恼更多却来自南方古老传统的垮塌。See：Cleanth Brooks, *The Yoknapatawpha Country*, Baton Rouge：Louisiana State University Press, 1990, p. 114. 地方性的因素将福克纳随"迷惘一代"大流的不自觉的创作导向了具有主体性和特色的个人写作，其句子既可见出海明威的某些思考但又抛弃了海明威的笔法，走上自己的抒情道路，原因盖见于此。

② J. B. Bunselmeyer, "Faulkner's Narrative styles," in Linda Wagner Martin（ed.）*William Faulkner：six decades of criticism*, East Lansing：Michigan University, 2002, p. 321.

公寓的屋子是伏盖太太的产业，坐落在圣热内维埃弗新街下段，正当地面从一个斜坡向弩弓街低下去的地方。坡度陡峭，马匹很少上下，因此挤在慈菇军医学院和先贤祠之间的那些小道格外清静……屋子死气沉沉，墙垣全带几分牢狱气息。①

福克纳熟读过往大师的作品，他曾说过作家要偷窃包括自己母亲在内的任何人的有用东西，米尔盖特认为探查这偷窃与事主间的反转关系至为重要。福克纳从惊人的广度上盗窃了那些他最尊敬的前辈们的经验并且综合在自己丰富的写作技巧中以致难以辨别，不过除去他有时出于诚实甚至自大而自己承认外，某些明显、集中而又直接的借鉴仍是可以辨出踪迹的。两段引文所提供的相似性提示了福克纳对巴尔扎克的学习，虽说后者作为资源"已经经过作者想象力的蒸馏并且被转化用于个人化的文学用途"②，但旧有的文学成就作为经验对现代主义作家的培育作用在此呈现无遗，即使这种带有现实主义色彩的句子在福克纳的文体中不占主流。

布鲁克斯说："在福克纳的作品中到处可见对于自然风景的敏感领悟。"③ 无论这些风景只是这些发生在乡间的小说故事纯粹的文本背景，还是反映了或者产生了故事中人们的或残暴或宁静的生活状态，抑或作为与人类骚动不安的行事的对照，其在福克纳的文本中自有一席之地。正如马尔柯姆·考利在他人都还不了解福克纳时就谈到约克纳帕塔法与大自然的密切联系："这神话的王国位于北密西西比，在那些覆盖着繁茂矮小的松树的土质群山和在黑土河床上流淌的河流之间。""没有其他的美国作家如此醉心于谈论天气。""春天是福克纳笔下最繁忙的季节，在一刹那间，一切都混乱了，果实、花朵和树

　① ［法］巴尔扎克：《高老头》，傅雷译，人民文学出版社1980年版，第2—3页。

　② Tom Quirk, *Nothing Abstract*: *Investigations in the American Literary Imagination*, Columbia: University of Missouri Press, 2001, p. 29.

　③ Cleanth Brooks, *The Yoknapatawpha Country*, Baton Rough: Louisiana State University Press, 1990, p. 29.

叶，斑驳的牧场和开花的林木以及那走出冬日睡眠之暗色的广阔田野……"① 福克纳撰写自然风物的句子，在他的风格中别具一格。

> 在我们头顶上，白天平稳、灰蒙蒙地向后滑动，投去一束灰色矛枪般的云彩，遮住了夕阳。在雨底下两只骡子微微冒出汗气，给泥浆溅了一身黄，外侧给滑溜的绳索牵着的那头骡子紧挨路沿，下面就是水沟。②

这段对大雨、山道与骡子的描写在不紧不慢的节奏中平畅地流淌着作者对大自然的南方式的理解。"不仅密西西比的大地与天气是融为一体的，整个南方的自然景观都是这样的整体。"③ 作者与自然融为一体，静静地体会着不可抗拒的壮观与暴虐，以及自然怀抱中的那些生灵的忍耐与坚强。"在懒散的模式中穿插着暴力是南方叙述中值得注意之处，其渊源至少可以追溯到《哈克贝利·芬历险记》，甚至爱伦·坡。"④

既不像长句那般在回环与蔓生中容纳作者古怪的沉思与惆怅的抒情，也不像动词紧凑递进，将飞逝而过的那些欢快、幽默或者愤怒异常的瞬间鲜明勾勒的短句，句子的推进是平缓的，既没有动词之间的相互催促，也不以相互套嵌的复杂结构延宕、排斥动词。"滑动""投去""遮住""冒出"，这些动词在几乎等距的间隔上交替，将各自分句中的自然风光以均衡的节奏悠然转换。这句子既不耽于思考的深邃也不迫于表达的急迫，它只是顺其自然地感受，不以"我"观物，也不以"物"注我，物我合一。

---

① Malcolm Cowley, "Introducion," in Malcolm Cowley (ed.) *The Portable Faulkner*, New York: Penguin Books, 1980, pp. xi, xxvi, xxvii.

② [美]威廉·福克纳：《我弥留之际》，李文俊译，载李文俊等编译：《我弥留之际》，漓江出版社1990年版，第36页。以下本文所引该作品中译本皆出自该版本，不再另注，只在引文后标明页码。

③ Richard Gray, *The life of William Faulkner: A Critical Biography*, Cambridge, MA, and Oxford: Blackwell Publishers, 1994, p. 47.

④ Ibid. .

　　不急不躁，柔和而雍容，这是福克纳描写自然的句子最突出的风格。这风格常常因为他那些惊人的长句被忽视，但无论如何读者不应该忽视作家的这股清淡文风，毕竟自然在约克纳帕塔法世界具有重要的地位，而且福克纳的自然观是他创作的基本理念之一。

　　有的时候，这些中性的句子也会向左右做一些偏移：

　　　　泉水从一棵山毛榉树的根部边涌出来，在带旋涡和波纹的沙地上向四周流去。泉水周围有一片茂密的芦苇和黑刺莓藤以及柏树和胶树，阳光投射其中，显得散乱而又无根无源。在丛林里某个地方，某个隐蔽秘密而又很近的地方，有只鸟叫了三声就停下了。①

　　这是《圣殿》开头的景色描写，清幽之中透着一丝阴暗。史蒂文斯律师看到的这汪泉水是恶棍金鱼眼的老巢，"黑刺""散乱而又无根无源""隐蔽秘密"都具有一丝象征或者暗示的意思。景物的描写因承载着主题的部分意义而显得不那么置身事外。

　　　　森林没有被征服，没有被消灭，而仅仅是退却了，因为它的目标现在已经完成了，它的时代已经过去了，朝南撤退，通过这个山峦与大河之间的倒三角形地带，到最后，大森林的残留部分仿佛被收拢来，在一种极高的密集度——那是一种阴沉、莫测高深的无法穿透的密集度——中被暂时地堵截在一个漏斗状地形的最尖端。②

　　在自然遭受的破坏面前，福克纳又敞开了他饱含感情的沉思。一种巨大的历史感将大自然的失利表述为暂时性的退却，对大河与山峦

---

　　① ［美］威廉·福克纳：《圣殿》，陶洁译，上海译文出版社 2004 年版，第1页。以下本文所引该作品中译本皆出自该版本，不再另注，只在引文后标明页码。

　　② ［美］威廉·福克纳：《献给爱米丽的一朵玫瑰花》，李文俊译，载李文俊等编译：《我弥留之际》，漓江出版社 1990 年版，第398页。

之间三角洲的鸟瞰是作家的目光对家乡无比依恋的抚慰。森林的密度像在长句中一样被反复修饰出阴沉与神秘的色彩，似乎具有超出渺小人类那可笑认识水平的力量。"堵截"则又如那些干净利落的短句将森林与人类的关系理解为动态的平衡。

虽然这些书写自然风景的句子有的时候也会兼有长句或者短句的某些特征，不过总的来说它们保持了自己平和冲淡的特色。在句法上，这类句子在动词的更替和修饰结构的层累之间保持了一种介于静态与动态之间的平衡，不偏向任何一方。

实际上，即使是长句和短句，虽然句法特点不一样，但句子内部各成分之间也始终保持着等称的平衡，这是福克纳所有句式的共同特点。长句虽然冗长，但基本上具有对称的语法层次；短句动词推进迅速，但各动词分管的成分彼此独立，互相对称。"所有的句法模块都顺循着福克纳式的以等称的方式将事物积累到句子中去的特点：没有任何一个句法模块承认某一单个行动有凌驾其他行动之上的语法特权。在行动或沉思中，人物和读者的思考都必须通过相互关联而非相等事件的累积梳理出意义。"①

从这个角度上讲，尽管福克纳那由三种基本句法模式构成的语言在风格上多有变化，但是他最基本的造句法仍然坚持了均衡与对称的原则。这原则或许暗合了艺术最基本的审美构成，所以无论他的文本在整体上体现出的是古典、浪漫、现实主义、现代主义甚至后现代主义特征，这些句子都为书写提供了最可靠的支持。匀称整一始终是审美最基本的要素之一，其本身就超越了文学流派与文学时代的限制。

---

① J. B. Bunselmeyer, "Faulkner's Narrative styles," in Linda Wagner Martin（ed.）*William Faulkner: six decades of criticism*. East Lansing: Michigan University, 2002, p. 320.

第二章　福克纳的叙述视角

福克纳的写作视角是其艺术技法中引人注目的成就，一直受到评论的关注。有学者对该问题的研究状况作了简单的概括："关于多角度叙述，肖明翰只提及了福克纳的并置手法，仝志敏、杨大亮只谈视角而不理会人称，张丽重点讨论的是福克纳反复叙事手法的功能和效果，李庆华和潘瑶婷只是粗略涉及了福克纳的多角度叙事，没有具体的分析。迄今为止，从叙事角度系统、详细研究福克纳创作的文章尚未出现。"①

关于叙述视角，许多学者作了分类。弗里德曼归纳了八种类别：编辑性的全知、中性的全知、第一人称见证人叙述、第一人称主人公叙述、多重选择性的全知、选择性的全知、摄像方式、戏剧方式。皮克林则分成四种：第三人称全知叙事角、第三人称限制叙事、第一人称叙事视角和戏剧、客观叙事视角。热奈特在《叙述话语》中明确了零聚焦或无聚焦、内聚焦（包括固定式内聚焦、转换式内聚焦、多重式内聚焦）、外聚焦三种视角。申丹在《叙述学与小说文体学研究》中综合各家优劣，又把视角划分为零视角（无限制型视角）、内视角、第一人称外视角、第三人称外视角等。②

不过，国内当前的研究似乎过于侧重新理论下各类崭新视角运用到文学作品的分析中所能带来的新异效果。叙事学对视角的划分，原本受益于结构主义对作品意义构成进行的卓有成效的讨论。结构主义的生命力在于对系统的个别成分只有通过它与相关其他成分的比照关

① 朱宾忠：《叙事比故事更重要——论威廉·福克纳对叙事角度多元化的追求》，《武汉大学学报》（人文科学版）2006 年第 6 期，第 763 页。

② 申丹：《叙述学与小说文体学研究》，北京大学出版社 1998 年版，第 192、197、203 页。

系才能得以确定这样一个理念的深切了解，不考虑到这一点，单纯人称视角的概念演绎容易蜕化成形式化的被抽干的文字游戏。

上层建筑始终是由底层的基础决定的。是句子，高度风格化的句子，而不是其他东西决定了福克纳作品中的视角使用。事实上，叙述视角的选择与句子扩充的需求密切相关，不同类型的句子需要不同类型的视角将其所携带的信息扩展成内容更丰富的文本。福克纳之所以使用独特的视角，根本原因在于他那独特的句子需要特殊的方式连缀成篇，以实现自我繁衍，而非解构、戏拟或是反抗传统这类外部因素的驱动。

第一节　沉思的视角

视角在句子的层面上就已经初步成形了。在福克纳的长句中，反复回环的结构和抒情的气氛总是力图传递一种主观性的人生体验和价值判断。这个基本的取向需要视角专注在较小的视域以浓缩这体验或判断的密集度从而增加感染力。

克里斯默斯点燃香烟，把火柴棍往敞开的门口一扔，看着余光在半空里消失。这时他倾听熄灭的火柴棍着地时发出的细微声息，仿佛真的听见了似的。然后他坐在床边，屋里漆黑，他仿佛听见各种各样的声音。音量虽然不大：飒飒的树声，黑夜里的嗡嗡声，大地的低吟；人们的声音，他自己的声音；还有唤起他对许多名字、时间和地点的记忆的其他声音——这一切他随时随地都能意识到，但却不明白，这便是他的生命，他想　上帝也许同我一样，对这些也不明白　这句话呈现在他眼前就像书本上印着的字句，清清楚楚却又稍纵即逝　上帝也爱我这几个字则像经过日晒雨淋的布告牌上那残留的往年字迹　上帝也爱我①

① ［美］威廉·福克纳：《八月之光》，蓝仁哲译，百花文艺出版社1998年版，第93—94页。以下本文所引该作品中译本皆出自该版本，不再另注，只在引文后标明页码。

　　这是一段中充满惆怅与沉思气氛的长句，句子的结构秉持了福克纳一贯的繁复风格。在叙述中，视角始终限制在很小的范围内，紧紧聚焦于被叙述的对象。它先是扫过克里斯默斯扔出的火柴，那火柴与描述自己的那些不愿结束的句子一样似乎久久不愿落地，它的余光穿过黑暗的弧线在深深叹息行将结束的生命。火柴落地的声音唤起了各种声响的共鸣，树声、夜声、大地和人们的声音激起了克里斯默斯的生命意识。虽然对生命的意义还是不明白，但是他却能清楚地感受到自己生命的存在。视角由此收得更小，转入人物的内心活动："上帝也爱我"，这是人物对自己将要结束的生命最后的确认，也是作者对笔下人物的深切同情，读者阅读至此也会不由得融入同样的视角上感同身受地体会乔·克里斯默斯，这个终身也分不清自己是黑人还是白人的零余人，在经历了三十年处处碰壁的飘零找寻之后对自己那被种族主义挤压得破碎不堪的悲剧生命的微弱肯定。这份肯定将对人类共同尊严的认同寄予在人物最后的叹息中，使之超越黑白肤色的界限。读者的情感由此得到净化，被激起的同情与怜悯之心，使其感受到同样的悲愤与伤感。在此，乔·克里斯默斯、福克纳与读者实际上融合到了同一个视角之中，共同完成了接受美学意义上文本最终变为作品的过程。这个融合的过程实则一个移情的过程，移情作用是这种聚焦于内的沉思视角的功能基础。

　　移情一直是文学感染力从何而来的基本解释。亚里士多德在《修辞学》中即注意到移情现象，将其解释为一种隐喻①，柏拉图谈道的"音乐，摹仿善与乐的灵魂，灵魂内含有乐调的素质"②。休谟用"同情"来解释"一个摆得不是恰好平衡的形体是不美的，因为它引起它要跌倒、受伤和痛苦之类的观念，这些观念如果由于同情的影响，达到某种程度的生动和鲜明，就会引起痛感"③。康德将审美视为对

① 朱光潜：《西方美学史》，人民文学出版社 1999 年版，第 598 页。
② 伍蠡甫、胡经之主编：《西方文艺理论名著选编》（中卷），北京大学出版社 1986 年版，第 474、488、492 页。
③ 朱光潜：《西方美学史》，人民文学出版社 1999 年版，第 230 页。

象的形式特征与人类认知力和想象力的合适过程①，维科则将移情过程解释为"人心的本性是人把自己的本性移加到那种效果上去"②。罗伯特·费肖尔，其在《视觉的形式感：对美学的贡献》（*On the Optical Sense of Form：A Contribution to Aesthetics*，1873）一书中明确提出"移情"，是"把感情渗进形式中去"。谷鲁斯的"内模仿"说，巴希的"同情的象征主义"，也都从各自角度丰富了移情理论的内容。至立普斯，则继承各家观点，主要站在康德的立场上对移情理论作了发展："移情作用就是这里所确定的一种事实：对象就是我自己，根据这一标志，我的这种自我就是对象；也就是说，自我和对象的对立消失了，或者说，并不曾存在。"③

概而言之，移情说始终将物我之间的差别的融通视为文学感染力发生之基础。这又包含两个方面。其一，审美对象之所以可以起到移情作用，主要在于其形式的独特性。康德在《判断力批判》中即认定艺术品的形式是审美产生的基础，"在绘画、雕刻和一切造型艺术里，在建筑和庭园艺术里，就它们是美的艺术来说，本质的东西是图案设计，只有它才不是单纯地满足感官，而是通过它的形式来使人愉快，所以只有它才是审美趣味的最基本的根源。"④ 立普斯也说："审美的空间是有生命的受到形式的空间。它并非先是充满力量的，有生命的而后才是受到形式的。形式的构成同时也就是力量和生命的构成。"⑤ 其二，审美主体的认知功能使得主体可以将情感投射到客体

---

① 康德谈道，"审美的判断只把一个对象的表象连系于主体，并且不让我们注意到对象的性质，而是让我们注意到那决定与对象有关的表象诸能力底合目的的形式。这种判断正为这原故被叫做审美的判断，因为它的规定根据不是一个概念，而是那心意诸能力的活动中的协调一致的情感（内在感官的），在它们能被感觉着的限度内"。在他看来，客体的形式适合于主体的情感投射之间的恰当融合时产生审美快感的基础，这是一种立于主观性的移情理念。参见［德］康德《判断力批判》，韦卓民译，商务印书馆1964年版，第66页。

② ［意］维科：《新科学》，朱光潜译，商务印书馆1997年版，第183页。

③ 李醒尘：《十九世纪西方美学名著选》（德国卷），复旦大学出版社1990年版，第127页。

④ 朱光潜：《西方美学史》，人民文学出版社1999年版，第366页。

⑤ 同上书，第608页。

之上，主体的审美行动促成了审美观念的发生。如维科所说："诗的最崇高的工作就是赋予感觉和情欲于本无感觉的事物。"① 沃林格也作了相似的表述："审美享受就是一种客观化的自我享受，一个线条、一个形式的价值，在我们看来，就存在于他对我们来说所蕴含的生命价值之中，这个线条或形式只是由于我们深深专注于其中所获得的生命感而形成了美的线条或形式。"②

就福克纳的沉思视角而言，叙述者站在与叙述对象极为接近的距离上讲述，特别是当对象为人物时，更容易将其内心的活动直接表达出来，激发起读者的感情投射。当然在具体形式上这种视角又是有很多变化的。

《喧哗与骚动》是一个由康普生家的三个兄弟轮流讲述的关于姐妹凯蒂的堕落和家庭衰败的故事。班吉作为智力只有三岁的白痴，他的讲述是以第一人称经验自我的视角展开的。③ 区别于用于追忆往事的第一人称叙述自我的视角，这种视角力图将人物当时的感受表达出来，而不掺有任何回忆性的成分，它所表达的是体验而不是任何意义上的评价。

> 我们抬起头，朝她待着的树上望去。
> "她瞧见什么啦，威尔许。"弗洛尼悄声儿地说。
> "嘘——。"凯蒂在树上说。这时迪尔西说了，"原来你们在这儿。"她绕过屋角走过来。"你们干吗不听你们爸爸的话，上楼去睡觉；偏偏要瞒着我溜出来。凯蒂和昆丁在哪儿。"
> "我跟她说过不要爬那棵树的嘛。"杰生说。"我要去告发她。"
> "谁在那棵树上。"迪尔西说。她走过来朝树上张望。

---

① 朱光潜：《西方美学史》，人民文学出版社1999年版，第599页。
② ［德］W. 沃林格：《抽象与移情》，王才永译，辽宁人民出版社1987年版，第15页。
③ 这个概念来自里门·凯南，申丹在《叙述学与小说文体学研究》中作过详细辨析，见该书第224—226页。

"凯蒂。"迪尔西说。树枝又重新摇晃起来。

"是你啊，小魔鬼。"迪尔西说。"快给我下来。"

"嘘。"凯蒂说。"你不知道父亲说了要安静吗。"她的双腿出现了，迪尔西伸出手去把她从树上抱了下来。

"你怎么这样没脑子，让他们到这儿来玩呢。"迪尔西说。

"我可管不了她。"威尔许说。

"你们都在这儿干什么。"迪尔西说。"谁叫你们到屋子前面来的。"

"是她。"弗洛尼说。"她叫我们来的。"

"谁告诉你们她怎么说你们就得怎么听的。"迪尔西说。"快给我家去。"弗洛尼和 T.P 走开去了。他们刚走没几步我们就看不见他们了。（《喧哗与骚动》，第 49 页）

"她的双腿出现了"（Her legs came in sight），"他们刚走没几步我们就看不见他们了"（We couldn't see them when they were still going away）（*The Sound and the Fury*，54），过去进行时态和纯粹描写性的用词产生了很强的正在体验事情的效果，表明班吉的叙述与往事之间没有任何距离。被动反应式的细节描写表明"班吉显然是一个只能作出动物般感受的受难者"①。人物的视角在叙述中被牢牢固定在当时的体验之上，没有半点挪移，任何的评价与想象都被排除在视角之外。

引文中班吉讲述的是小说中最重要的画面。一个小女孩爬上树，她的兄弟在下面观望，看着她弄脏了的衣服，等待着得知她看到了什么。这个场景是《喧哗与骚动》最初构思之所在，"她是唯一勇敢到爬上树去看那被禁止的窗户的孩子，剩下的四百多页就是在解释为什

---

① Cleanth Brooks, *The Yoknapatawpha Country*, Baton Rouge: Louisiana State University Press, 1990, p.326.

么。"① 凯蒂对于福克纳实在太重要了，"对我来说她是最美丽的"，
是"心目中的最爱，是我写这本书的原因。我用了在我看来最合适的
手段去讲述她，试着去描述她的形象"②。凯蒂爬上树的场景在小说
中具有很丰富的意义：它是一个象征着凯蒂将被从她的兄弟们那里驱
逐出去的"黑暗、破碎"的时刻。它意味着这个唯一有勇气爬上树
的女孩子也有足够的勇气面对挑战和失去，即使是由她自己的翱翔造
成的挑战与失去。它还意味着在下面等待的几个兄弟不同的态度——
班吉永远不知道自己失去了什么，昆丁选择遗忘而不是面对，杰生则
怀着报复的愤怒和可怕的嫉妒。③

福克纳显然希望这个感动了他自己的画面能够感动自己的读者。
所以在叙述视角的选择上他不仅选择了第一人称，而且选择了第一人
称经验视角。在这个视角中叙述眼光和叙述角度是完全合二为一的，
不存在第一人称叙述自我的视角在回忆往事时不可避免地以今日之成
熟梳理往日之幼稚，以了解真相的姿态回味当日之蒙昧这样一种叙述
眼光和叙述角度间的双重聚焦。

这个非常纯粹的内心视角以极小的扫视范围和对事情极高的还原
度表达了福克纳以最纯真的方式表现心目中那感伤一幕的渴望。多年
以后他回忆道，当有了最初的画面之后，他首先想到的是让谁来讲
述。这个人应该纯洁而专注，配得上讲述凯蒂。"如果这些孩子中有
一个是真正无罪的，那应该，是一个白痴。"④ 于是就有了小说中的
班吉部分。

班吉白痴的身份更加保障了这个视角不含有任何的经验与判断。

---

① 《喧哗与骚动》的构思过程，福克纳 1955 年在长野接受采访时回忆得最为明确。
See: Michael Millgate, *The Achievement of William Faulkner*, Athens and London: The University
of Georgia Press, 1989, p. 89.

② Richard Gray, *The life of William Faulkner: A Critical Biography*, Cambridge, MA, and
Oxford: Blackwell Publishers, 1994, p. 139.

③ David Minter, *Faulkner's Questioning Narratives Fiction of His Major phase*, 1929—1942,
Urbana and Chicago: University of Illinois Press, 2001, p. 43.

④ Michael Millgate, *The Achievement of William Faulkner*, Athens and London: The Univer-
sity of Georgia Press, 1989, p. 89.

经验与判断的基础是理性思维，由此观之，班吉的视角最深层的作用是将理性完全驱逐在讲述之外。虽然说从尼采声称"上帝死了"开始，破除理性就是当时西方理论界推崇的议题，但如福克纳这样的作家当然不会为理论去写作。从感染力的角度上看，去除理性是移情的要求。

沃林格曾经谈到理性与移情的关系："人类理性发展遏制了那种人在整个世界中丧失立身之地而产生的本能的恐惧，只有他们对世界的深刻直觉阻止了这种理性发展的东方民族，才能依然意识到一切生命现象的那种神秘的混沌……这些民族困于混沌的关联以及变化不定的外在世界，便萌发出了一种巨大的安定需要，他们在艺术中所觅求的获取幸福的可能，并不在于将自身沉潜到外物中，也不在于从外物中玩味自身，而在于将外在世界的单个事物从其变化无常的虚假的偶然性中抽取出来，并用近乎抽象的形式使之永恒，通过这种方式，他们便在现象的流逝中寻得了安息之所。"① 缓解人对于自身虚无本质的恐惧（这恐惧至少在西方民族那里被理性所遮蔽）被归纳为艺术需要的起源，具体的方式则是诉诸移情以获得主体精神与客体具有普遍意义的抽象形式之间的永恒契合，从而得到精神上肯定性的安然。撇开显而易见的康德架构及维科和尼采的影响，这段分析似乎在强调理性与移情之间多少存在一定的反比关系。理性思考的结果是抽象化、概括化，最为极端的抽象恐怕就是对对象的一瞥而过，因为此刻对象仅仅成为主体思考体系中不具备细节特征的符号概括。相反，移情的发生要求审美对象应该是具有丰富和原生细节的"有机形式"，这种形式才能获得与审美主体精神的融合，成为"客观化的自我享受"。所以至少在移情论者看来，对理性的限制，一定程度上有助于审美客体的有机化，引导移情机制的运作。

班吉的视角是一种还原，借助于将理性移除，它将人由抽象思维的理性状态还原成维科意义上众神时代那想象力旺健的蒙昧状态。

---

① ［德］W. 沃林格：《抽象与移情》，王才永译，辽宁人民出版社 1987 年版，第17 页。

"这些原始人没有推理的能力，却浑身是强旺的感觉力和生动的想象力。这种玄学就是他们的诗，诗就是他们生而就有的一种功能（因为他们生而就有这些感官和想象力）。"① 在这种状态下，语言的一切表达都是有生命的实体事物，隐喻将感觉与生命赋予这些实体，就像在班吉的视角中凯蒂的纯洁是"树的气味"、康普生先生的温暖是"雨的气味"，夜也有它幽暗的气味。这便是诗的逻辑，诗的视角。这视角所具有的丰富的情感和细腻的细节使其成为得到读者主体"生命灌注"的有机体，这个有机的形式表现了包括班吉的迷惘、作者的感伤和读者的同情在内的人的生命、思想和感情。"一切形式如果能引起美感，就必然是情感思想的表现"②，班吉视角的感染力说到底还是来自它自身富于个性的强烈抒情意味。

福克纳非常喜欢使用白痴的视角，《我弥留之际》中将母亲艾迪称为"一条鱼"的低能儿瓦达曼，《村子》中将母牛视为爱人的白痴艾克·斯诺普斯，他们都以这种最接近内心原生态的视角向文明世界抒发了自己疯癫而细腻敏感的内心，成为约克纳帕塔法最古怪、最胡言乱语也最真诚的诗人。

当然，在约克纳帕塔法，沉思的不仅仅是白痴。《押沙龙，押沙龙！》中的大多数人物都是站在第一人称叙述自我的视角上谈论萨德本和他如龙牙般自相残杀的儿子们的。这个视角也出自里门·凯南的概念，大致上与申丹详细辨析的第一人称回顾性视角的范围相当。③相对于班吉的第一人称经验自我的视角，这个视角与人物内心的距离要稍远一些，在还原心理体验的生动性上要弱一些，不过它的特点在于双重聚焦的功能。"通常有两种眼光在交替作用：一为叙述者'我'追忆往事的眼光，另一为被追忆的'我'正在经历事件时的眼光。这两种眼光可体现出'我'在不同时期对事件的不同看法或对事件的不同认识程度。"这是一个回顾者与经历者的眼光交织着的视角，一个双重自我的视角。讲述者可能因为知道了更多的事情而不断

① ［意］维科：《新科学》，朱光潜译，商务印书馆1997年版，第182页。

② 朱光潜：《西方美学史》，人民文学出版社1999年版，第604页。

③ 申丹：《叙述学与小说文体学研究》，北京大学出版社1998年版，第222页。

评价着当日的自己，虽然对应着事情发生的久远与否，带有不同的距离感，但这样的讲述大约都是温和的，因为回忆即使不甜蜜也不再危险。但如果讲述者至今也不知道当时事情的真相与意义，抑或过去仍未了结，它依然纠结着讲述者的内心，由此带来的挣扎与不安就会形成戏剧性的冲突混杂到视角之中，造成视角的分裂。罗莎·科波菲尔德小姐就是这样一位个性化的讲述者。

罗莎小姐是萨德本的小姨，算是萨德本家族健在的极少数亲属之一。家族的往事对她个人生活的伤害最大，因而回忆在她那里必须成为解释过去的力量，即使这力量只能作为幻觉而存在。"罗莎的讲述显然具有强烈的主观色彩，并且基于她对萨德本的憎恨而摇摆、偏移。"① 在最为鲜明的主观色彩中，她将萨德本极力恶魔化。"他不是绅士。他甚至都不是个绅士。"他单枪匹马侵入杰弗生攫取他想要的，完全不在乎当地上流社会的敌视。他独来独往不可理喻，他没有朋友也不需要朋友。他的大宅建在离杰弗生十二英里远的地方，他以征服者的姿态睥睨杰弗生而不是融入当地的主流社会。"他是邪恶的源泉和来由，害了那么多人却比他们活得长久——他生了两个孩子，不但让他们互相残杀使自己绝了后，而且也让我们家绝了后，但我还是答应嫁给他。"（《押沙龙，押沙龙！》，第 13 页）这是罗莎小姐叙述往事的自我，这个自我的眼光评价着萨德本，憎恨着萨德本，将一切罪恶的责任归结给萨德本，并且阐明她所要告诉昆丁的就是"读到这个故事终于明白何以上帝让我们输掉这场战争，明白只有依靠我们的男子的鲜血和我们的子女的眼泪他才能制住这恶魔并把其名字及后裔从地面上抹掉"。（《押沙龙，押沙龙！》，第 5 页）这个自我回避着同为南方人在这场并非萨德本一人之过的大变故中的责任，所以不时要不那么理直气壮地加上一句："不。我既不为艾伦辩护同样也不为自己辩护。我甚至更不愿意为自己辩护。"（《押沙龙，押沙龙！》，第 12 页）"不。我并不为自己辩护。我不以青春年少为辩解。"（《押沙龙，

---

① John Pilkington, *The Heart of Yoknapatawpha*, Jackson: University press of Mississippi, 1981, p. 176.

押沙龙!》，第13页）用布鲁克斯的话说，罗莎对萨德本恶魔式的描述出自旧式文法教育，这位深受不幸的女性在她的谈话中混杂着自己的论断，她爆发似的回忆就是一首诗歌，在铺张而自大的表达中充满了戏剧化的效果。① 但是就在同样的描述之中，作为事情当时经历者的自我又不时出现，这个自我的眼光更为原生态，流露出主人公对萨德本的钦佩与爱慕。在她心底，萨德本还是很有分量的英雄，"但他毕竟为这片她出生的地区的土地与传统征战了四个体体面面的年头（而这个完成了这样业绩的男人，虽说是个彻头彻尾的恶棍，却也会在她眼里具有英雄的地位与形象，即使仅仅是因为跟英雄群体有关联而变得如此也罢）"。"啊他真勇敢。我从来没有否认过这一点。"（《押沙龙，押沙龙!》，第14页）对这位至少表面上的英雄，她确实是有好感的，在内心深处甚至在等待着他的追求。有一天萨德本"站在小路上盯着我看，脸上有一种古怪、奇特的表情，——仅仅是一次突如其来的顿悟，是得到启示"。这是一次美好的回忆，是她一直被"南方淑女"的礼法压抑着的一生中不多的爱情萌动，作为当事人的罗莎小姐多年后也不能忘却。"接受他正儿八经的求婚"是她当年的打算。

　　回忆与虚构，这是罗莎小姐的第一人称叙述自我的视角中双重聚焦的矛盾体的对立面。从小就在冷漠、理智的成人世界中长大，没有玩伴、没有父母之爱，浪漫地幻想着从坟墓般阴郁、破旧的房间内被接出去的自我，对在现实生活中只接触到一次求婚，而且是可怕和备受屈辱的求婚的自我进行着辩解、自怜和愤恨。现实打碎了她的幻想，当她弄明白萨德本那先试试生个男孩然后再结婚的建议后，她便已经死去。四十三年着黑衣的生活使她不能也不愿意以冷静、辨析的眼光直面那些发生过的事实，甚至进行反思。她是一个无力反抗的受害者，只能用虚构来修改回忆，好让回忆变得多少有一点意义，至少让自己显得无辜一点，于是她只好竭力将萨德本描绘成恶魔。对罗莎

---

　　① Cleanth Brooks, *Toward Yoknapatawpha and Beyond*, Baton Rouge and London：Louisiana State University Press, 1990, p. 26.

小姐这样的弱女子而言，林肯、戴维斯、南北战争、奴隶解放、南方重建法案这些社会变革中事实上改变了她一生的大事也许都是没法理解的，她也不需要理解，强烈的情感爆发对她来说已经是行动力的尽头，这是她的讲述最执着的动力甚至表达本身。

"任何一个简单的线条，只要我试图按照它所示的那样去把握它，都会使我产生一种统觉活动，我必须去扩充内在视线，直到把握了线条的所有部分为止。我必须内在地限定这样把握到的东西，并自为地把这东西从其环境中抽离出来，因此，每一个线条都已使我产生了那种包含着两个方面的内在活动，即扩充和限定。此外，每个线条凭借其方向性和样式，还会向我提出各种各样的特殊指令。"① 审美客体要引起读者的移情活动，在形式上必须同时具有扩充和限定的功能，以此引导审美者的情感投向沟通物我的统觉活动，防止其投向抽象化的方向。罗莎小姐双重聚焦的视角不断在回忆与虚构中游移，它给出了萨德本形象的基本线条，"罗莎小姐虽然有偏见，但是她的判断对评价萨德本不可或缺。罗莎认识到了他的精力，洞悉他行事方法的动机，尽管她如此恨他，却了解他对'空虚的壮丽'的骄傲与热情"②，其所揭示的萨德本的物质主义、理性主义和自我中心限定着读者对整个讲述的理解，为读者情绪的投射指出了方向；另外，犹如中国画中的留白，这视角又不断以歇斯底里的愤怒和明显不在情理的论断来模糊萨德本的形象，将整个事件的想象空间留给读者以获取其更多的情感投入。这样的视角所回顾的不是萨德本而是关于萨德本的情绪。

其实，从托马斯·杰斐逊的《独立宣言》（*The Declaration of Independence*，1776）和《弗吉尼亚笔记》（*Notes on the State of Virginia*，1785）开始，南方文学就始终要面对现实与虚构的对立。其理性主义、普世主义的理想所要观照的却是建立在奴隶制度上居然又同时鼓吹着个人尊严、自由的现实社会。这种矛盾使得包括杰斐逊在内的好

---

① ［德］W. 沃林格：《抽象与移情》，王才永译，辽宁人民出版社 1987 年版，第 5 页。

② John Pilkington, *The Heart of Yoknapatawpha*, Jackson：University press of Mississippi, 1981, p. 178.

几代南方文人以虚构的方式对待历史，在营造出来的文学心灵世界中，总结纯粹的道德教训，有意回避历史和社会的真实状况。对南方历史悖论的观照是从杰斐逊开始，经爱伦·坡、马克·吐温，到福克纳这几位各个历史时期的主要作家所必需面对的问题，也是南方文学的一条主线。罗莎小姐的讲述只是这条主线上的一个生动截面。基于这样的背景，这讲述最关注的不是现实的真实性，而是在对现实的若即若离的表述中携载的复杂感情。这感情在罗莎小姐那里最终化作印刻着苦难色彩的悲鸣："仿佛有份厄运和诅咒落到我们家头上而上帝在亲自监督着要看到它一丝不差地得到执行似的。是啊，对南方也是对我们家的厄运和诅咒，似乎是因为我们祖辈中的某个人选择了在一片充满厄运的诅咒、已受诅咒的土地上繁殖后代，即使还不完全是我们家，不完全是我们的父亲的先人，多年前招来了诅咒并被上天强迫安置在一片已受诅咒的土地上与时代中繁殖后代。"（《押沙龙，押沙龙！》，第 13 页）这悲鸣中包含着失望、委屈、愤怒、辩白，还有一丝不易察觉的自责，其情绪如此复杂以致让人难以理解，唯其如此又更期望得到别人的理解。就如罗莎小姐对昆丁说的"因此没准你会登上文坛，就像眼下有那么许多南方绅士也包括淑女也在干着营生那样，而且也许有一天你会想到这件事打算写它……也许你那时甚至会好心地记起有过一个老婆子，她在你想出去跟同龄的年轻朋友呆在一起时让你在屋子里坐一整个下午，听她讲你本人有幸躲过的人与事"。（《押沙龙，押沙龙！》，第 13 页）在这个意义上，罗莎小姐的双重视角也是南方文化的集体视角，不能也不愿彻底地面对现实，但又期望或者只能以最动人的抒情得到外面世界的理解——"上帝也爱我。"

　　第三人称视角，是小说最传统的视角。作为形式手段，这种视角对应于以性格塑造和背景展示为基本手段，借助描述性的语言传递以个人经验为基础的现实观念的"形式现实主义"，自 18 世纪真正意义上的小说兴起开始，就一直是现实主义小说最常用的视角。① 这种视

---

　　① 参见［美］伊恩·P. 瓦特著《小说的兴起》，高原等译，三联书店 1992 年版，第 26—33 页。

角的叙述无所不知，视野所至，无论人物的外在形象、内心世界还是社会背景、自然景物皆能摄于其中。在福克纳沉思与抒情风格的文本中，虽然也多用第三人称视角，但讲述者往往只知道自己所见所想的事情，这是在现代主义小说中的新形式，常被称为第三人称有限视角。理门·凯南说：“就视角而言，第三人称人物意识中心［即人物有限视角］与第一人称回顾性叙述是完全相同的。在这两者中，聚焦者均为故事世界中的人物。它们之间的不同仅仅在于叙述者的不同。”① 第三人称有限视角相较于传统的第三人称全知视角，更重视人物内心及经验的传达。不过与第一人称回顾性视角，也就是罗莎小姐的视角比起来，这个视角不存在双重聚焦的矛盾性，叙述更为单纯。艾克·斯诺普斯在《村子》中的讲述就出自这个视角。

艾克也是一个白痴，他对邻居豪斯顿的母牛抱有最真挚的爱恋。他冒着豪斯顿的拳脚去探望母牛，并与之在同一个食槽中吃喝，他与母牛并肩而行在山野中的画面如同田园牧歌般美丽。

> 黑夜最终让位于白昼；而这会儿他就会匆忙行事，一溜儿小跑，不是要更快地到达那里，而是因为他必须很快回来，这时，在能见度变得越来越高的情况下，他感到平静，没有一丝恐惧，天光逐渐由灰色转为初始的玫瑰色，变成晨曦时分最亮的金黄色，照亮最后一片坡顶。他自己跑下来，来到笼罩在晨雾中的小河旁边，躺在被露珠打湿了的绿草上，无数生命正在其中苏醒，他聆听着她走近的脚步声。②

福克纳借助艾克的视角终于回到了自己学徒时代在诗歌中反复咏叹的希腊胜地阿卡迪亚。此时的艾克就是一位希腊神话中追求着母牛的牧神，这段藻饰、夸张、刻意求工而又拔高的语言让人想起布鲁克斯的评价：“早年的福克纳本质上是一个浪漫主义者，他的想象被各

① 申丹：《叙述学与小说文体学研究》，北京大学出版社 1998 年版，第 223 页。
② ［美］威廉·福克纳：《村子》，张月译，百花文艺出版社 2001 年版，第 223 页。以下本文所引该作品中译本皆出自该版本，不再另注，只在引文后标明页码。

种大胆的冒险故事、游侠骑士和他们的意中人，以及林中仙女与牧羊人在潘的笛声中翩翩起舞的土地所占据。搜寻飘浮在这片土地之上的美与爱的极致是他全部的努力。"① 事实上福克纳终身都是一位身着现代主义外衣的浪漫主义者，只要一有机会他笔下的人物就会以诗化的视角吟诵回归自然的抒情谣曲。

> 接着，他会看到她；那光亮、透明的清晨的号角，太阳的号角，将把雾吹散，使她显露出来，她伫立在那里，浑身金黄，身上沾满露珠，站在河水分道的浅滩上，清晨的号角将那浓郁的、温暖的、强烈的、奶味很重的气息吹进河水里去；他躺在湿漉漉的绿草上，太阳的强光照得他的眼睛此刻什么也看不到。（第224页）

这是济慈式的语言，将现实悬置在一边，以诗人想象力创造并统治着一个新世界。白痴与母牛的恋爱在以往的故事中难以想象，但在一个只有他们自己存在的自然世界中，这想象力却参与到这无法言说的场景的刻画中，仿佛时间已不存在。② "浑身金黄""清晨的号角""湿漉漉的绿草"，这些已经超越了实体界限的描写，力图将古希腊式的高贵单纯灌注到北密西西比乡下穷苦的白痴与辛劳的母牛身上，使他们获得超越丑陋与猥琐现实而臻于真、善、美的能力。自然在这里作为一种本体性的生产力量，借助某种神秘的暗示将白痴与母牛的谬异恋情收入自己的怀抱并赋予其合理性，大自然本身也借由艾克抒情的视角得到感人的称颂。

> 下午的风虽然已经下去了，但长满树木的山顶在高高的晴朗

---

① Cleanth Brooks, *Toward Yoknapatawpha and Beyond*, Baton Rouge and London: Louisiana State University Press, 1990, p. ix.

② Robert W. Hamblin, "Carcassonne in Mississippi," in Doreen Fowler and Ann J. Abadie (eds.) *Faulkner and the Craft of Fiction.* Jackson and London: University Press of Mississippi, 1988, p. 166.

的天空中，依然在不停地发出喃喃的低语声。树干和簇拥在一起的树叶是下午的竖琴和琴弦；一道道不连贯的、白日逆行的阴影不断地落在他们身上，他们穿越过山背，向下走进阴影笼罩的地段，进入傍晚蔚蓝色碧空下的凹地之中，进入无风的夜晚之中；日落的帐幕在他们身后落下了。(第 243 页)

在此，叙述的视角悄然由艾克的第三人称有限视角转入以"他们"为称谓的第三人称全知视角。这种视角之间的悄然转换可能受到他引为老师的前辈赫尔曼·麦尔维尔的影响①，当然更重要的是出于将母牛人化的表达需要。福克纳虽然喜欢新奇视角的试验，但他不是形式冒险的仆人。"技巧本身毫无用处，纯粹醉心于技巧无益于真正的写作"，这是他对弗吉尼亚大学学生的告诫，也是自己的写作准则。

这段母牛与艾克行走在乡野的风光，承接了福克纳早年的诗歌的精神。在《大理石牧神》中，大理石制的牧神雕像就幻想着随着潘翻山越岭，感受四季的变化和阳光雨露的滋润。其间有些片段与艾克的抒情诗还有明显的神似之处：

在这寂静的池塘边	Beside this hushed pool where lean
倾斜着他的面孔和弯曲的天空	His own face and the bending sky
颤动着无声的友爱	In shivering soundless amity. ②

艾克作为改头换面的牧神，仍然是某种意义上的半人半动物，其追求自己的母牛女神的奔走超越了大理石牧神那无法挪动的形体，当

---

① 在《白鲸》中实际上有两个主人公，小说的前 23 章主要写以实玛利追寻到爱与人道的过程。作为作品的主角，他以自己的实际行动参与到作品的构建之中。在 23 章之后主要写亚哈如何被仇恨引向毁灭，同以实玛利的追寻形成对比。此时的以实玛利虽仍在小说之中，但行动已很少，对情节的发展也没什么影响，主角已是亚哈，以实玛利转化成了一位"倾听者"。

② Cleanth Brooks, *Toward Yoknapatawpha and Beyond*, Baton Rouge and London: Louisiana State University Press, 1990, p. 22.

然也超越了福克纳早年诗作中那虚张声势的矫揉造作，表现出更为真挚的自然文风。哈布林（Robert W. Hamblin）认为这是小说的中心片断，它表现了福克纳将语言看作关于想象力与体验的游戏这样一种文艺观念。但在我们看来，如果说这段叙述对整个小说很重要的话，则在于其提供了与拉波夫对尤拉的肉体之爱以及弗莱姆·斯诺普斯丧失情感的物质主义的对照。"不同种类爱情的对位，为小说添加了一种价值维度和意义，并且帮助发展出小说一直想呈现的特殊的世界。"①这是作者以艺术之想象与思维点化出的理想世界。在一种只有白痴才能达到的神话时代的自在状态中，福克纳试图借助艾克的视角提供自己对历史和这个理想世界的诗化理解。回归自然，反对非自然的文明毒害，这是从卢梭到华兹华斯的浪漫主义者对世界的基本态度。福克纳从不是文艺游戏说的信徒，"福克纳似乎对历史的动力有一种了解，不论是自然的还是人造的，这些形成了现在景观的力量尤以人类的活动造成的结果为可悲"②。因此，艾克的视角实际上是站在自然的立场上，以罗曼司的形式对福克纳所一向反对的冷酷无情的物质至上主义、理性至上主义的略带卡夫卡色彩的反讽。这个立场也许可以说是有一点狭窄的，但不能说它是没有道理的。

福克纳的沉思视角还有很多具体的形式，但基本上都是站在与被描述对象很近的距离上对其加以扫视，以获得移情效应。不论班吉感觉化的纯净低吟，罗莎小姐夸张而不可理喻的愤怒，还是艾克与自然一体的混沌，这些视角交错在一起，以诗化和抒情的态度立体地表达了福克纳对已逝岁月的不可名状的伤感，对故乡历史爱恨交织的沉思，对自然的礼赞和期待以及所有这些中最重要的——对人的同情与关怀。

在文学技巧上，这些视角形式吸收了麦尔维尔、康拉德等人在视角安排上的大胆创见，并与福克纳独特的句子紧密结合，获得了前卫

---

① Cleanth Brooks, *The Yoknapatawpha Country*, Baton Rouge: Louisiana State University Press, 1990, p. 181.

② Michael Millgate, *The Achievement of William Faulkner*, Athens and London: The University of Georgia Press, 1989, p. 189.

的表达效果。① 在具体创作中，福克纳并不拘泥于某一视角的樊篱，而是根据表达的需要自如转换视角。除了先前提到的艾克部分的叙述视角在第三人称有限与全知视角之间的暗换之外，视角越界也时有出现。罗莎小姐在讲述时，就不停插入了昆丁的第三人称有限视角对罗莎小姐的观察："这不是她真实的意思。"她的视角是这样的自相矛盾而又挣扎苦闷，甚至福克纳本人也偶尔站在全知视角上评价罗莎小姐的讲述是"无可奈何却又是永不消解的气愤"。福克纳深深理解自己所采用的这些前卫视角形式的锐利与困顿之处，对它们之间的界限犹如醉酒巨人般的恣肆跨越则强有力地表明这位大作家对各种文体手法的掌握是多么娴熟。

沉思视角是福克纳最具独创性的视角，那些结构上冗长繁复，语意上纠缠不清，绵延回环的长句只有在这样的视角下才能聚合在一起，由盲目挣扎的混沌力量一跃而被捏合为抒发生命丰盈的诗意创造。第一人称经验视角、第三人称有限视角……这些名称新颖的现代主义叙事形式也只有依靠得到非凡想象力灌注的沉思与抒情，才能溢出它们那作为标新立异的形式分类的空壳，在文本中获得真正的艺术生命，并且使这些文本成为以移情为艺术感染力源泉的那些伟大文学经典的一部分。

第二节　远观的视角

在《曙光》中，尼采将移情的产生归结为恐惧的结果。"人，一切造物中最怯懦的造物，由于他那细腻而脆弱的天性，他的怯懦变成了教师，教会他发生同感，迅速领悟别人（以及动物）的情感。""他在一切陌生和活泼的事物中看到了一种危险……若不是在远古时代，人们按照背后的隐义看待这一切，受到了恐惧的训练，我们现在

---

① 一般认为康拉德对福克纳写作视角的影响比较大，See：Michael Millgate, *Faulkner's place*, Athens and London：The University of Georgia Press，1997，p. 89. 麦尔维尔的视角转化技巧对福克纳的启发则不为人知。事实上福克纳多次表达了对二人的尊重，他甚至表示，恨不得《黑水仙号》和《白鲸》都是由他写作的。

就不会有对于自然的快感。"① 在《悲剧的诞生中》他更将这恐怖与可怕推演到对世界虚无本质的认识："希腊人知道并且感觉到生存的恐怖与可怕，为了能够活下去，他们必须在它面前安排奥林匹斯众神的光辉梦境之诞生。"② 悲剧与抒情都是这种世界本体情绪的表露，并提供形而上的慰藉。这种恐惧类似于海德格尔意义上的"畏"，乃是经由"无"对存在的某种认识。"在根本性的畏中，无把存在的深渊般的、但尚未展开的本质送给我们。"③ 从这个意义上讲，引发移情的客体——接触到世界痛苦本源的抒情，是悲剧性的，是对无意义的认知并为人类提供某种形而上之宽慰的努力。这努力自身又反过来意味着生命的丰硕和不可摧毁，从而使人从日常生活"那从存在中被抛出的状态"回到存在本身，尽管是短暂的一瞬。"只有作为审美现象，生存和世界才是永远有充分理由的。"④

理查德·斯沃（Richard Sewall）谈道，从某个方面来讲，悲剧就是一种沉思，"是从痛与怕的境遇到受难境界的提升，痛与怕就在这个境界中得到思考"。福克纳的沉思视角作为一种思索的方式，说到底乃是借助美国南方的地域人文形态进而关注人类永恒的痛苦，并以诗意的抒情给予心灵纯净的慰藉。福克纳接受法国研究生波瓦德（Loïc Bouvard）访谈时曾教导后辈："艺术不仅是人类最至高的表达，更是人类的拯救。"⑤ 在 1947 年写给自己的编辑哈罗德·奥博（Harold Ober）的信中他说："蜷缩在密西西比洞穴中的那个人，努力将自己关于人类心灵与精神的概念形诸单纯的艺术想象，虽然这样做有点不合时宜，就如同一个想在贝西默喷泉的中央竖起埃及水车的人。"⑥ 如果说能够承担这种形而上拯救的一定是悲剧的话，那么福克纳的沉

---

① ［德］尼采：《悲剧的诞生》，周国平译，三联书店 1996 年版，第 214 页。

② 同上书，第 11 页。

③ ［德］海德格尔：《路标》，孙周兴译，三联书店 2004 年版，第 357 页。

④ ［德］尼采：《悲剧的诞生》，周国平译，三联书店 1996 年版，第 21 页。

⑤ James B. Meriwether and Michael Millgate, eds., *Lion in the garden*: *Interviews with William Faulkner* 1926—1962, Lincoln and London: University of Nebraska Press, 1980. p. 71.

⑥ Joseph Blotner, ed., *Selected Letters of William Faulkner*, New York: Vintage Books, 1978, p. 261.

思视角也确实带有一定的悲剧意味。这意味在《俄狄浦斯在科罗诺斯》的结尾被表达为：

> 放弃吧，绝不再有
> 怨恨唤起；
> 因为万事常驻
> 保存一个完成的裁决。

海德格尔评价道："这结尾不可思议地回转到这个民族的隐蔽的历史上，并且保存着这个民族的进入那未曾被了解的存在之真理中的路径。"① 这路径在尼采对这段台词的评价中便是"来自彼岸的和解之音"②。福克纳所说的拯救是否也是这种形而上的和解呢？

不过在约克纳帕塔法世界中，不是所有人都在意这样的和解。"福克纳的喜剧文本总是聚焦于人们相信自己的行为会有胜利结果时的愚蠢。在这样的时刻，人物总是将自己的行动掷向连接目标的线性方向，但其实永远也无法达到。"构成这类文本的句子便以线性的、快速推进的风格去同时捕捉那动作指向的方向和每一个单独动作的状况。"平行的行动的堆积平均了事件的分量，形成准确而具速度感的语言。"③ 相信自己的行动会带来胜利的憨愚者，大约便是海德格尔所谓生活在"此在"中的被抛出者，福克纳描写他们的语言保持着简洁、明朗和快速推进的风格。这种以短句为主的语言决定了表述自己的视角必须比匹配长句的沉思视角具有更宽广的视野和距离更远、景深更深的焦距，因为这样的视角所扫视的对象并不执着于充斥着形而上问题的内心，他们更喜欢行动与变化，唯有远观的视角方能将一切收归眼底。

《我弥留之际》是一部关于穷白人的小说，描述了本德伦一家为

---

① ［德］海德格尔：《路标》，孙周兴译，三联书店 2004 年版，第 364—365 页。

② ［德］尼采：《悲剧的诞生》，周国平译，三联书店 1996 年版，第 75 页。

③ J. B. Bunselmeyer, "Faulkner's Narrative styles," in Linda Wagner Martin (ed.) *William Faulkner: six decades of criticism*, East Lansing: Michigan University, 2002, pp. 325–326.

主妇艾迪送葬至杰弗生的滑稽过程，通常被认为是一部富有荒诞色彩的乡村喜剧。整个小说有五十九段叙述或独白，分别由七个本德伦家的成员和八个外人讲述，叙述者大都采用了第一人称视角。这样的视角安排"与伊丽莎白时代舞台独白的艺术亲缘关系是很明显的，不论在小说或戏剧中，角色都只表述作者希望借助其展现给观众的那一部分经验、思想和动机"①。不同于《喧哗与骚动》中人物的沉思视角，这些视角所讲述的独白大多为"线性前进的，语调讥诮，富于讽刺色彩"，非常有力地推进着文本的前进。"十九世纪的勃朗宁（Browning）和丁尼生（Tennyson）从剧场中化这些独白技巧入诗，既表达笔下人物的复杂性，同时又不妨碍故事或事件的讲述。"② 福克纳在《我弥留之际》中的叙述视角基于同样的原理，将文本的快速推进与叙述者自身的复杂性结合了起来，其中比较突出的是使用了第一人称全知视角的达尔。

> "朱厄尔，"我说。路朝后退去，在骡子两对急急颤动的长耳朵之间很像一条隧道，消失在大车肚子底下，路像一根丝带，而大车的前轴则有如一只滚轴。"她快要死了，你知道吗，朱厄尔？"（《我弥留之际》，第 29 页）

简洁的对话，站在外部视点对后退的道路、急急颤动的骡子耳朵这些快速推进的事物的讲述显示出叙述视角与被讲述对象间的距离，故事在顺畅地展开。

> 得有两个人才能使你生出来，要死一个人独自去死就行了。这也就是世界走向毁灭的情景吧。

这句独白既像是达尔说给弟弟朱厄尔听的，也像是说给自己听

---

① John Pilkington, *The Heart of Yoknapatawpha*, Jackson: University press of Mississippi, 1981, p. 88.

② Ibid..

的。对生与死的沉思是个老问题。丁尼生曾经写道：

> 昏幕与晚钟，再以后就是黑暗！
> 但当我上船时，我不想听到告别的哀音。

不过达尔就事论事的感叹与丁尼生的沉思不一样，点到即止的议论并未沉入人物的内心世界。距离依然被小心翼翼地保持着，人物的行动仍然在向目标迈进。①

> 我对杜威·德尔说过："你盼她死，这样你就可以进城了，对不对？"她不愿意说我们俩心里都很清楚的事。"你所以不愿说，那是因为一旦说了，即使是对你自己说，你就会知道那是真的了，对不对？可是你现在知道这是真的了。我几乎可以说得出是哪一天，你自己知道那是真的。"（第29页）

"达尔的思维似乎明显属于不同一般的类别，从整体上看，他高度的直觉化。"② 达尔在此以无所不知的姿态尖刻地揭了妹妹想借出殡去城里打胎的伤疤。第一人称全知视角是福克纳笔下非常独特的视角，原本只属于第三人称视角的全知能力被赋予了第一人称。叙述者可以知道他本不可能知道的事情，也可以描述他不在现场的场景。犹如上帝般的无所不知使这个视角可以从任何角度、时空来叙事，对情节和其他人物的内心了如指掌，这是带有现代主义神话色彩的叙述视角。

自福楼拜、亨利·詹姆斯至艾略特以来，现代叙事理论提倡作者

---

① 写作《我弥留之际》时的福克纳已经可以掌控人物心理描写的深浅尺度。实际上早年他模仿过的诸多诗人中，就包括丁尼生。在1933年出版的诗集《绿枝》中，便有多篇诗作引用了丁尼生的语汇。See: Cleath Brooks, *Toward Yoknapatawpha and Beyon*, Baton Rouge and London：Louisiana State University Press, 1990, pp. 345－354.

② Cleath Brooks, *William Faulkner：First Encounters*, New Heaven and London：Yale University, 1983, p. 85.

退出作品，反对于作品中公开议论。全知叙述视角因便于发表议论也受到殃及。福克纳的第一人称全知视角所张扬的主观性多少是对这一理论的反驳，当然从他也避免使用直接议论的传统手法来看，这反驳仍属现代主义叙事理论的自我调整。从文类来看，这调整又是诗歌对现代小说的某种补充。"以实验的手法使戏剧独白形式得到实质的发展，将第一人称赋予众多怪异人物"①，这是勃朗宁对维多利亚诗歌技巧的贡献，其影响也确乎体现在《我弥留之际》的"怀疑论者兼准存在主义者"达尔的视角中。② 不论是福克纳还是艾略特，他们的技法都滥觞于既关注形象的客观性又重视抒发情感的维多利亚诗歌，后者所发展出的以"形象"寓明客观含义并包含诗人真诚感悟的诗歌理论，原本便上承浪漫主义下启现代主义的主张。

> 太阳斜斜的，再过一个钟点就要投入地平线了，它像一只血红的蛋似的栖息在一堆雷雨云砧上，阳光已经变成古铜色的了：眼睛里看到的是不祥之兆，鼻子里闻到的是带磺臭的闪电气息。等皮保迪来了他们只好用绳子了。他生菜吃得太多，肚子里涨满了气。用绳子他们可以把他从小路上吊上来，像只气球似的飘在有硫磺味的空气中。（第29页）

达尔一方面以诗人的眼光感悟栖息在云层与闪电中的不祥之兆，另一方面又非常实际地盘算医生皮保迪如何才能到达他们家为母亲艾迪诊断。想明白只有用绳子吊他上来之后，他才又开始想象医生那飘在硫黄味的空气中如皮球般的身体。在达尔的视角里，想象与沉思只有在实际问题得以解决的间隙才有机会蔓延开来，故事的演进与迂徐的思考间保持着恰当的平衡。在总体远观的距离上，外界不可避免的变化与个体内心的焦灼很好地融入叙述视角的主体性和客体性的结合之中。这是福克纳对行动与思考松紧得当的把握，与丁尼生当年将社

① 李赋宁主编：《欧洲文学史》第二卷，商务印书馆2002年版，第294页。

② Cleath Brooks. *William Faulkner*: *First Encounters*. New Heaven and London：Yale University，1983. p. 87.

会演进的不可避免与个人的痛苦与幻想结合入诗的特点异曲同工。

达尔的第一人称全知视角从某种意义上讲介于沉思视角和远观视角之间，整部小说作为人类普遍经验的寓言和作为关于穷白人的乡村喜剧的双重性质，也决定了这个人物介于昆丁那样的沉思者和《八月之光》中拜伦·邦奇那样的喜剧角色之间的身份。当然小说的轻快基调和其所颂扬的穷白人顽强的生存能力，还是保证了行动多于思考的喜剧风格。①

第三人称全知视角作为外部视角是传统小说最常用的叙事角度之一。自然风物、人物形象、内心世界、故事的前因后果，它可以无所不知地加以描述，但这种"站在洛克式的经验主义立场上对事物加以模拟"的视角，其与叙述对象的距离是比较远的。在福克纳具有乡土特色的喜剧性文本中，这种视角被较多地采用。《花斑马》讲述弗莱姆·斯诺普斯和一个德克萨斯牛仔煽动村民的贪欲，愚弄他们购买野马的故事。贪婪与愚昧、投机与欺骗是人类无意义的轻率行为的催动剂，也是这部喜剧的讽刺对象。

埃克说他不敢喊价。他怕一喊价，也许真的要他买下来。得克萨斯人说："你瞧不起这些矮种马？嫌它们个儿小？"他从门柱上爬下来，朝马群走去。马四下乱跑，他跟在后面，嘴里啧啧做声。手伸出去好像要抓只苍蝇。终于，他把三四匹马逼到角落，往马背上一跳。接着，尘土飞扬，有好一阵子，我们什么也看不见。尘土像乌云似的遮天盖地。那些目光呆滞、花花斑斑的畜生从灰土里蹿出来，一蹦足有两丈高。它们至少往四十个方向乱跑，你不用数就知道，尘土落了下来，他们又出现了：得克萨斯人和他骑的那匹马。他像对付猫头鹰那样。把马脑袋拧了个个儿。至于那匹马，它四条腿绷得紧紧的，身子像新娘一样索索乱抖，嘴里直哼哼，好像锯木厂在拉锯。得克萨斯人把马脑袋拧了

① 福克纳本人曾对密西西比大学的学生谈道，《我弥留之际》简单而且有趣。见 James B. Meriwether and Cleath Brooks, *William Faulkner*: *First Encounters*, New Heaven and London: Yale University, 1983, p. 53。

个个儿，马只好朝天吸气。"好好看个仔细。"他说道。他的鞋跟顶着马身，白柄手枪露在口袋外面，脖子涨得老粗，像一条鼓足气的小毒蛇。他一面咒骂那匹马，一面对我们说话。我们勉强听懂了："前前后后仔细瞧瞧。这个脑袋像提琴的畜生，十四个老子养的崽子。过来骑骑看，把它买下来，了不起的好马……"①

这种乡村买卖实际上是说故事者和幽默作家最喜爱的主题：狡猾的贩子以貌似公平的交易欺骗乡邻。这主题如此普遍，以致可以回溯到古希腊时期奥德修斯和骗人的诸神的传说，而它在传统西南边疆幽默中尤为盛行。②

"喜剧模仿低劣的人；这些人不是无恶不作的歹徒——滑稽只是丑陋的一种表现。滑稽的事物，或包含谬误，或其貌不扬。但不会给人造成痛苦或者带来伤害。"③ 亚里士多德对喜剧的经典定义包括两个要素："表现比今天的人差的人"和无害性。前者往往依靠夸张的语言、笨拙的行为来体现，后者的实现则以距离感来保障。"目光呆滞""像新娘一样索索乱抖""勉强听懂"，这些夸张的口语化用词显示事情本身无意义的愚蠢。描述埃克不愿出价的"不敢""怕""真"，实际上是用语的机械重复。如马克·吐温所言，机械重复是制造笨拙效果的最好幽默手段；柏格森也认为，重复可以带来喜剧感是因为不经思考的机械反复的局限性提醒着人们自己的生命活力。④在重复中，埃克的呆板与机械将可笑的贪婪与愚昧放大成生动而笨拙的犹豫不决。

拍卖野马是这篇小说的高潮，欺骗与受害的过程在一个较远的距离上被第三人称全知视角加以扫视。站在受害者角度上受骗自然是悲

----

① ［美］威廉·福克纳：《花斑马》，陶洁译，载陶洁主编：《福克纳短篇小说选》，译林出版社 2001 年版，第 264 页。

② Richard Gray, *The life of William Faulkner*：*A Critical Biography*, Cambridge, MA, and Oxford：Blackwell Publishers, 1994, p. 50.

③ ［希］亚里士多德：《诗学》，陈中梅译，商务印书馆 1999 年版，第 58 页。

④ J. B. Bunselmeyer, "Faulkner's Narrative styles," in Linda Wagner Martin（ed.）*William Faulkner*：*six decades of criticism*, East Lansing：Michigan University, 2002, p. 327.

剧性的，但远观视角将叙述与事件间的距离拉伸，在这个过程中受骗的委屈被过滤成无害的传闻，距离把事件变成了趣谈。在这个视角下，人物精短的交谈和迅捷的行动使得事件快速更替，互相拥挤的行动彼此掩盖着它们最终毫无意义的结果而不必担心遭到近距离的审视。行动将思考排除在视角之外，人们朝着虚幻胜利的努力变成了讽刺人类贪愚迟钝的闹剧。

这闹剧让人想起马克·吐温和他的跳蛙。西南边疆幽默的精髓在于它多元化的乡土气质，"相异的、变动的文化风格在这里彼此遭遇，并且长时间互相竞争"①。马克·吐温在这里发现了生机勃勃的方言口语和夸张粗俗的边疆故事，并用它们表现人物戏剧性的思想冲突。福克纳在此利用了同样的东西，但更倾向于刻画弗莱姆·斯诺普斯这种感情退化的现代人物类型对地方传统的侵蚀。不过两人的共同归宿都指向了在谎言、欺诈、噱头、自吹自擂和胡搅蛮缠中求取不易察觉的真诚与朴实，并以此作为对商业社会中的人们道德破产的批判。福克纳的大部分喜剧性文本都秉持了这样的基本立场：《黄铜怪物》中汤姆·汤姆与托梅的图尔识破了弗莱姆的挑唆，共同挫败了后者偷取铜像的企图。这次斯诺普斯家族绝无仅有的失败"展示了非洲裔美国人在白人分化他们社区的阴谋面前的团结，并以自己的亲族观念和为共同目标努力的潜力预示着弗莱姆的极端个人主义最终的破产"②。《殉葬》则以滑稽的语调似喜实悲地讲述印第安部落因蓄奴而由崇尚英雄的古老传统堕落到价值观丧失的盲目混沌之中。美国的幽默向来负有社会责任感，"它抨击社会弊端和是非不分的愚蠢，揭露自负与成就之下的阴暗面"。"它实际上是对疑惑、残忍和堕落的透视。"③在这个意义上，福克纳的远观视角所扫视的喜剧文本与那些沉思视角

① Eric G Anderson, *American Indian Literature and the Southwest*, Austin: University of Texas Press, 1999, p. 3.

② Robert W. Hamblin, ed., *William Faulkner Encyclopedia*, Westport: Greenwood Publishing Group, Incorporated, 1999, p. 131.

③ Arthur P. Dudden, ed., *American Humor*. Cary: Oxford University Press, Incorporated, 1987, p. xiv.

下的悲剧文本一样，关注的是人类道德沦丧和获得救赎的可能性这样一个严肃问题。

这种严肃性在《八月之光》的喜剧性结尾中体现得更为深刻。《八月之光》是福克纳讨论种族问题的第一部长篇小说，虽然"喜剧与悲剧元素在作品中混合在一起"①，但由"黑屋子"的原名还是可以见出克里斯默斯部分的阴郁气氛。由于作者将克里斯默斯被种族主义迫害的悲剧和琳娜的自然主义喜剧进行宏观对比，小说基本上使用了的第三人称全知视角以求一种总体性的认识，虽然时常仍需将笔触深入人物内心。不过在小说的结尾，作者却出人意料地变换了叙述视角，由一个家具商向他的妻子回忆自己所见到的故事结局，视角由此被转化成与罗莎小姐一样的第一人称叙述自我的视角。②

> 你莫急，等我讲到那儿再说。也许我会让你明白。他接着讲：于是我们在一家商店前面停车。车还没停稳，他早就跳了下去，像是他怕我骗他；他满脸兴奋，像个小孩儿似的竭力讨好你，生怕你答应了替他做的事随后又变卦。他迈着小跑步进了商店，出来时抱了无数纸包袋，多得遮住了他的视线，暗暗在说："瞧，好家伙。你打算长住这辆车上操持起家务来不成。"我们又往前开，很快到了一处适合宿营的地方，在这儿我可以把车开离大路，进入几棵树中间；他急忙跳下车，跑过来小心翼翼地扶她下车，好像她和婴儿都是玻璃或者豆腐铸的。他脸上仍然带着那副神色，像是他差不多已经下定决心，无论如何他算豁出去了，

---

① David Minter, *Faulkner's Questioning Narratives Fiction of His Major phase*, 1929—42, Urbana and Chicago: University of Illinois Press, 2001, p. 86.

② 布鲁克斯认为，《八月之光》中叙述视角在悲喜剧风格间大开大合的转换技巧来自《麦克白》。莎士比亚在叙述麦克白要谋杀邓肯的阴谋后，立即将视角转入满嘴黄色笑话和醉酒痴语的门卫给城堡来客开门的场景。这激烈的转换提醒着读者这种阴郁的场面并不能否定正常的日常生活的存在，读者在紧张的气氛中停留得太久，需要这样的提醒。从纯粹形式的角度上讲，这仍然是一种节奏由紧张到舒缓的变化。See: Cleanth Brooks, *William Faulkner: First Encounters*, New Heaven and London: Yale University, 1983, p. 181.

只要事先我或者她不做什么阻挡他的事，只要她从他脸上不发觉他决心要做的事。然而即使这时我仍然摸不着头脑。（《八月之光》，第 446—447 页）

由走南闯北的商人来讲述故事是美国幽默喜剧的传统手法。"你莫急，等我讲到那儿再说"是幽默故事中跑江湖的说书人调动听众的老办法。家具商的讲述诙谐而机智，没有罗莎小姐那种激烈情绪造成的视角分裂，他只是对当时的场景加入了一点温和的评论。"无论如何他算豁出去了，只要事先我或者她不做什么阻挡他的事"，这里非常有分寸地隐射到了性。在拉洛普德（Christopher A. LaLopnde）看来，这影射依旧来自边疆幽默的粗俗题材，是喜剧不可或缺的插科打诨材料。①

这时她已收拾好她的东西，甚至用桉树枝打扫好了车内，然后放上皮纸箱子，用毯子折起来做了个像坐垫似的东西摆在车的尾部。我暗暗对自己说："难怪你能够老往前走。别人爬起来跑了，你收拾起人家留下的东西继续前进。"——"我想就坐在这后面"，她说。（第 453 页）

"她收拾好了她东西……"这是作为经历者的自我对当时场景的复述，拜伦求欢失败后负气出走，琳娜却如同什么也没发生。从容不迫的自然态度与母性力量在客观的讲述中彰显出来。"我暗暗对自己说……"实际上掺和了作为回忆者的自我对这自然与母性力量的微妙态度。在家具商的眼中，琳娜鲜明的女性特征和母性使她清楚知道自己可以得到男人的帮助而无须言语上的欺骗，但她只关心自己的事情和孩子而不理会一直追随且帮助她的拜伦·邦奇，从这点上看她依然

---

① Christopher A. Lalonde, "A Trap Most Magnificently Sprung: The Last Chapter of Light in August," in Doreen Fowler and Ann J. Abadie, (eds.) *Faulkner and the Craft of Fiction*, Jackson: University Press of Mississippi, 1987, p. 97.

是个从事着女性对男性古老欺骗的骗子。① 对于女性的这种神奇力量，家具商与拜伦·邦奇一样显得非常无奈且顺从——

> 他完全没看我。我刚好刹住车，他早转身朝着车后门边她坐的地方跑去了，而她一点不觉得奇怪。"现在我已经走了这么远了？"他说，"我要是现在半途而废是狗。"她瞧着他，好像她心里一直明白他在想些什么，而他自己却弄不清想干啥，他干了什么自己也莫名其妙。（第454页）

　　拜伦缴械投降，回来找到琳娜，这预示着他们最终会走到一起。家具商的视角中双重聚焦的矛盾实际上反映了福克纳对于女性的矛盾。在很多时候他认为女性相对于疯狂且具有破坏性的男性是内敛而建设性的力量，是秩序与平静的最后保障。《喧哗与骚动》中的迪尔西、《沙多里斯》中的珍妮姑婆，包括此处的琳娜，她们都具有基于忍耐和顺其自然的坚韧力量，这是福克纳所称赞的。然而对年轻女性由女孩成长为女人的过程，福克纳相当地不理解，对男性在这个过程中的所担任的角色十分迷惘。② 拜伦在琳娜的故事中自愿充当的"冤

① Christopher A. Lalonde, "A Trap Most Magnificently Sprung: The Last Chapter of Light in August," in Doreen Fowler and Ann J. Abadie, (eds.) *Faulkner and the Craft of Fiction*, Jackson: University Press of Mississippi, 1987, p. 101.

② 这似乎与福克纳本人的经历有关。他的母亲莫德（Maud Butler Faulkner）给了福克纳的成长莫大的支持。福克纳家的孩子几乎全由这位娇小、坚毅而自律的母亲教养成人，她教给这些孩子节制、毅力和真情挚爱。在周围人怀疑福克纳的未来时，唯有这位母亲坚信儿子的才能，甚至担心"他是个天才"。此外，福克纳的"黑人母亲"卡洛林大妈（Caroline Barr）也给了他非常的温暖，特别是她给他讲述的那些故事深深影响了福克纳对南方的感情。福克纳少年时青梅竹马的恋人埃斯特尔则因家庭的压力在百般犹豫中嫁给了康奈尔·富兰克林，这使得他的世界"破碎不堪"。在后来埃斯特尔离婚后又改嫁福克纳期间，后者向其他女性的求爱也多遭拒。这经历有助于解释福克纳对于女性由少女成长为女人过程中那种多变性情的不理解，以及男性在这个过程中充当悲剧角色的无奈。这种感觉甚至促使他在他多年后谈到自己的女儿吉尔时还说，"她最终会成长为一个女人离我而去"。参见［美］戴维·明特《福克纳传》，顾连理译，东方出版中心1994年版，第33、37页。以及 Richard Gray, *The life of William Faulkner: A Critical Biography*, Cambridge, MA, and Oxford: Blackwell Publishers, 1994, p. 77.

大头"角色，便体现了作者本人对女性力量的某种领悟。如同在《喧哗与骚动》中不直接写凯蒂，此处叙述视角放弃前面的第三人称全知视角，便是作者将视角那如上帝般的全知权力让渡出来。因为福克纳无法掌握这权力，他自己也搞不清楚是怎么回事，"转述也比不确定和矛盾挣扎要好些"。在戴维·明特看来，福克纳是为某一类女人写作的作家。补充地讲，福克纳对笔下的中老年妇女常常有比较明确的正面认识，但青年女子那青春而多变的魅力却使他难以把握。

"推销员的声音使福克纳精巧地滑过他认为最难写的部分，同时，让十九世纪的幽默谣曲去解释家具商对女性的偏见。"① 这种逃跑性的视角选择本身就带有自嘲的喜剧色彩，以此来讲述故事的结局昭示着琳娜的旅程没有结束，其开放性"迫使读者参与其中，一起构成了对作品的创造"。

不论由什么样的视角来讲述，拜伦毕竟回来了，女人有了丈夫，孩子有了父亲，有了身份，避免了克里斯默斯式的悲剧重演。这是对基于血统的社会秩序的反讽，似乎在更古老的原始意义上，有一种富于生产性的力量恢复了人类社会的和谐，并形成真正的喜剧。这力量是否来源于基于自然的那种男女间和谐与吸引的关系，如同阿卡迪亚水泽边沐浴阳光的少女与牧神，或者卢梭意义上的男女自然相悦？② 福克纳显然有些迟疑，但无论如何，它比照出迫害克里斯默斯的种族主义和清教理论的狭隘与偏执，并且将一种更为宽广和温和的喜悦带给读者。这喜悦是宁静但却深刻的，如果戈理所说，"是情不自禁、毫无拘束、突然间直接从被智慧的强烈闪光触动的心灵里爆发出来的，是由平静的愉悦产生的"③，它使小说的结尾跃出了叙述视角甚至作家本人的理解范围，获得了文本之外的隽永意味："生命同样包

---

① Christopher A. Lalonde, "A Trap Most Magnificently Sprung: The Last Chapter of Light in August," in Doreen Fowler and Ann J. Abadie (eds.) *Faulkner and the Craft of Fiction.* Jackson: University Press of Mississippi, 1987, p. 103.

② 事实上，很多论者都认为《八月之光》充满了异教精神对基督教特别是清教主义的反叛。

③ ［俄］果戈理：《一八三六年彼得堡随笔》，载冯春译《果戈理全集》第 6 卷，河北教育出版社 2002 年版，第 112 页。

含着宁静的快乐瞬间和周而复始的不断自新。"① 虽然这些并不能完
全"平衡、挑战或者减弱整部作品的阴冷"②。

第三节　沉思与远观视角的综合

　　站在人称、叙事眼光、叙事声音、观察角度、视野或聚焦的角度
上执着于视角划分的细则，并以小说来充当证实这些划分的材料，很
难真正理解福克纳在这个领域的艺术创造。不同的视角使用受制于句
子的风格，更需要服务于文本的整体建构需要。第三人称回顾性视
角，用在罗莎小姐那里可以表现最贴近内心的情感矛盾，在家具商的
口中则是俏皮而嘲讽的诙谐喜剧。第一人称视角在福克纳笔下亦可以
在全知与受限间转换以满足表达内心或叙写事件的需要。每一种视角
的弹性都被福克纳充分利用于他那内部高度紧张的文本，以至于根据
视角自身的叙事学定义来谈论其在福克纳作品中的性质与作用显得不
合时宜。优秀的作家肯定不会受制于技巧，"如果作家醉心于技巧，
那不如去从事外科医学或者当砌砖工人。没有机械的途径可以写就作
品，没有捷径。年轻作家如只知追寻某一理论将是很愚蠢的。优秀的
艺术家知道没有人足够好到可以给他提意见。"③ 实际上，福克纳的
沉思视角与远观视角常常混合出现在文本之中。

　　短篇小说《公道》讲述山姆·法泽斯的身世，是对于《去吧，
摩西》的重要补充。小说以昆丁的第一人称叙述自我的视角开篇：

　　　　庄园离家四英里。树木掩映之中，一排长长的矮屋，不施油
　　漆；但黑人区的一位名山姆·法泽斯的巧手木匠把它修葺、保养

---

①　Cleath Brooks, *William Faulkner*: *First Encounters*, New Heaven and London: Yale University, 1983, p. 191.

②　David Minter, *Faulkner's Questioning Narratives Fiction of His Major phase*, 1929—1942, Urbana and Chicago: University of Illinois Press, 2001, p. 94.

③　James B. Meriwether and Michael Millgate, eds., *lion in the garden*: *Interviews with William Faulkner* 1926—1962, Lincoln and London: University of Nebraska Press, 1980, p. 244.

得整整齐齐，结结实实。屋后是仓库和熏制房，再远一点就是住宿区了，同样被山姆·法泽斯拾掇得井井有条。他专司其事，别的什么也不干。人们说他将近一百岁了。他与黑人住在一起，黑人们称他"蓝牙龈"；而白人叫他黑人。但他并非黑人，这就是我所要给大家讲的故事。①

昆丁当时只有 12 岁，在他的眼中法泽斯是个巧木匠，一个接近100 岁的身份不明的老人。②"他像黑人一般说话，就是说，他谈吐的神气宛如黑人，但说的话语却不一样。他长着黑人的头发可他的皮肤却较肤色浅的黑人还淡一些，而鼻子、嘴巴、下巴都不是黑人的样子。"他本身就是这块土地谜一般的古老历史渊源的一部分。随后小说便转入山姆·法泽斯本人的第一人称限制视角，因为事情太过久远，连山姆也是听来的：

> 这件事是我能记事的时候，赫尔曼·巴斯克特告诉我的。他说杜姆从新奥尔良回来时带来六个黑人，其中有个女人，虽然赫尔曼·巴斯克特说当时庄园中的黑人已经多得无法使唤。……赫尔曼·巴斯克特说，杜姆下汽船时，除了这六个黑人，还随带着一只装有活东西的大箱子和一只盛着新奥尔良盐末的、金表那么大的小金盒子。赫尔曼·巴斯克特随即叙述了杜姆如何从大箱子里抓出一条小狗，用面包和一撮金盒中的盐末搓成一粒药丸以及如何将药丸塞进小狗的嘴巴，小狗就立刻倒地毙命。（第3—4页）

昆丁的视角交代了法泽斯的外貌，以及这外貌所暗示的他与历史源头的共生性。但昆丁实在太小了，无法理解和讲述这段隐蔽得幽暗

---

①　[美] 威廉·福克纳：《公道》，朱炯强译，载《世界文学》编辑部编：《福克纳短篇小说选》，中国文联出版公司 1985 年版，第1—2页。

②　在福克纳的小说中，从事木匠的大都是他笔下自食其力值得尊敬的人。评论普遍认为因为耶稣也当过木匠，所以这是某种隐喻。

的岁月。只好由法泽斯本人来讲述，不过他的讲述视角也是受限视角，实际上法泽斯也是赫尔曼·巴斯克特的转述者。至于赫尔曼·巴斯克特从何得来这番故事已经不再重要。小说用多种视角混合在一起形成的两层转述将三个讲述者嵌套在一起，意在表明时间将事实变成历史，历史又变成传奇，传奇变成故事最后又变成被零星提及的只言片语的过程。

这过程将一种神秘且无法理解的东西加载于法泽斯的叙述：杜姆如何当上头人，如何赢得黑奴，法泽斯的爸爸如何与黑人争夺女黑人，自己如何得到意为"两个父亲"的名字。这神秘而复杂的东西实际上是时间在消解事实血腥与残酷上的浪漫化功能。

但同时，作者对这过程的回溯又提示着当日更为真实的情况：从法国回来的杜姆在印第安部落内的篡权与谋杀，白人的蓄奴经济侵入印第安部落带来的文化灭绝，表面上表现为印第安人与黑奴争夺妻子的种族延续与融合问题等。这提示是福克纳对西南边疆拓展史的神话不易察觉的自我怀疑。"在轻描淡写的语调和略带戏剧色彩的讲述中，文本始终被美国殖民史造成的国家负罪感所纠缠，即使这历史已被美化为神话。"① 因此，这篇小说中的视角混合事实上组合成了更宽广意义上的沉思视角，它通过对事件的回视，揭示已被掩盖的真相，虽然又有点含糊——在法泽斯的叙述完成之后，昆丁的视角又接管了文本："当时我才十二岁，似乎觉得这个故事朦朦胧胧，没头没脑，无根无由。"——叙述的模糊性开始闭合那本已打开的历史洞见，这体现了福克纳本人对历史欲说还休的犹豫。不过思想上的不明晰并不妨碍作品折射作家的真诚，"福克纳作品的永恒魅力之一便是其坦诚表达理解与逃避之间的那种矛盾的愿望与艺术技巧"②。

这种理解与逃避的矛盾在福克纳创作高峰阶段的最后一部《去吧，摩西》中得到了更为深广的体现。"这部作品篇幅不大，却提供

---

① Robert W. Hamblin, ed., *Faulkner in the Twenty-First Century*, Jackson: University Press of Mississippi, 2003, p. 84.

② John T. Matthews, "Faulkner's Narrative Frames," in Doreen Fowler and Ann J. Abadie (eds.) *Faulkner and the Craft of Fiction*, Jackson: University Press of Mississippi, 1987, p. 89.

了一整个时期的历史画面，概括了美国南方最本质的一些问题。用福克纳自己的话说，这里的故事是'整片南方土地的缩影，是整个南方发展和变迁的历史'。"① 相应地，福克纳更多地将视角混合在一起，以适应他后期创作兼顾历史与内心的更为复杂的文体表达。

> "这是最后一次，"路喀斯说。"我告诉你——"这时他大声嚷叫起来了，不是冲着这个白人的，这一点白人也知道；他眼看那黑人的眼白里突然涌现出红颜色，那是野兽——熊或是狐狸——被围困时眼睛里的那种血色。"我告诉你！别对我要求太高了！"我是做错了，那白人想。我做得过头了。可是现在已经太迟。他即使想把手挣脱却已被路喀斯的手紧紧捏住。他赶紧伸出左手去抓枪，可是路喀斯也把他的左腕抓住了。（《去吧，摩西》，第51页）

《灶火与炉床》中扎克·爱德蒙兹将黑人路喀斯·布钱普的妻子莫莉留在家中给自己的孩子哺乳长达六个月，这使路喀斯感到莫大侮辱，为维护尊严他去决斗。叙述总体上采用第三人称全知视角，但中间穿插第一人称经验自我的视角。路喀斯的愤怒是从外部予以刻画的，他狂怒的眼睛和迅捷的动作也非远观视角不能表现其全貌。扎克的反省则以内视角来思索。

> "……我也根本没有麦卡斯林家的大片良田可以放弃。我唯一必须放弃的就是麦卡斯林的血统，从法律上说那玩意儿与我根本无关，至少是没有什么价值，因为那天晚上老卡洛瑟斯给了托梅使我爸得以出世的东西。这对他来说本来就不是什么损失。而且如果这就是麦卡斯林的血统带给我的东西，我也不想要。要是那种血流到我的黑人血液里来对他从未造成什么损害，那么从我这里流走对我也不会有损害的，甚至也不会像老卡洛瑟斯那样得

---

① 李文俊：《〈去吧，摩西〉译本序》，见［美］威廉·福克纳《去吧，摩西》，李文俊译，上海译文出版社1996年版，第vii页。

到最大的快乐。——或者是，不，"他喊道。（第52页）

路喀斯的自白虽然仍从属于全知视角的叙述框架，但以"我"的眼光表述的大量抒情与沉思使得这段独白更接近第一人称经验自我的视角，表达出讲述者对于自己白人祖先的愤怒和出于自尊对黑人身份的自我肯定。福克纳对黑人的觉醒既尊重但又有所保留，全知视角对第一人视角的转述避免了作者以纯粹黑人的角度去思考他还不能彻底赞同的问题，这是他暧昧与矛盾内心的折射。

> 他仍然不起来干活，而是从兜里掏出一颗子弹，再次对着它细看。同时陷入了沉思——这就是那颗没爆炸的子弹，连脏都没弄脏，也没锈蚀，撞针在未爆炸的底火铜帽上弄出了清晰、深深的一道凹痕——这颜色发暗的小黄铜圆柱体不比一根火柴长，不比一支铅笔粗，也重不了多少，却包容了两条人命。是曾经包容，准确地说。因为我是不会用那第二颗子弹的，他想。我得付出代价。我得等待吊索，甚至还有煤油。我得付出代价。因此看来，我毕竟不是白有老卡洛瑟斯的血统的。老卡洛瑟斯，他想。我需要他的时候他出现并且替我发言了。他又继续犁地了。（第53—54页）

路喀斯打了扎克一枪，但遇上了哑弹，这巧合救了他们两个人的性命。他们原本就有老卡洛瑟斯·麦卡斯林这个共同的白人祖先，其实是表亲，是种族偏见的界限使他们发生了殊死搏斗。用巧合解决矛盾虽然有些软弱，但这是福克纳愿望的体现：黑人即便是含的后代，也与白人的祖先有共同的父亲，大家终究是兄弟。这是小说不易察觉的对《圣经》的隐喻。① 但是在这个前提之下，福克纳对路喀斯维护

---

① 《圣经》记载，诺亚酒醉，赤裸而眠。小儿子含进帐篷撞见，乃出。其二兄长知晓后便倒退着进去，为父亲盖好。诺亚醒后责骂含无礼：你和你的后代当为你兄长们的奴隶。后世种族主义者从《圣经》中寻得此典故，声称黑人即为含的后代，当受诅咒，为蓄奴制度的道德合理性诡辩。这是个不能自圆其说的理论，它间接承认了白人与黑人的源头上的兄弟关系，并且忽视了诅咒也有消失的一天。

尊严的勇气作了自己的理解："我毕竟不是白有卡洛瑟斯的血统的"，"我需要他的时候他出现并且替我发言了"。这段独白直接使用第一人称视角表达，更接近路喀斯的内心。他的勇敢举动在此被自我解释为白人血统赋予的高贵力量，这不能不说是福克纳在种族问题上可以理解的局限性使然。对比路喀斯否定自己白人血统时所用的准第一人称视角，福克纳似乎倾向于认为后者更接近路喀斯的真实想法，或者说至少福克纳本人希望路喀斯做这样的沉思吧。

　　和解是《去吧，摩西》中很重要的主题。福克纳将种族问题的解决寄予一种形而上的宽恕与和谐。"放弃吧，决不再有怨恨唤起。"这种俄狄浦斯与命运间哲学意义上的和解自有它的感染力，但它在现实中是否行得通则有待检验，当然这不再是文学问题。基于这样一种和解的立场，福克纳一方面指责白人"做错了"，"做得过头了"；另一方面又赋予这些白人某种"英雄"力量。对于黑人的觉醒，他既真诚地同情黑人对尊严的渴求，又对黑人主体身份复归的后果有所保留。这矛盾支配着小说内外视角的混合交替，内视角的沉思精心缝合着对历史的反思与掩盖间的裂缝；外视角则尽量描述着喜剧式的情节，在这虚幻的情节中白人和黑人暂时各得其乐。当然白人因更明白世界最终的虚无而显得沉稳，黑人则盲目醉心于酿私酒、寻宝藏这样的愚昧想法而显出行动上的滑稽与幼稚。

　　视角的混合在福克纳中后期的作品中较多地出现，大约是因为此时他已有能力将早年间朦胧意识到的从拓荒时期到商业时代、从旧贵族到印第安人、从杰弗生到荒野这些覆盖南方社会的众多元素在现实与内心两个轴面上立体地表达出来，视角所需扫视的文本的内容也相应变得更为庞杂。任何一种视角都因其局限性而不能单独完成这复杂的任务，须作灵活的变化方可挣脱其束缚。福克纳文本中的视角转换、视角越界和视角混合便是程度越来越深地对单一视角的改造，通过变换视角、增加视角使其服务于作品的整体塑形。

　　保尔·利科（Paul Ricoeur）讲，"视角概念是以陈述行为和陈述关系为中心的研究的制高点。"① 在海德格尔看来，陈述行为和由此产生的关系是意义得以产生的渊源，"真理就存在于主词和谓词之间"。文学作品具有多重含义，应该也能够在多个层面解读。如果像保东（R. Boundon）那样将语境关联性这个对于结构概念最为重要的范畴区分为起到意义生成作用的意象性关联域和起到构成作用的效果性关联域，那么视角概念所能统摄的应该是前者。② 作为纯语法手段的动词时和体及其他词汇的使用、空间与时间、意识形态性的东西、作家的深层心理都借助视角的运作而参与到文本意义的形成过程。③不过，如果要考量作品如何将诸多意义元素构成为整体性的表达效果，甚至这效果又如何被关联为作品与作品间的整体文学关系，则远非视角层面所能囊括。约克纳帕塔法世界作为由十多部长篇和几十个短篇构成的整体，其主要作品的意义和整个世系的宏观表达效果应该在整体结构的层面上加以考虑。

---

① 〔法〕保尔·利科：《虚构叙事中时间的塑形》，王文融译，三联书店 2003 年版，第 170 页。

② 〔比〕M. 布洛克曼：《结构主义》，李幼蒸译，中国人民大学出版社 2003 年版，第 11 页。

③ 〔法〕保尔·利科：《虚构叙事中时间的塑形》，王文融译，三联书店 2003 年版，第 167—169 页。

第三章　福克纳的叙事结构

　　我只是一个失败的诗人，也许所有的小说家原初都打算写诗，但发现他写不了。于是便改写短篇小说，短篇小说对艺术的要求仅次于诗歌。但连这也失败了，只在这时他才从事起小说创作。①

　　这段自白不应当仅仅被看作福克纳在成名之后的造作谦逊，尽管米尔盖特指出，就个人而言，福克纳是个"本质上矫揉造作的人"。但福克纳的造作既造成了他内向自信的性格，也促成了他在艺术上的雄心与正直。② 讨论福克纳作品的结构，有一点是须在意的：约克纳帕塔法世界中几乎所有最重要的长篇小说都源自某一个画面的刺激或者扩充于一个短篇小说。《喧哗与骚动》源于那个凯蒂爬上树偷看葬礼，她的兄弟们等在树下看着她弄脏的衬裤的画面以及叫作《黄昏》（*Twilight*）的短篇小说的构思。《押沙龙，押沙龙!》源自"黑屋子"的画面和《伊万杰琳》（*Evangeline*，1979）③、《沃许》（*Wash*，1934）两个短篇。斯诺普斯三部曲中最出色的《村子》修改自短篇《花斑马》（*Spotted Horses*，1931）。《去吧，摩西》修改自《熊》（*The Bear*，1942）、《三角洲之秋》（*Delta Autumn*）等几个已发表或已构思的短篇故事。

---

　　① James B. Meriwether and Michael Millgate, eds., *Lion in the garden*: *Interviews with William Faulkner 1926—1962*, Lincoln and London: University of Nebraska Press, 1980. p. 238.

　　② Michael Millgate, *Faulkne's place*, Athens and London: The University of Georgia Press, 1997, p. xiii.

　　③ 实际上这篇故事写于1931年，正式发表比较迟。

福克纳的写作历程确实与他本人的声言相符，有一个从诗歌滑向小说的过程；而在福克纳成熟阶段的小说中总有一种倾向，它不断回溯到早年诗歌写作的体验中去，并从中汲取艺术技巧与写作热情上的养分。

第一节　对位的诗意结构：从《卡尔卡索拉》到《喧哗与骚动》

　　　我骑着一匹皮毛像鹿皮一样柔滑的小马它的眼睛像蓝色的闪电鬃毛像纷乱的火焰载着我驰上山坡直冲进高远的天国

　　　他的尸骸一动不动地躺着。它也许正想象着这些景象。总之，过了一会儿，它呻吟了一下。但它什么也没有说。这当然不像你，他想，你也不像你自己。但能稍微安静一下不是很好吗

　　　他躺在一卷摊开的柏油纸下，也就是说，他身上遗留下来的全部东西都躺在这儿，除了不会遭受蚊虫和冷暖折磨的部分之外，那一部分正骑着漫无目标的马驹，不知疲倦地飞奔上云雾堆成的银色山岗，奔向永不可及的蓝色绝壁，在那银色的山岗上，听不到马蹄嗒嗒的回声，看不见马驹留下的足迹。而留在这里的既不是那肉体部分，也不是那非肉体的部分。在油毡的覆盖下，他因为自己的身体什么也不用，有点惬意地打了个冷颤。①

这是福克纳发表于 1931 年的作品《卡尔卡索拉》的开头，小说最后被收入短篇小说集《这十三篇》，但据布洛克纳考证，作品的实际写作时间是 1925 年。

　　1925 年对于福克纳是一个很特殊的年份。1922 年，福克纳还以诗人自居，并希求有所建树。两年后他发表了不成功的诗作《大理石

①　[美] 威廉·福克纳：《卡尔卡索拉》，小风译，载世界文学编辑部编：《福克纳中短篇小说选》，中国文联出版公司 1985 年版，第 369—370 页。

牧神》。在 1926 年他便开始写作《沙多利斯》和《父亲亚伯拉罕》，这两部小说是约克纳帕塔法世系贵族与穷白人两大支柱题材的源头。在 1955 年斯诺普斯三部曲的最后一部《大宅》完成时，福克纳自称这是一个源自 1925 年的构思的最终完成。① 这样看来，1925 年是福克纳开始放弃诗歌而转向小说创作的关键时刻。这一年他去了新奥尔良，接触到了现代主义作家群体，而此前他只在书本上读到过这些人的只言片语。同年他去了法国，虽然没有和"左岸作家"建立实质联系，但他读到了《尤利西斯》，与迷惘一代的大部分作家一样获得了宽阔的国际视野，虽然他分了一杯羹后就与他们分道扬镳。许多证据显示他的创作在这一年悄然完成了一次整合，以往的浪漫主义文学气质与现代主义试验技巧结合了起来，并且找到了自己适合的形式——小说。

通常论者都认为《沙多利斯》是整个世系的起点。但就福克纳个人的文学形式发展历程而言，《卡尔卡索拉》是连接着诗歌与小说的过渡形态，它生动地反映了这个决定性时刻的面貌，相应也提供了分析福克纳成熟时期作品的早期形态标本，在后者中那些基本的构成元素还没有发展到不露痕迹的圆熟，因而更容易表露出自己的性质与来历。

卡尔卡索拉（Carcassonne）为法国西南部小城，风景优美且以拥有中世纪城堡而闻名。在其富有传奇性的历史上，罗马人、西哥特人、萨拉逊人、法兰克人都曾据此为军事基地，19 世纪法国众多诗人曾将"代表人类未知希望的象征性"赋予这座具有浓重中世纪浪漫气息的小城。"这种浪漫的神话气息正好用以注解福克纳本人'华丽的失败'。"② 福克纳在小说中讲述一位已死的失败诗人，生前在穷困屈辱中困居于海港小镇一位女恩主的阁楼，因为狭隘困顿的环境而

---

① Michael Millgate, *The Achievement of William Faulkner*, Athens and London: The University of Georgia Press, 1989, p. 24.

② Robert W. Hamblin, "Carcassonne in Mississippi: Faulkner's Geography of the Imagination," in Doreen Fowler and Ann J. Abadie (eds.) *Faulkner and the Craft of Fiction*, Jackson: University Press of Mississippi, 1987, p. 150.

没有取得诗歌上的成功。但他的灵魂却梦想着十字军东征时的诺曼骑士和威严战马，幻想着"干点什么勇敢、悲壮而且严峻的事情"，并且以此嘲笑自己已经腐烂在"为标准石油公司所有的黑暗"中的肉体。

中世纪的背景被植入这场灵魂与肉体的论争，具有无限超越可能的想象力与讲求实际的沉重身体惰性之间互相嘲笑。前者要"骑着一匹皮毛像鹿皮一样柔滑的小马它的眼睛像蓝色的闪电鬃毛像纷乱的火焰载着我驰上山坡直冲进高远的天国"；后者只是"有点惬意地打了个冷颤"。米尔盖特说，这篇小说是福克纳早期创作路线的声明，在浪漫的自白中道出了推崇想象力的创作原则。① 就小说的根本气质而言，这是正确的。不过作品的构成要素更值得我们在意。

这篇小说基本上没有情节，哈布林认为"几乎就是散文诗"。小说的语言已经初具意识流色彩，如"肉体已经死亡它将独立生存一天天地消耗殆尽但在它本身的再生之中将永世不灭因为我就是耶稣复活我就是"。（《卡尔卡索拉》，第371页）超长的句子可以使福克纳将时间悬置在某一个点上，并且尽情展示这个瞬间的复杂性。这复杂性表现为句子内部的对话性，不是巴赫金意义上追求戏谑的杂语体，而是人物自我分裂的不同声音间的较量。灵魂不停地叫嚷"我就是"，仿佛肉体在不停否定着它。

这较量带来了两个后果。一是这些声音的执着形成了麦克白式的紧张气氛，它们的互不相让停滞了时间和动作，并且将人物形象定格于舞台剧般的亢奋场面，以形成小说的"高潮"，虽然在这部小说中这一点还不如日后在《喧哗与骚动》或者《押沙龙，押沙龙!》中那么富有震撼力。二是基于人物的自我分裂，对话所形成的多角度叙事开始萌芽：

　　　　"并不全是，"尸骸回答，"我知道生命在终结时是躺着一动

---

① Michael Millgate, *Faulkner's place*, Athens and London: The University of Georgia Press, 1997, p. 5.

不动的。你还不明白这一点，至少，你还没对我说过。"

"噢，我早就知道了，"他说，"我已经对自己翻来覆去地说够了。问题不在这里，问题是我不相信这是真的。"（第 374 页）

布鲁克斯考证，这段对话直接化用了豪斯曼（A. E. Housman）的诗歌。[1] 他认为这段话传达了福克纳对神圣、无法达到的超验事物的迷恋，虽然对这些事物的追求注定会失败，但福克纳似乎对这种由不可估量的艺术野心引发的华丽的失败十分敬佩。诺尔·珀克（Noel Polk）则作出了与布鲁克斯相反的结论，他认为这位福克纳的梦想家害怕真实的生命，除了空想之外缺乏勇气且无力将任何内容变成现实。[2] 尸骸与灵魂，它们所坚持的不同理念交叉扫视着整部作品，形成对称的两大部分，但又互相交错不致分裂，其一是对现实的妥协者，二是高贵的、爱嘲笑的失败者。"在天国与尘世、想象与现实、艺术与生活、伟大的姿态和纯粹的空想与实际的行动之间震荡。"[3] 这种特殊的结构是福克纳真正的独创，它吸收了诗歌的特点，将浪漫主义的文艺精神表现于现代主义的自我分裂的叙述之中。在这样的结构中，福克纳想象性地探索了艺术与生活的概念，并且在这探索中揭示了"个人与公众、哲学与社会、文学与政治，或者说，个体自我的需要与渴望同社会历史、政治经济间的距离"[4]。

当然，在这部小说中福克纳对结构形式的创新还没有达到日后的高度。不过淡化情节、意识流长句、分裂的叙述自我、来自诗歌与戏剧的表现模式，这些基层的叙述元素已经开始萌芽，它们逐渐开始并且将持续决定福克纳小说独特的结构特点：分裂、多元但又通过非情节的结构关联性交互在一起形成诗化整体。这些特点在《卡尔卡索

---

[1] Cleanth Brooks, *Toward Yoknapatawpha and Beyond*, Baton Rouge and London: Louisiana State University Press, 1990, p. 51.

[2] David Minter, *Faulkner's Questioning Narratives Fiction of His Major phase*, 1929—1942, Urbana and Chicago: University of Illinois Press, 2001, p. 23.

[3] Ibid. .

[4] Ibid. , p. 25.

拉》中雏形粗具，日后会在约克纳帕塔法最重要的小说中发扬光大。来自现代主义试验技巧和诗歌（包括诗体戏剧）两个方向上的文学渊源为这样的结构提供了营养，后者的作用可能更为基础性，它带给福克纳的文本不同于其他现代主义离奇叙述的独特气质。福克纳多年后在回答弗吉尼亚大学学生的提问时说，这部小说是他非常钟爱的短篇，因为他又找到了做诗人的感觉。① 事实上，这篇小说的写作实则是学徒期满的福克纳在向十年的诗歌写作告别，但他从来没有真正离开诗歌，他始终保持着某种意义上的诗人姿态，并将诗意带入了新的书写形式。正如 H. R. 斯通贝克所认为的那样，这篇小说是作家年轻时在语言上的探索以及运用短篇小说形式表达诗意的试验。② 福克纳后来的写作甚至一直可以看作以小说形式表达诗意的尝试。如此，便不难理解在获得诺贝尔文学奖时，他为何始终以诗人自喻，反复强调诗人的声音、诗人的使命、诗人的不朽、诗人的心灵——"占据他的创作的只应是心灵深处亘古至今的真情实感、爱情、荣誉、同情、自豪、怜悯之心和牺牲精神"。

《卡尔卡索拉》中揭露的基于向现实妥协的和谐与基于爱嘲笑的想象的超越性构成了福克纳小说结构中最基本的聚合与离散的紧张关系。"秩序的破坏与固定新世界的创造，是他成就的两大有力支柱，代表着相生相克的两种力量：才能与传统、现在与过去、忘却与记忆。"③ 在福克纳成熟时期的作品中，一种充满孤独、异化、分裂、虚无的离心力总是试图将文本割裂成断简片章，而努力将作品捏合在一起的向心力也拒绝退出，尽力将文本引向某种和谐但不完整的意义中心，似乎害怕彻底混乱的深渊真正到来。"在故事的讲述与聆听，

---

① Cleanth Brooks, *Toward Yoknapatawpha and Beyond*, Baton Rouge and London：Louisiana State University Press, 1990, p. 6.

② H. R. 斯通贝克：《题解》，陶洁译，载世界文学编辑部编：《福克纳中短篇小说选》，中国文联出版公司1985年版，第612页。

③ ［美］默里·埃利奥特主编：《哥伦比亚美国文学史》，朱伯通等译，四川辞书出版社1994年版，第742页。

写作与阅读之间，我们看到这种张力一再颁演。"①《喧哗与骚动》便是将《卡尔卡索拉》中没有解决的这种紧张关系和已经获取的艺术形式再度颁演成怀旧抒情诗的第一部重要作品。

长久以来，一些论者试图强调这部小说的复调性质。福克纳小说的代表作《喧哗与骚动》和《押沙龙，押沙龙!》在其结构上有着巴赫金"复调小说"的特点。其特点是"独立而具个性的声音和意识的多元以及受到充分尊重的声音的真正复调"。"有多少个声音便有多少个叙述结果。多种声音都是平等的，都享有平等的权利参加对话，所以这种歧义就不可能由一个权威的声音来消除。"② 巴赫金的复调小说理论，从语言的内在对话性推演到说话者的平等性，再归结为结构上的狂欢化，其归宿指向以欧洲大陆梅尼普讽刺体为源头的庄谐体风格。戏谑和讽刺是这种作品的结构精髓。福克纳当然借鉴过陀思妥耶夫斯基的写作风格，《卡拉马佐夫兄弟》是他最喜欢读的四五本书之一，"经常翻阅，如同与老朋友见面并且谈上几分钟"。并且在实际的写作中，他也会"将他笔下人物的个性与独立声音推向极致"③，让人物自己讲述自己的故事，将自己的声音埋伏在众多人物的声音之中，以达到某种"客观化呈现"。

但福克纳叙述中的对话性更多存在于人物的话语层面，即使在他那些隐藏自己声音，让人物来讲述的故事中，强烈的抒情所带来的价值倾向依然控制着整个作品的基调。在分析陀思妥耶夫斯基时，巴赫金重点谈到陀思妥耶夫斯基将人物的声音放在与作者声音平等的地位上，每个说话者拥有同等的话语权利。这实际是一种语言和视角的组织技巧，以这种技巧编织的文本并不一定会上升到以狂欢和戏谑为目标指向的结构。福克纳没有研究过巴赫金的理论，他的小说中存在的

① David Minter, *Faulkner's Questioning Narratives Fiction of His Major phase*, 1929—1942, Urbana and Chicago: University of Illinois Press, 2001, p. 29.

② 黎明:《论福克纳小说的结构艺术》,《西南民族大学学报》（人文社会科学版）2005 年第 11 期，第 133 页。

③ Richard Gray, *The life of William Faulkner: A Critical Biography*, Cambridge, MA, and Oxford: Blackwell Publishers, 1994, p. 6.

对话性来自对陀思妥耶夫斯基语言特色的直接借鉴。对福克纳而言，这些话语中所提供的人物自我震荡的精神争辩是最为吸引人之处。从中他领悟到故事人物的讲述中不可避免的内部对话性："对话不仅发生在声音之间，更发生在声音内部。我们的话语中充斥着他人的词汇。我们无法逃出对话，即便是和我们自己的对话。"① 这种对话性使他始终最钟爱的莎士比亚诗剧和维多利亚诗歌中各种人物的复杂抒情语体在小说中找到了适应现代叙述形式的转化范例。"我几乎已不存在于这个世界"，陀思妥耶夫斯基笔下被侮辱、被损害的人物那种明晰自我身份的企图以及这种身份不能明晰所带来的自我伤害，将现代人意识中的精神分裂与价值混乱的痛苦带到福克纳面前，既契合他以往的文学经验，又与南方世界与 19 世纪末俄国同样面临的现代化重压之下传统价值溃乱的伦理状况相吻合。

叙述中的自我对话，而非人物间的平等对话是福克纳借鉴陀思妥耶夫斯基最多之处。这就决定了包括《喧哗与骚动》在内的福克纳小说将复调性限制在了语言与视角的层面，无论是昆丁神经质的内心独白还是罗莎小姐被自相矛盾的叙述眼光绷紧的讲述视角，都没有将更高的层级文本指向狂欢化的结构。

不可否认，在《喧哗与骚动》中最直观的结构技巧是多角度叙事，多重的视角也许给了读者复调结构的直观印象。多角度叙事的技巧显然来自对康拉德的借鉴。在《吉姆爷》中，康拉德将全知视角、以马罗为讲述者的第三人称视角，以及借助马罗与无名氏的通信展开叙述的第三人称有限视角交错在一起，尽可能错综地刻画了吉姆的形象。不过康拉德的多角度叙事总体服从于情节发展的需要，人物不同角度对事情的描述更为曲折地表现了故事的丰富性。不同叙述者对故事的不同意见并不妨碍他们对事情本质上一致的看法。情节的整一性在这样的多角度叙事中没有被破坏，不同人物的视角流畅地接过叙述的接力棒，这使得康拉德的多角度叙事并未超出麦尔维尔多年前尝试

① Richard Gray, *The life of William Faulkner: A Critical Biography*, Cambridge, MA, and Oxford: Blackwell Publishers, 1994, p. 8.

的视角转换的范畴。萨特讲，19 世纪的小说，讲述的角度是经验与智慧，而聆听的角度是条理与秩序。① 在这个意义上，康拉德的结构未超出 19 世纪的文学主流。

福克纳非常钦佩康拉德，他收集了康拉德葬礼的报道，并亲自瞻仰过他的墓地。《吉姆爷》和《水仙号上的黑水手》是福克纳"每年都要读上一点儿"的常备书。康拉德对福克纳最本质的影响在于为福克纳在结构概念上的创新提供了基础性的参照。"从某种意义上讲，康拉德的结构观念和乔伊斯的叙事技巧促成了喧哗与骚动中最具创造性的革新。"② 不过，如同对乔伊斯的意识流技法中写实倾向的反驳一样，福克纳对康拉德的结构技巧也做了革新。康拉德的结构理论对福克纳影响最大之处在于其对印象重要性的强调。

> 文学如果想同艺术挂上钩，它必须同气质打交道。的确，它应该像绘画、音乐及其他各种形式的艺术一样，把一个气质同其他许许多多个气质联系起来。气质的细腻但又不可遏止的力量能够赋予瞬间即逝的事件以真正的意义，并且能够制造出某时某处的道德情感气氛。对较大的现实来说，应该尽力通过具体的感觉来传达所得到的印象。实际上也没有其他办法，因为气质（个人的或集体的）这个东西是不受信念驱使的。③

借助感觉传达印象，涂抹于瞬间即逝的事件以彰显其道德意义，这是康拉德对于艺术感染力的理解。不过在文本结构上，他追求一种立体的，具有如绘画般丰富色彩的，如音乐般错综而富于暗示性的建构模式，并以此将印象转化为画面，"使你看见"，"得到对真理的一

---

① ［法］萨特：《什么是文学》，载施康强选译：《萨特文论选》，人民文学出版社1991 年版，第 189 页。

② Michael Millgate, *Faulkner's place*, Athens and London：The University of Georgia Press, 1997，p. 90.

③ ［英］约瑟夫·康拉德：《小说〈水仙号上的黑家伙〉序言》，载王春元、钱中文主编：《英国作家论文学》，三联书店 1985 年版，第 335 页。

瞥",印象并不是康拉德文本中结构意义上的阅读单位。① 在他的实际创作中,不论是《吉姆爷》《黑暗的心》还是《诺斯托罗莫》,印象的穿插都是从属于构建立体式情节的需要的。但这个观点却启发了同样希望以瞬间美丽获得艺术永恒的福克纳的创新。在《卡尔卡索拉》中福克纳即已淡化了情节,在《喧哗与骚动》中他深化了康拉德对印象的强调,通过几个高度印象化的模块间的并置形成对位结构,彻底废除了情节对文本的框架作用。从这个角度讲,康拉德的结构技巧对《喧哗与骚动》的促进也是从反面实现的,康拉德丰富情节的创意成就了福克纳摆脱情节的激进尝试。

班吉部分、昆丁部分、杰生部分、迪尔西部分是通常对小说构架的划分。每一位叙述者都从不同的角度讲述了康普生家的状况。对于这个结构,福克纳本人和很多论者都认为是"四重奏"(quartets)的结构。"喧哗与骚动的格局就是四重奏,或者说是合唱(choruses)、独唱(solo)再加上一个环绕着的终结乐章。"② 如同艾略特的《四个四重奏》一样,四个部分都可以各自成篇,但又组合成密切联系的整体。

班吉是一个白痴,在他的讲述部分中充斥着大量印象式的破片。这些毫无逻辑的破片从班吉 1898 年 3 岁起到 1928 年的 30 年被分为 16 个层次 9 个场景。③ 大致包括当前、从毛莱改名为班吉、大姆娣去世、送信、追女学生、发现姐姐凯蒂谈恋爱、凯蒂搽香水、班吉被送进医院阉割、凯蒂结婚、凯蒂与男友幽会委身于人这些重要的场景。这些被无数琐碎生活片段打乱的场景所提示的核心是姐姐凯蒂的离去。

---

① "阅读单位"是拉康在分析巴尔扎克的著作《A/Z》中提出的概念。

② William E. H. Meryer, Jr., "Faulkner's Patriotic Failure: Southern Lyricism Versus A-merican Hypervision," in Doreen Fowler and Ann J. Abadie (eds.) *Faulkner and the Craft of Fiction*. Jackson: University Press of Mississippi, 1987, p. 108.

③ Edmond L. Volpe, *A Reader's Guide to William Faulkner*, New York: Straus and Giroux, 1981, pp. 363 - 365.

　　凯蒂来到门口，站在那儿，看着父亲和母亲。她的眼睛扫到我身上，又移了开去。我哭起来了。哭声越来越大，我站了起来。凯蒂走进房间，背靠着墙站着，眼睛看着我。我边哭边向她走去，她往墙上退缩，我看见她的眼睛，于是我哭得更厉害了，我还拽住了她的衣裙。她伸出双手，可是我拽住了她的衣裙。她的泪水流了下来。

　　我们来到门厅里。凯蒂还盯着看我。她一只手按在嘴上，我看见她的眼睛，我哭了。我们走上楼去。她又停住脚步，靠在墙上，盯着看我，我哭了，她继续上楼，我跟着上去，边走边哭，她退缩在墙边，盯着看我。她打开她卧室的门，可是我拽住她的衣裙，于是我们走到洗澡间，她靠着门站着，盯着看我。接着她举起一只胳膊，捂住了脸，我一边哭一边推她。（《喧哗与骚动》，第77—78页）

　　这是凯蒂失身那晚回到家中，班吉的记忆。凯蒂使用香水、谈恋爱时，班吉都用自己的哭叫迫使姐姐洗澡并恢复了如"树一般香味"的纯真。但这一次，姐姐再也没能恢复往日的香味。男性对女性亲属性成熟无可奈何的怅惋在康普生家被放大成对新事物之不可避免的恐惧感，因为他们不再能理解世界的宽广。这是整个小说的核心事件，它催动了家庭的最后解体，是传统情节中起"突转作用"的结构要素。但在这部小说中它只微弱地存在于人物印象的片段，它的作用已转化为四重奏中的主旋律。在奏鸣曲式四重奏中，主奏反复出现于各个段落而各种伴奏环绕其左右，各种乐器保持自己的音色但又交合在一起。如果说这件事情在班吉的部分是以舒缓的柔板奏出的主旋律，那么在昆丁的部分它就变为节奏更快的行板。

　　钟声又鸣响了，是报半点钟的钟声。我站在我影子的肚子上，听那钟声顺着阳光，透过稀稀落落、静止不动的小叶子传过来，一声又一声，静谧而安详。一声又一声，静谧而安详，即使在女人做新娘的那个好月份里，钟声里也总带有秋天的味道。躺在窗子下面的地上吼叫他看了她一眼就明白了。从婴儿们的口中。那些街灯钟声停住了。我又回进邮局，把我的影子留在人行道上。下了坡然后又上坡通往镇子就象是墙上挂着许多灯笼一盏比一盏高。父亲说因为她爱凯蒂所以她是通过人们的缺点来爱人们的。（第114页）

在昆丁濒临崩溃的意识中跳出的"他看了她一眼就明白了"是对班吉部分主旋律的复奏。班吉与昆丁的部分彼此套嵌的结构特点，与福克纳长句中互相套嵌回环的微观结构是一致的。"从总体上看，福克纳作品的建筑构架与句子的构架是一致的。《喧哗与骚动》的四部架构就是一个扩展了的同位结构，将每一位角色对事情意义的判断放在平等的地位。四个视角是平行的，但又互相堆积，形成意识的不同层次。"① 福克纳对他的朋友林斯科特（Robert N. Linscott）说，这个故事他重复写了好几遍。"我记得我是为乐趣写作《喧哗与骚动》的。在此之前我的作品频遭拒绝，我已经完全放弃了出版的希望，完全不再考虑为钱而写作。我写了第一个部分，发现还有一点东西可写，于是写第二部分，发现还有，就写第三部分。就这样一点加一点。根本不指望任何人出版它，这是正确的。"② 后来在其他场合，他又多次说过《喧哗与骚动》是一个被说了几遍的简单故事。③ 福克纳实际的写作过程也可以佐证，小说在从句子表述到谋篇布局的文本层次上，贯穿着整一的结构关联，循环反复式的重复以获得诗歌式的累积性表达效果是福克纳叙事风格中最核心的部分。什克洛夫斯基说，重复是散文中起到诗歌中韵脚作用的元素。"重复——这就是散文的韵脚。""重复代替韵脚，它们使散文在徐缓中丰果硕硕，使散

① J. B. Bunselmeyer, "Faulkner's Narrative styles," in Linda Wagner Martin（ed.）*William Faulkner: six decades of criticism*, East Lansing: Michigan University, 2002, p. 325.

② Joseph Blotner, ed., *Selected Letters of William Faulkner.* New York: Vintage Books, 1978, p. 236.

③ David Minter, *Faulkner's Questioning Narratives Fiction of His Major phase*, 1929—42, Urbana and Chicago: University of Illinois Press, 2001, p. 41.

文得到精耕细作。"① 韵脚的作用在于控制诗歌作品的步伐，形成在稳定与不稳定这两种状态之间摆动的节奏。重复便是散文作品获得同样节奏的主要手段。主旋律的重复使得《喧哗与骚动》获得了诗歌式的平衡感，当然每一次的重复也都伴随着节奏上的变化。

> 你可记得大姆梯死的那一天你坐在水里弄湿了你的衬裤
> 记得
> 我把刀尖对准她的咽喉
> 用不了一秒钟只要一秒钟然后我就可以刺我自己
> 那很好你自己刺自己行吗
> 行刀身够长的班吉现在睡在床上了
> 是的
> 用不了一秒钟我尽量不弄痛你
> 好的
> 你闭上眼睛行吗
> 不就这样很好你得使劲往里捅
> 你拿手来摸摸看
> 可是她不动她的眼睛睁得好大越过我的头顶仰望着天空
> 凯蒂你可记得因为你衬裤沾上了泥水迪尔西怎样大惊小怪
> 不要哭
> 我没哭啊凯蒂
> 你捅呀你倒是捅呀（第 172 页）

昆丁回忆自己在凯蒂失身那天晚上情绪失控，拿刀要杀凯蒂但却无力下手，倒不如妹妹来的干脆。凯蒂的失身促成了他最后的自杀，不同于班吉，他对这件事的回忆在麦克白式的对话中进行。人物亢奋而疯狂的对话带动了小说节奏的加速，形成四个部分中最高昂的音

---

① ［俄］维·什克洛夫斯基：《散文理论》，刘宗次译，百花洲文艺出版社 1997 年版，第 137 页。

符。在这主旋律的回环之外，昆丁的部分的伴奏是对死亡的畅想，影子与沉没是这畅想的主角："车子停住了。我下了车，站在我的影子上。""我看得见前面有个大烟囱。我转过身子背对着它，把自己的影子倒到尘土里去。"（第127页）"桥影落在河面上的地方，我可以看得很深，但是见不到河底……也许当他说起来吧时，那两只眼睛也会从深邃的静谧与沉睡中睁开，浮到水面上来，仰看荣耀之主。"……（第132页）

罗瑟·霍恩豪森（Lothar Hönnighausen）谈道，昆丁投水段落的很多叙述取自作者几年前的诗作《情歌》（*Love song*）：

> I sit, watching the restless shadows red and brown, 　我坐下，看着躁动的红的和棕色的阴影，
>
> Float there till I disturb them, then they down. 　在那儿漂浮直到我打断它们，于是他们沉没。
>
> …to wake him, and he dies. [①]……唤醒他，他便死了。

这诗歌又来自对艾略特《J. 阿尔弗瑞德·普鲁弗洛克的情歌》（*The Love Song Of J. Alfred Prufrock*）的模仿。

> We have lingered in the chambers of the sea 　我们因海底的姑娘而逗留在大海的闺房，
>
> By sea-girls wreathed with seaweed red and brown 姑娘戴着红的和棕色的海草编成的花环，
>
> Till human voice wakes us, and we down. 　　直到人类的声音把我们唤醒，我们便溺水而亡。

艾略特原诗的主题在于描绘生活在畏首畏尾、情感压抑之中的普

---

① Lothar Hönnighausen, *William Faulkner: the Art of Stylization in his early Graphic and literary work*, New York: Cambridge University Press, 1987, p. 108.

鲁弗洛克，在虚幻的自我安慰中自觉过着不死不活的生活。以情歌的方式反讽生命的萎靡是艾略特对于处在文化震荡时代精神麻木的普鲁弗洛克们的嘲笑。对现代文明的反讽是包括这首诗在内大部分艾略特杰作的精髓，我们在《荒原》中亦可见到同样的精神。但这精神却为学徒时期的福克纳所忽视，现代主义在他那里还只是一个素材库，可以用来满足他拼凑时尚的现代文学词汇以实现自己描画阿卡迪亚的林中仙女的伪浪漫主义梦幻。整体上作为对晚期浪漫主义反动的现代主义从来就没有减低过福克纳本人的浪漫主义热情，但主义从来就不是文学成败的根本宏旨所在。布鲁克斯说，福克纳早年诗歌创作的最大问题在于过分追求矫揉造作的文学深度和不真实。"多数时候这些诗以繁缛为能事，描写建立在实际体验之外。除了偶尔的亮丽形象给人耳目一新之感，大部分诗歌没有焦点，过于散乱。""诗歌必须具有不可分割的集中性，大段出自书本的景象不可能做到这一点。"[1]不过，十年的诗歌模仿毕竟没有白费，这训练使福克纳逐渐掌握了糅合各种旧有文学风格的形式模块，并且将晦涩、阴郁和死亡的主题融入这些微小的模块。最终这些形式质料从《春日之景》（*Vision in Spring*，1921）、《大理石牧神》（*The Marble Faun*，1924）、《绿枝》（*A Green Bough*，1933）等诗作中溢出，汇聚到《喧哗与骚动》，融入昆丁部分的死亡伴奏。

作为伴奏，昆丁对死亡的冥想环绕着凯蒂失身这一主旋律。这些诗歌元素，正是在这样一个更大的结构中找到了位置才获得了从前在诗歌中没有被赋予的生命力。小说整体构架上四个板块重复性的安排策略源于诗歌的写作技巧，但却以小说的形式解决了之前学徒诗人福克纳在诗歌模仿中一直没有解决的问题——找到了属于自己的节奏。

布鲁克斯在谈论《大理石牧神》时说，这部诗集异常蹒跚，作者一直试图找到必要的节奏和韵律。如果说韵律还好模仿的话，那么节奏的把握实在是太困难了。诗行常常从中间断裂，使得各个段落显得

---

① Cleanth Brooks, *Toward Yoknapatawpha and Beyond*, Baton Rouge and London: Louisiana State University Press, 1990, p. 17.

有些造作。"这位受困于大理石形体的牧神，无法参与到它所钟爱的自然界的变化中，似乎这也是诗人自己的困惑。"① 在《喧哗与骚动》中，四个部分的重复性并致使小说获得了什克洛夫斯基所观察到的"散文韵脚"，而这韵脚正是"长篇小说步伐的节奏"。这是一种偏于静态的，在重复中微有变化的节奏，它的每一次复沓便将新的结构部分稍加改动堆压在原先的结构之上，最终形成富有整体感染力的文本。其实早在 1922 年，福克纳在诗作中便宣称："难忘的形象是以静待动，如音乐般触动心灵。"② 来源于诗歌的艺术理念，最终给予了小说诗化的节奏，同时也使诗歌元素在小说中再生。不过，纯粹形式结构的重复不会带给艺术技巧任何真正意义上的生命力。文本结构重复的真正意义在于，如什克洛夫斯基指出：

> 散文里重复的是什么？托尔斯泰和陀思妥耶夫斯基在用普通的词语写成的无韵文学里——这些文字一行一行之间的联系看上去很简单的——重复的是什么？
>
> 散文里重复的是环境。散文使事件回到它的原因。它重新安排历史，重新安排各城邦的希腊人聚集在特洛亚城下的历史。③

散文的重复使得"环境"或者说"现实"以特定的节奏融于形式之中，形成有意味的形式。或者说，结构的重复是以文本的特有方式整理现实。从这个角度上看，舍伍德・安德森在新奥尔良对福克纳讲的话就特别重要："你必须要有一个地方作为开始的起点；然后你就可以开始学着写。是什么地方关系不大，只要你能记住它也不为这个地方感到害羞就行了。因为有一个地方作为起点是极端重要的。你

---

① Cleanth Brooks, *Toward Yoknapatawpha and Beyond*, Baton Rouge and London: Louisiana State University Press, 1990, p. 6.

② Lothar Hönnighausen, *William Faulkner: the Art of Stylization in his early Graphic and literary work*, New York: Cambridge University Press, 1987, p. 99.

③ ［俄］维・什克洛夫斯基：《散文理论》，刘宗次译，百花洲文艺出版社 1997 年版，第 136 页。

是个乡下小伙子；你所知道的一切也就是你开始你的事业的密西西比州的那一小块地方。不过这也可以了。它也是美国；把它抽出来，虽然它那么小，那么不为人知，你可以牵一发而动全身，就像拿掉一块砖整面墙会坍塌一样。"① 班吉与昆丁所重复的都是对南方古老世家崩溃的哀叹，都带有不可剥离的真实性。离开从书本上窥来的虚幻的阿卡迪亚，回到了"长满芦苇、藤蔓、柏树、橡树与橡胶树"的密西西比腹地，广袤大地所提供的坚实支点撑起了福克纳的叙述形式，使其变得丰盈而成熟。布鲁克斯所谓真实性的问题，矫揉造作的问题由此得到解决。② 唯有真情实感方能打动人心，文学终究要表现真实，文学最终是社会历史的产物。

相比班吉部分，昆丁的部分有一个一天游荡的行动线索，但这个明显借鉴于斯蒂芬在《尤利西斯》中游荡的线索只是为人物的内心独白提供一个由头而已。除了多少说明《尤利西斯》对福克纳的影响，它基本上不能算本文结构中的有效部分。阴郁、晦涩而不祥的心理渲染环绕着莎士比亚式的紧张与锐利的自我对话，这是昆丁部分奏鸣的基本旋律。

"我总是说，天生是婊子就永远都是婊子。"这是杰生部分独白的主旋律。姐姐失身而使他失去了被姐夫许诺的银行职位。失去所化为的怨恨是杰生部分的复奏。他愤恨凯蒂，记恨家庭对自己的冷漠，刻

---

① ［美］威廉·福克纳：《记舍伍德·安德森》，李文俊译，载李文俊编译：《福克纳随笔》，上海译文出版社 2008 年版，第 8 页。

② 早在《大理石牧神》散文序言中菲尔·斯通就说："这诗首先是一个诗人年轻而单纯的心，这些诗是一种坦率而无意识的思绪，直接映照着阳光、树木、天空和蓝色的山峰。树木、山峰与诗作中的土地一样在阳光的沁透下变幻着色彩，这土地生养着它的作者，他如同一棵树一般根植于这土地之中。"See：John McClure，"Literature and Less，"in Thomas M. Inge（ed.）*William Faulkner The Contemporary Reviews.* New York：Cambridge University Press，1995，p. 3. 布鲁克斯对此批评道，其实诗集所描写的满布灌木与沼泽的土地更接近希腊式的阿卡迪亚。北密西西比的群山下是荒野、草地和开阔的高地。高地上长满石南树丛和金雀花。树丛中也没有诗集中描写的名贵鸟类，只有山雀和夜莺出没其间。"福克纳作为青年诗人，可能会发现承载着他那些渴望与想象力的只是一些牙碎，那使他的写作虚弱而失色的束缚不是大理石，而是繁文造作。在福克纳有能力打破这些束缚之前，他的写作，尽管偶有巧妙地修辞与流转顺滑的段落，却仍然是苍白而缺乏生气的。"

薄伤害他人成了他唯一的宣泄。他欺瞒康普生太太、克扣凯蒂寄给小昆丁的抚养费，向凯蒂索要一百块钱却只在飞驰的马车中给凯蒂看小昆丁匆匆一瞥。所有这一切便是他"力图掌控一个自己已不再信任的世界的尝试"①。

他的叙述不再像两位兄弟那么流于印象与晦涩，对每件事他都以极强的逻辑精打细算，分析得头头是道。"杰生部分的重要性不仅仅在于他对整个家族的残酷描述，他对家族成员个性的反感同时也暗示着对呈现他们的叙述方式的不满。他对小说其他人物极尽挖苦的真正价值在于，提示了一种至少从表面上思路明晰的叙述方式的必要性。"② 从结构上讲，正是杰生部分明晰的叙述，使得凯蒂的形象清晰起来，补充了前两部分失落的信息。反过来，杰生叙述中缺失的童年回忆，又只出现在班吉和昆丁负面印象的片断，对位的信息从最细微的层次被福克纳安插于小说结构的罅隙。

幼年时代缺乏关爱使他以暴躁的唯利是图掩盖自己的困惑。他那总是以"要我说"开头的理智讲述，是他压制童年不愉快记忆的强迫性重复。极端的逻辑掩盖不了他内心的骚动与愤怒，却成为对偏激心态和不理智冲动事实上的反讽。柏格森认为分析思维有助于对事物作出机敏的安排，但在杰生貌似冷静的分析思维中产生的判断与决定却时常自相矛盾且使自己陷入滑稽的境地，完全没有柏格森意义上对事物清醒的控制能力。③ 从这个意义上讲，他与昆丁、班吉一样，都沉湎于混乱的内心世界。不同之处在于哥哥沉溺于过去，不知如何处理。弟弟则完全不要过去，变成了"康普生家唯一适应商业社会，适

---

① Gary Lee Stonum, "The Search for a Narrative Method," in Harold Bloom (ed.) *William Faulkner's The Sound and the Fury*, New York: Chelsea House Publishers, 1988, p. 53.

② Eric J. Sundquist, "The Myth of The Sound and the Fury," in Harold Bloom (ed.) *William Faulkner's The Sound and the Fury*, New York: Chelsea House Publishers, 1988, p. 128.

③ See: Donald M. Kartiganer, "The Sound and the Fury and the Dislocation of Form," in Harold Bloom (ed.) *William Faulkner's The Sound and the Fury*, New York: Chelsea House Publishers, 1988, p. 33.

应了斯诺普斯原则的人。"① 割裂过去看似解决了问题，实际上却没有。"杰生为之骄傲的实践主义、理性主义，也一样是他内心病态的产物"②，这病态甚至融解了他的思考中本该具有的对想象与现实间边界的认知，使他成为舞台上的现代妄想狂。

杰生部分与前两部分最大的不同是增加了葬礼时与凯蒂的两次见面。失去的主题在此达到了高潮：

> 附近没有路灯，我看不清她的脸。可是我觉得出来她是在看我。我们小时候，每逢她为了什么事情生气却又无可奈何时，她的上嘴唇总是这样一抽一抽的。上嘴唇一抽搐，她的牙齿就会多露出一些，在这整个过程中她总是一动不动，像根石柱一样，连一丝肌肉也不动，除了上唇翘得越来越高，牙齿露得越来越多，却什么话也不说。
>
> ……
>
> "对了，"她说，这时她大笑起来，同时又使劲抑制自己想要不笑。"对了，我反正再没什么可以失去的了，"她说，一面发出那种扑嗤扑嗤的怪声，一面用双手捂住自己的嘴。"什么，——什么——什么也没有了，"她说。（第233—235页）

杰生的神志比他的兄弟们清楚，他描述了康普生先生与昆丁死后凯蒂的凄凉。如石柱般一动不动的女性形象依旧取自早年诗歌。"环绕阿波罗的九位戴花冠的缪斯，如科林斯石柱般站立，在明朗的早晨吟唱。"（The nine crowned muses about Apollo/Stand like nine Corinthian columns singing in a clear evening）史文朋的前拉菲尔派风格和希腊式的古典表达方式是处在新艺术主义（fin de siècle）与现代主义风格之间的诗人福克纳所模仿的对象。这首出自《丁香环》（*Lilacs cycle*）

---

① Michael Millgate, *The Achievement of William Faulkner*, Athens and London: The University of Georgia Press, 1989, p. 101.

② Edmond L. Volpe, *A Reader's Guide to William Faulkner*, New York: Straus and Giroux, 1981, p. 119.

的萨福体诗歌继承了史文朋的异教精神和古典趣味。顺应当时糅合视觉艺术、音乐与诗歌的风气，福克纳"将雕塑融入语言艺术中的形象刻画"①。虽然 1919 年做诗的福克纳不能摆脱模仿的生硬，但诸多诗中人物的形象日后成为具有深厚艺术背景的风格化模块反复再现于成熟的小说作品，凯蒂最凄惨时刻的画像便是由这样的形式模块提炼而来。脱去了造作的铅华，石像的比喻将高度风格化的古典气质赋予凯蒂的愤怒与绝望，使它们获得可以被看到、被触摸到的艺术形体，如在面前。这是凯蒂作为人物形象最完整也是最令人心碎的出现，每到这样的核心时刻福克纳的叙述就会不自觉地回到希腊古瓮般的高贵单纯与静穆中去，这是他的艺术情趣中核心部分的习惯反应。②

　　"我再也没什么可失去的了。"这该是主旋律中的主旋律了。女权主义批评家有时批评福克纳没有让凯蒂自己站出来说话，忽视了妇女的声音，这当然有道理。但要说凯蒂一点表白自己的机会也没有，也是不公允的。此处的对话便是由凯蒂本人将小说的主题推到高潮。"什么也没有了"，简单的自白却催人泪下。社会、历史的变动造成

---

① Lothar Hönnighausen, *William Faulkner: the Art of Stylization in his early Graphic and literary work*, New York: Cambridge University Press, 1987, p. 99.

② 类似例子很多。在《曾有过这样一位女王》中，福克纳描写珍妮姑婆："夕阳降到窗户，落到与园子同一水平线上，再过一会儿，花园里的茉莉花就要散发出傍晚的香气，一阵阵缓慢地飘到屋里，浓浓的几乎可以用于触摸到、甜腻的花香、过分甜腻的花香。面前这两个妇人一动不动，一个身体略向前倾地坐在轮椅里，站在椅后的黑人妇女也纹丝不动，身体笔直得像根雕柱。花园里的光线渐渐转为黄铜色。这时，那个女人和她的儿子走进花园，朝房子走来。坐在椅子里的老妇人猛地向前探了探身子，在埃尔诺拉看来，那姿态好像一只小鸟一样在努力挣脱其无用的身躯。"贵族妇女的高贵气质用古典诗歌雕塑般的静态形象呈现出来，如小鸟挣脱躯壳的比喻极像黑格尔在《美学》中的一段描述："希腊神们所产生的印象，颇似我初次看到劳哈所雕的歌德的上身像给我的印象……很像一位围着宽头巾、披着飘荡的长袍，拖着便鞋的东方人形象。所现出的是一种坚定的强有力的无时间性的精神，在可朽事物的掩盖之下，正要脱去这层掩盖，但是暂时仍让它无拘无碍地围绕着自己。"虽然福克纳此处的书写没有黑格尔由深邃洞察力而衍生的万钧笔力，但基本的艺术精神是完全一致的，都努力排除叙述中的线性时间，将高贵定格在静态但又包含着高潮来临前刹那的一瞬，这是人类对永恒的追求。参见［1］［美］威廉·福克纳：《曾有过这样一位女王》，王立礼译，载陶洁编：《福克纳短篇小说选》，译林出版社 2001 年版，第187 页。［2］［德］黑格尔：《美学》，朱光潜译，商务印书馆 1996 年版，第229 页。

家庭的解体，其间受害至深者往往是那些失去保护的美丽善良的女性。无论托尔斯泰的安娜·卡列尼娜、《白痴》中娜斯塔西雅，还是此处的凯蒂都发出了相似的悲鸣。点题的台词只有一句，福克纳留给了他最同情的角色。论者更应相信福克纳本人的说法，凯蒂"太美了"，是作者"最亲爱的"，"她是我思想的女儿，我如此爱她"①。就根本的艺术气质而言，福克纳接近以济慈和华兹华斯为代表的浪漫主义流派中偏向古典的一支，以荷马刻画海伦般的以虚写实的笔法来描绘心目中最美丽、最悲情的女子既是福克纳对经典的学习也是致敬。

杰生的部分以易懂的文字形成对前两部分特别是昆丁部分的对位补充，它携载了更多社会历史内容而"最不具南方色彩"②。虽然说杰生的独白也仍然是一个描述自我的圆圈，但文本的整体节奏在此开始放缓，前两部分中阴郁、模糊但紧张的气氛开始消退。造成这变化的部分原因在于一个非常重要的次级结构模块在杰生部分被取消了，这结构便是象征意象。

班吉和昆丁的部分都有大量的象征意象。"火"是班吉部分出现了四十三次的意象，每隔几页就会出现的火，对班吉来说它是除了凯蒂之外更为直接和有形的安慰。火光将他人和事物印入班吉的心灵，它的缺失意味着黑暗与不安，火是可以让班吉安静下来的不多的东西之一。"火光在那儿，我安静了下来。"③ 在当下，火让班吉平静；在记忆中，凯蒂伴随着火出现。火与班吉在"温暖"这个古老意义上联结成了不断变换的象征关系。镜子在班吉的叙述中和火相对应，既代表不确定的认知，也是班吉视野的框架。"在镜子中进进出出的人们对班吉来说才是可理解的。无法参与到世界之中，镜中的世界便是班吉所能体察的全部。"④ 此外，窗户、烟、月光、斑点等在班吉那

---

① David Minter, *Faulkner's Questioning Narratives Fiction of His Major phase*, 1929—1942, Urbana and Chicago: University of Illinois Press, 2001, p. 42.

② John Pilkington, *The Heart of Yoknapatawpha*, Jackson: University press of Mississippi, 1981, p. 73.

③ Robert A. Martin, "The Words of The Sound and the Fury," *Southern Literary Journal*, 32: 1 (1999 Fall), pp. 46 - 56.

④ Ibid. .

里都有象征意义。这些象征意象暗示着班吉的自然属性，福克纳将自然界光影涌动的各种客观对应物印画在班吉被动的头脑，使他于模模糊糊的本真状态中流露的不自知的无望在这种关联中呈现得异常纯澈。与自然相联系的伤感使班吉部分获得了象征主义诗歌的朦胧、神秘意境。象征诗是福克纳的出发点。1919 年在《新共和》杂志上刊出的（"L'Apres-Midid'un Faun"），是福克纳第一篇公开发表的作品。这篇修改自马拉美《田园牧歌》（"églogue"）的诗歌与其后十个月内发表在《密西西比人》杂志的十三篇诗歌一样，是对马拉美和魏尔伦及其他象征诗人作品的模仿甚至翻译。① 福克纳借助阿瑟·西蒙斯（Arthur Symons）的《象征主义文学运动》认真了解过象征主义诗歌的理论与成就。"以抒情化、精细及富有暗示和移情色彩的语言去启发感觉的连通以代替直接描写，捕捉瞬间即逝的神秘感并和以音乐的节奏以获得纯净的语言表达。"② 这是象征诗歌的一般特质，它主宰了青年福克纳对法国诗歌略显稚嫩而生硬的模仿，但最终以成熟而更为谦和的姿态与其他艺术元素共同融入北密西西比肥沃的土地。

　　如果说班吉部分的意象取自马拉美咏叹自然的诗歌，那么昆丁部分的象征则更接近波德莱尔、魏尔伦那些冥想死亡的玄谈，这些象征意象带给昆丁精心策划的投水而死某种阴郁而神秘的深度。如前面提到，影子在昆丁部分象征着短促而无常的生命。窗口作为通往外界的渠道，则是某种挫败感的象征，并且使人联想起魏尔伦的同为《窗口》的诗作。朱迪斯·森斯巴（Judith Sensibar）甚至认为昆丁形象本身就来自法国象征诗中常见的抒情主角皮尔洛特（Pierrot），其远源承自魏尔伦和马拉美。③ 米尔盖特谈道，昏暗中坐在纯净的水边，被忍冬青清香包围的凯蒂是昆丁的核心记忆，这其中微光、水和忍冬

---

① Alexander Marehall, "William Faulkner: the symbolist connection," *American literature*, Oct87, Vol. 59 Issue 3, p. 389.

② Ibid., p. 390.

③ Ibid., p. 396.

青对于昆丁具有强迫性的意义，"作为象征意象在他的声部持续重现。"① 水是洁净、救赎、宁静与死亡的象征，忍冬青在南方温暖的夜里象征着凯蒂的性成熟，微光则意味着时间在一刹那的凝固。这些折磨着昆丁的灰暗而飘忽的意象是个体在自我身份丧失后的动荡感觉，如影子般失去主体性的心灵经由任何一点小小的刺激就震荡出五光十色的眩晕，它们是痛苦的旋律。

班吉与昆丁部分的大量象征意象最终的指向都是凯蒂。脱胎于林中仙女的凯蒂被水、月光、忍冬青、镜子、火这些的意象包围，听着环绕她的两位歌者唱着凄凉的谣曲。这画面几乎是比尔兹利（Aubrey Beardsley）为《莎乐美》所作插图的翻版，这青年福克纳最爱的图画所传递的暗示与转喻正是象征主义的核心，一如马拉美所说，"在意象之间建立确切的联系，而后将从中产生清晰的可融的第三层面，呈现给不寻常的直觉感应力"②。《喧哗与骚动》的前两部分的象征主义色彩，体现着《卡拉卡索拉》中以想象力超越现实的一面，而向现实妥协的一面从杰生部分开始得到演绎。与现实和解也是必需的，它避免了小说对感觉和印象过分依赖而堕入某种不可名状的臆想深渊。因此，杰生虽然除了利益什么也不关心，但"他的贪婪、果断和残酷使他远离'火''镜子''窗户'这些困扰，他没有家族其他成员的焦虑和神经质"③，在结构上，他的部分却起到了由隐蔽混乱的内心向条理化公开化过渡的作用。这公开化在第四部分达到极致。

通常被称作迪尔西的部分实际上采用了第三人称全知视角。在萧瑟、寒冷和灰色的光线中，康普生家破败的房子，凯蒂当年爬上的梨树，班吉如矢车菊般清澈而碧蓝的眼睛，黑眼眶的康普生太太冷酷的唠叨，迪尔西宽大而衰老的骨架，杰生如酒保般精明、冷酷的榛子色

---

① Michael Millgate, *The Achievement of William Faulkner*, Athens and London: The University of Georgia Press, 1989, p. 86.

② ［美］雷奈·韦勒克：《法国象征主义者》，载柳杨编译：《花非花·象征主义》，旅游教育出版社1991年版，第157页。

③ Robert A. Martin, "The Words of *The Sound and the Fury*," *Southern Literary Journal*, 32：1（1999 Fall），pp. 46－56.

眼珠……这些在前三部分人物独白中已知或未知的形象都在最后一部分得以明了。在这四重奏的尾声，作为主旋律的凯蒂已经远走他乡，最高亢的歌者昆丁已经死去。班吉坐在椅子里流淌着口水，康普生夫人嚷嚷着热水袋，杰生咒骂着一切。这些信息对前三部分形成重要补充，完成了从班吉个人化的世界到第四部分公开而社会化世界的转变。四个声部由此形成了意识的不同层面，"关于理解和认知的不同模式，以及关于清白与经验的矛盾表述。"①

最后一个部分与前三部分最大的不同在于叙述由心理时间回到了物理时间。皮尔金顿认为，班吉无法分辨因果，因而没有时间概念，虽然他讲述过去的感觉，但过去却不曾呈现于他。昆丁的时间观念是强迫性的，试图跳出时间之外获得不变的永恒。不停声称自己"没有时间"的杰生则只关注现在。② 三兄弟的时间观念虽然不同，但都执着于自己的内心世界，不能与客观时间相通，更不能着眼未来。《喧哗与骚动》修改自没有发表的短篇《黄昏》（Twilight），利昂·霍华德（leon Howard）曾经模拟了福克纳的写作过程，他将班吉部分重新分成片段，把相对连贯的段落粘贴在一起。文本被从破碎的时间顺序中恢复成独立的部分并按正常时序重排，结果得到一个可以辨别的故事。"《黄昏》与这故事相比较，一个字也没漏掉。"③ 由此看出，福克纳非常有意识并且精确地设计了班吉部分的混乱时间，而且将这种时间重复了两次以获得静态的效果。这静态的时间，是现在，是符合古典审美情趣的永恒的一瞬，三位诗人在此完成了自己永远不会有结果的抒情。同时它也是萨特指出的本质上灾难性的、失去了向未来演进可能性的"陷入"，"这一无定形的妖魔的某种静止的东西"，他一

---

① Michael Millgate, *The Achievement of William Faulkner*, Athens and London: The University of Georgia Press, 1989, p. 91.

② John Pilkington, *The Heart of Yoknapatawpha*, Jackson: University press of Mississippi, 1981, p. 70.

③ Tom Quirk, *Nothing Abstract: Investigations in the American Literary Imagination*, Columbia: University of Missouri Press, 2001, pp. 27 - 28.

且被说出口就立刻成为过去。① 因此迪尔西部分的客观时间与前面部分的对位就尤为重要，它将一种现实元素带入想象世界。此前被悬置的时间终于又开始运行，杰生徒劳地追逐出逃的小昆丁，后者拿走了多年来自己被克扣的生活费；迪尔西带着班吉去黑人教堂作复活节祈祷；班吉被赶到墓地。物理时间不费吹灰之力就有力总结了康普生家的灭亡：杰生不婚，班吉也不会有孩子，凯蒂早已离去，而她的女儿也逃走了，康普生家的血脉至此结束。当然在这家庭的消亡之外，借助迪尔西，福克纳还表达了对人类精神荒芜、善良与美德不再的忧惧。②

米尔盖特曾很有见地地看出，小说的班吉部分和迪尔西部分是对位程度最高、联系最紧密的结构模块。事实上这两部分直接来自最早的文本原形《黄昏》，在后来的改写中它们充当了代表《卡尔卡索拉》中那想象与现实间张力的两极。昆丁与杰生的部分是对一、四部分的重复，③ 四大板块以相互间的对位围绕着这想象与现实的两极形成富有诗意的结构整体，它们的共同主题，用作者早前出版的诗集《绿枝》中的一段可作概括：

> I see your face through the twilight of my mind,
>
> A dusk of forgotten things, remembered things;
>
> It is a corridor dark and cool with music and too dim for sight,
>
> That leads me to a door which brings You,

---

① ［法］萨特：《福克纳小说中的时间》，载施康强选译：《萨特文论选》，人民文学出版社 1991 年版，第 45—46 页。

② See：Cleanth Brooks, *William Faulkner First Encounters*, New Heaven and London：Yale University, 1983, p. 74.

③ 詹姆斯·沃特森就曾指出，在词汇的使用和人物所关注的对象上，班吉部分与昆丁部分有大量的相似之处，很大程度上就是一种重复。See：James G. Watson, "Faulkner：The House of Fiction," in Doreen Fowler, and Ann J. Abadie（eds.）*Fifty Years of Yoknapatawpha*. Jackson：University Press of Mississippi, 1980, p. 146.

clothed in quiet sound for my delight. ①

从我思绪的微光中得见你的面容，

黄昏中那些或遗忘或铭记的事情；

昏暗阴冷的走廊回响着音乐，黑暗中难见光影，

它领着我来到那携你而来的门口，

我的欣喜为无言所覆盖。

　　正如威廉·梅耶尔所说，"《喧哗与骚动》是福克纳借助将小说的技巧转化成原来的诗歌技巧，以此超越自己'一个失败的诗人'的身份认同的尝试。"②

第二节　对照的文本结构：从《尘土中的旗帜》到《八月之光》

　　在弗朗西斯·皮塔费看来，福克纳真正意义上的艺术独创是对位手法，这在《喧哗与骚动》中得到了华丽展现。但是如果更深入考究，应该说，福克纳基本的写作手法是重复，这是从遣词造句到文本结构一以贯之的技法特质。他不是一个如巴尔扎克或者列夫·托尔斯泰那样可以凭借过人的眼光自由驾驭人间百态，将想象与现实捏合在精严复杂的情节之中的作家。作为优秀故事讲述者的福克纳只存在于不多的短篇小说之中，考利说他甚至不能算小说家，他的故事从来达不到七到十五万字这样的"书"的长度。③ 坦率地说，福克纳是个眼界比较狭小的有点类似简·奥斯丁的艺术家，他的写作素材限于地方

---

①　James G. Watson, "Faulkner: The House of Fiction," in Doreen Fowler, and Ann J. Abadie (eds.) *Fifty Years of Yoknapatawpha*. Jackson: University Press of Mississippi, 1980, p. 154.

②　William E. H. Meryer, Jr., "Faulkner's Patriotic Failure: Sputhern Lyricism Versus American Hypervision," in Doreen Fowler and Ann J. Abadie (eds.) *Faulkner and the craft of Fiction*, Jackson: University Press of Mississippi, 1987, p. 107.

③　Edmond L. Volpe, *A Reader's Guide to William Faulkner*, New York: Straus and Giroux, 1981, p. 404.

性的家庭范围，即使《喧哗与骚动》也曾被诟病为"本质上的鼠目寸光"。但福克纳将自己书写长句时那种不断重复回环向前的叠加技巧扩充到文本结构之中。借助将短篇小说的主题稍加扩充，或者把旧故事融于稍长一点的新故事，他的小说一点点膨胀起来，结构板块也如句子一样依靠回环反复获得累积性的感染效果，最终摆脱了对情节的依赖而获得诗化的小说形式。讲故事的福克纳是优秀的，写小说的福克纳则是大师，如沃普所说，"虽然他的天赋不在于长篇叙述，但唯有小说的形式可以承载他的艺术潜能"①。基于重复的结构手法，福克纳在他的创作高峰期以对位、对照（并置）和多角度叙事为具体形式将艺术形体赋予构成约克纳帕塔法基石的几部最重要的作品，有力呈现了自己叙事艺术中最核心的特质。

对照是福克纳大多数小说中常用的结构形式。早在《卡拉卡索拉》中，福克纳便以介于诗歌与小说之间、还不成熟的文本形式，将肉体与灵魂、想象与现实、艺术与政治经济并置在一起形成对照，以传达年轻人略带造作的迷惘。但对照真正成为福克纳小说的主要结构方法，则始于《沙多里斯》。

菲利普·科恩（Philp Cohen）曾经对比过《尘土中的旗帜》（《沙多里斯》的未删减稿）的手写稿和打字稿，发现后者有多处的改动，特别是开头部分更被改写多次。② 手写稿开头交代伊夫林·沙多里斯在他的兄弟巴亚德的注视下战死于 1918 年法国的空战。其后插入两兄弟童年的相爱，他们受到的教育和战争期间的经历。这种以危机开头再追述源头的叙述模式受到 19 世纪特别是维多利亚时代小说家的喜爱，因其令作者有充分空间塑造主要人物并详述矛盾积蓄的

---

① Edmond L. Volpe, *A Reader's Guide to William Faulkner*, New York: Straus and Giroux, 1981, p. 29.

② 《沙多里斯》实际上是《尘土中旗帜》的缩写版。当时哈考特·布雷斯出版公司的哈里森·史密斯编辑要求福克纳删减两万五千字。福克纳为了出版被迫同意，后由朋友本·沃森代替不忍下手的作者操刀将作品改成了更接近现实主义的风格。因而《尘土中的旗帜》实际上比《沙多里斯》更能体现福克纳在约克纳帕塔法开创之初叙事手法的真实面貌。参见［美］杰伊·帕里尼《福克纳传》，吴海云译，中信出版社 2007 年版，第 111—112 页。

过程，历史背景和各种仿真细节也可同时设置于小说之中。打字稿则以老黑奴弗斯（Falls）与老巴亚德在对话中回忆沙多里斯上校从北军巡逻队中戏剧性的脱逃为开头。这开头与小说后面的部分没有情节上的关联，但将文本沉浸于 50 多年前发生的事情之中。这与传统小说截然不同的开头形式放弃了传统的线性时间，穿插着包括意识流叙述、形象的重复、象征和人物行动在内的多种叙述手段，把过去悲剧性的影响置放于小巴亚德、贺瑞斯·班波、拜伦·斯诺普斯这三个年轻人的行为之中，现在与过去由此形成对照关系，这关系是后来福克纳多部作品的主要议题。

打字稿还添加了手写稿许多原本没有的对照关系。巴亚德与贺瑞斯的对照，表现了老去的一代对后来人造成的迷惘与漂泊感。老巴亚德对于家族传统的矛盾思考是手写稿中不曾有的。他在敬佩之余也逐步明白传统所包含的暴力与死亡因素。小巴亚德在经历了战争与失去兄弟之后遵循家族传统不计后果的鲁莽与这思考形成对照，这表现了福克纳本人对传统依恋与反思的矛盾态度。与之对应，福克纳并置了不同人物对沙多里斯兄弟的看法。如萨利姑婆视之为粗野的印第安人；珍妮姑婆对巴亚德的骄傲与鲁莽的谴责；纳西萨对两兄弟既爱慕又排斥的态度。这些观点所形成的对照，借巴亚德深化了对传统取舍的艰难，而在手写稿中原本只有纳西萨小姐一个人的眼光去关注巴亚德。此外，原稿中已有的对照，比如巴亚德对纳西萨唱小夜曲的追求与拜伦·斯诺普斯的窥视在打字稿中也更为强化了。①

通过打字稿对手写稿的扩展与改写，对照关系被突出了，福克纳实际是借助重复在此改造了情节。过去与现在各板块间的并置代替了以情节为中心的传统小说结构，一种无指归性的迷惘显示出现代主义的色彩，文本整体上变成了类似《荒原》的诗歌性结构。《沙多里斯》/《尘土中的旗帜》是整个世系的起点，站在门槛上的福克纳"已经使用各自独立但不论形式或内容上都相互关联的多个场景去替

---

① See：Philp Cohen，"The Composition of Flags in the Dust and Faulkner's Narrative Technique of Juxtapoition," *Journal of Modern Literature*，1985，Vol. 12. pp. 345 – 354.

代完全依靠作者权威叙述的单个戏剧化场景去扩充小说了。"① 不过，结构性的对照此刻还没有占据整个小说，大部分的对照关系还只限于人物间的相互映衬，这更多属于传统小说的手法范畴。

　　事实上，传统小说中也存在大量对照手法的运用。托尔斯泰在《安娜·卡列尼娜》中将追求爱情的安娜不惜与虚伪的贵族道德为敌的故事同列文探索社会改革和人生终极意义的努力相对照，借助两条"平行"的线索将时代风云的变幻笼罩在彼得堡的贵族社会以及宗法制的农村之上。雨果秉承"美丑对照"的原则，把克洛德·孚罗洛对爱斯梅拉达的占有之爱与加西莫多对之的奉献之爱对照于《巴黎圣母院》，向世人揭示"丑就在美的旁边，畸形靠近着优美，恶与善并存，黑暗与光明相共"。福克纳的老师麦尔维尔把以实玛利在追逐白鲸的凶险过程中学到的爱与友善并置于亚哈船长在向大鲸复仇的仇恨中所陷入的不能自拔的偏执，作者本人对新大陆恐惧与希望相纠缠的思考在这二者的对照中得到阐明。由此观之，对照是福克纳叙事艺术中连接传统与前卫的重要过渡。传统之处在于，即使在最具试验性的小说中，人物间的性格、语言、外貌这些古老的对比关系始终被作者穿插于文本之中，发挥着无可替代的作用；前卫之处在于，对照逐渐被提升为结构性的要素取代情节直接规划着文本的宏观面貌，这是传统小说不能赞同的。无论现实主义或是浪漫主义，托尔斯泰、雨果还是麦尔维尔笔下的对照手法皆在丰富情节的表现力的目的下服从故事发展的调配。吉蒂必须先爱上潇洒的沃伦斯基，沃伦斯基遇到安娜后才能断然撇下单纯的吉蒂而将第二次求婚的机会留给列文。这些相互对照的人物的复杂关系不是出于作者对三角恋的津津乐道，这是19世纪文学观念的表现，在情节作为作品框架的时代，情节的整体性就是文本艺术性的同义词。情节不能有划痕，加西莫多必须是孚罗洛的养子，以实玛利必须被亚哈差遣，从亚里士多德时代起优秀的作家就一定要让自己的人物互相关联，为故事发展共同出力。随着约克纳帕

---

　　① See：Philp Cohen，"The Composition of Flags in the Dust and Faulkner's Narrative Technique of Juxtapoition，" *Journal of Modern Literature*，1985，Vol. 12，p. 352.

塔法世界的成熟，现代主义的叙事手法更为彻底地接管了福克纳的小说。直接将两组结构模块并置在一起而不依赖情节的观照逐步成为新的文本构建形式，《八月之光》是在一系列实验之后福克纳以对照为结构最为成功的作品。

琳娜·格罗夫刚刚到达杰弗生镇的时候，映入眼中的是滚滚浓烟从乔安娜·伯顿着火的房子里冒出。

> 她顺着他用鞭指示的方向看见两道烟柱：一道是从高高的烟囱冒出的浓厚煤烟，另一道则是昏黄的烟柱，显然正从镇那边的一片树林中升起。赶车人说："看见了没有？有幢房屋起火了。"这下轮到她不闻不问了。她说道。"哎呀，哎呀，我上路才四个星期，现在就到杰弗生镇了。哎呀呀，人可真能走动呢。"（第26 页）

琳娜看见了乔·克里斯默斯杀死情人乔安娜·伯顿后放的火，这是两位主角在小说中唯一的联系。琳娜对事故的不闻不问态度说明这联系仅仅停留在符号意义上而已。两位主角各自拥有独立的人生。

琳娜在进行着一场温和的斗争，"同自己生存其间并与之共存的古老土地所赋予的谨慎"（第 23 页）。小说的前几页以舒缓的笔调讲述琳娜不甚美满的童年、成长、未婚先孕和离家出走。其间既没有主人公的自我分裂的心理独白也没有紧张的人物对话。在第三人称全知视角的描述下，久远成了这段抒情诗的主题。时间的流淌与路程的遥远都不能扰乱人物的内心，于是它们只好从琳娜的身旁流走，"某些永远流淌的事物却不能触动精致的古瓮"①。

琳娜·格罗夫身上那自然温和的宁静散发着显而易见的异教性质：

---

① Philip M. Weinstein, *Faulkner's Subject：A Cosmos No One Owns*, Cambridge：Cambridge University Press, 1992, p. 17.

　　马车缓缓地稳步前行，在这块太阳照耀的广阔而寂寥的土地上，它仿佛置身于时光之外，无所谓时间的流逝，无所谓行色的匆匆……

　　过了一会儿，她住手不吃了；虽然不是突然停下却全然一动不动，正在咀嚼的下颚也不再转动，咬了一口的饼干拿在手里，面孔略微朝下，眼光一片茫然，仿佛她在凝神倾听远处的什么动静，那动静又似乎就在身边，就在体内。她脸上没了血色，全身的欢快的血液都似乎抽光流尽了；她静静地坐着，谛听着，感受着难以安抚却又无比古老的大地的躁动。既无恐惧又不惊慌。"至少是对双胞胎，"她喃喃自语，但连嘴唇也没动，丝毫没有出声。接着，一阵骚动后她又开始咀嚼。马车没有停下，时光照常流逝终于爬过最后的山岭，他们看见了烟柱。（第23、24、25页）

　　"全然一动不动"，"面孔略微朝下，眼光一片茫然"，如古希腊雕塑般的静穆使得琳娜即使在胎儿骚动的时刻也不见任何慌张，在超越了时光流逝的广袤中获得富于生命力的永恒安详。这异教的安详来自史文朋：

　　　我唱着，从春初到春末，到春光消亡，
　　　披着露珠上反射的莹莹月色，
　　　我唱着，有时光相伴，野鸟相偕，
　　　我飞着，一心寻找和追随太阳。[①]

　　布鲁克斯认为史文朋对福克纳影响最大者为一首名为《狂乱者》（"A Nympholept"）的长诗，这是福克纳早期散文、诗歌的主要源泉。

---

　　① ［英］史文朋：《伊梯洛斯》，载屠岸选译：《英国历代诗歌选》，译林出版社2007年版，第209页。

"很可能史文朋的诗思考了自然之神潘的感性存在"①，史文朋以反清教的姿态借感官化的自然笔调着色出情欲主义的质感，并以古希腊的异教神话世界渲染这种质感的古老与超然。这对福克纳产生了深远的影响。他回忆道："十六岁那年，我发现了史文朋。或者不如说，是史文朋发现了我，他从我青春期某处受尽折磨的乱树窠丛里跳出来，像一个剪径强盗似地俘获了我。在那个阶段，我的精神生活表面上被如此全面、平滑地贴上了一层看来颇不诚恳的木皮——这在当时对我来说显然是不可少的，为的是好让我在个性的完整上不至于受到损害——直到今天我仍然说不准确史文朋对我的震动有多么深刻，他行程的脚步又在我心灵里留下多深刻的印痕。现在回想起来他对我来说不是别的，而是一个富有伸缩性的载体，在里面我可以放进自己模糊不清的情感形象，而不至于把它们挤碎。多年之后，我才在他的诗里发现更多的东西，多过于聪明、痛苦的声音，也多过于由血液、死亡、黄金以及必不可少的大海所组成的满足人的要求的一根金光闪闪的饰条。"②

　　青春少年对于情色的柔弱幻想在史文朋的诗里得到满足是可以理解的，考虑到艺术与情欲的古老关系，这完全可以成为通往真正文学创作的起点。③事实上随着感觉化的笔法逐渐远离造作乃至色情的肤浅，古代艺术在"寂静的完美处子"般平静之下的自在力量逐步被福克纳认知，他从史文朋及其背后传统"一潭静水"的风格中看出了超出某个诗人局限的基于坚韧不拔、从容不迫的坚强活力。一种阳刚之气从看似病弱哀愁的美中被领悟出来，琳娜身上的随遇而安和肉体性正是被这样一种理解转换成了某种永恒的完满自为的力量。

　　史文朋诗歌的韵律是极为纯熟而华丽的，布鲁克斯察觉福克纳作

---

　　① Cleanth Brooks, *Toward Yoknapatawpha and Beyond*, Baton Rouge and London: Louisiana State University Press, 1990, p. 43.

　　② ［美］威廉·福克纳：《诗歌：旧作与初始之作：一个发展历程》，载李文俊编译：《福克纳随笔》，上海译文出版社 2008 年版，第 259 页。

　　③ 福克纳坦诚自己最初读诗是为了"进一步多姿态地调情"。他和青梅竹马的女友埃斯特尔，少年时常常聚在家乡卖小饰品的商店里大声互相朗读史文朋的作品。参见［美］杰伊·帕里尼《福克纳传》，吴海云译，中信出版社 2007 年版，第 26 页。

诗时曾侧重学习史文朋重头韵和复杂节奏的诗艺。[1] 皮尔金顿曾指出，林娜的名字 Lena Grove 直接与小说名字《八月之光》（*Light in August*）相联系。Lena 出自希腊名字 Helena，意为火或者光，Grove 则象征着月神戴安娜的圣林。[2] 起名上的这种精雕细琢大约也是带入小说的诗歌用词习惯。不过，史文朋对于这部小说结构影响最大者则在于福克纳接受了他对异教神化的推崇和反对基督教清规戒律的立场[3]，并将其树立为两大对立的板块。

　　　　司文朋诗里的世界依然是古希腊的异教神话世界，他一再歌颂的是波罗塞潘那样的地狱王后，亦即代表死亡与睡眠的女神。他之反对基督教也是因为它使人间失去了灿烂的希腊文明世界：
　　　　旧的信仰粉碎而倒，新的年代只会毁坏，
　　　　命运如无岸的海，灵魂如仅存的岩石。[4]

与琳娜部分对立的便是乔·克里斯默斯板块。

乔是命运的影子，一个始终不肯与命运和解的俄狄浦斯。在自己狂暴的一生里他始终是一个没有实体的符号，他那狂暴、破碎、自我封闭的斗争最终以无助的死亡告终。

他的人生记忆只能追溯到孤儿院，只是在临死前才知道自己的父母都死于非命，肇事者是自己的外公。在黑屋子般的孤儿院里他莫名其妙地被伙伴们喊作黑鬼——监视着他的外公解释说："我明白啥叫

---

[1]　Cleanth Brooks, *Toward Yoknapatawpha and Beyond*, Baton Rouge and London: Louisiana State University Press, 1990, p. 3.

[2]　John Pilkington, *The Heart of Yoknapatawpha*, Jackson: University press of Mississippi, 1981, p. 138.

[3]　事实上，站在晚期浪漫主义和现代主义之间的史文朋，他的立场曾经影响了很多现代主义作家。除了福克纳，包括尤金·奥尼尔、多斯·帕索斯、乔伊斯、庞德在内的很多人都从他那"猥亵"且充满异国风情的异教语言中吸取过影响。See: Lothar Hönnighausen, William Faulkner: the Art of Stylization in his early Graphic and literary work, New York: Cambridge University Press, 1987, p. 102.

[4]　王佐良:《英国诗史》，译林出版社 1997 年版，第 391 页。

邪念。难道不是我让邪恶站起来在上帝的世界里行走？我让它像浊气一样游动在上帝面前。上帝决不阻止它从小娃儿嘴里说出来。你听见过他们叫喊的。我从来没教他们那样喊，叫他本来该的名字，该受诅咒的名字。我从来没对他们说过。他们早就晓得。有人告诉了他们，可不是我。我只是等待，等待上帝选择好时机，当他认为该向他的众生世界揭露邪恶的时候。"（第 114 页）——"种族与宗教和性在南方精神中是密切联系的。"① 黑肤色被演绎成招致诅咒的原罪。这没有也不需要理由的诅咒将他推上了俄狄浦斯的境地。但他没有俄狄浦斯完满的生命，他的人生体验是破碎的，因为这诅咒来自："在白人决不能容忍自身沾染黑肤色成为一种文化建构的情况下，一个白人被他自己和周围人想象为黑人的终身噩梦。"② 小说中说得很明白，"你的状况比黑鬼还糟，因为你永远不知道自己是谁"。

5 岁时他撞破营养师的偷情场面，却换来贿赂的银元，这将《荒原》中揭示的贫瘠而基于肉欲的性爱观灌输到他幼小的头脑。与琳娜自然丰产的性爱所带来的新生不同，这性爱观日后将他带入与乔安娜·伯顿疯狂的关系。

他曾经是一个努力长大独立的男孩，但清教伦理的严酷摧毁了他的自然人性：

> 然后孩子站在那儿，裤子垮到脚背，两条腿露在短小的衬衣下面。他站着，身材瘦小却立得直直的。皮鞭落在身上，他不畏缩，脸上也没有丝毫的颤动。他直视前方，凝神屏气，像画面里的和尚。麦克伦琴慢条斯理地开打，一鞭又一鞭地用力抽，同先前一样既不激动也不发火。很难判断哪一张面孔更显得全神贯注，更为心平气和，更富于自信。
>
> 他抽了十鞭，停下来说道："拿上书，裤子让它垮着。"他把

① Richard H. King, *A Southern Renaissance：The Cultural Awakening of the American South*, 1930—1955, New York：Oxford University Press, 1980, p. 173.

② Philip M. Weinstein, *Faulkner's Subject：A Comos No One Owns*, New York：Cambridge University Press, 1992, p. 52.

《教义问答手册》递给孩子。小孩接过手，还是直挺挺地站着。（第 134 页）

"虽然上帝是仁慈的，但他也会以可怕的迅捷施以惩罚。他便是威严。"[1] 在南方的清教伦理中，工作与敬畏上帝是生活的全部，规矩与惩罚是维系这伦理的手段。当乔背不上教义时，养父便以维护上帝之名加以责打。除了对教义的生疏，喝酒、吸烟、找女人、跳舞这些欢娱全部被视为堕落要受到惩罚，罪与罚双方的"慢条斯理"和"心平气和"则是人的丰富性被礼教榨干后幸存下来的麻木。

离家出走后他走南闯北，从俄克拉何马到密苏里，向北到底特律和芝加哥，最后跑到了墨西哥。他走过了比琳娜远得多的路程，但却找不到自我，无法逃出种族主义的诅咒和清教伦理的枷锁。与琳娜没有结尾而充满期待的旅程不同，曾见于古希腊悲剧的可怕宿命在十五年的漂泊之后驱使着乔最终回到密西西比——他自己不曾知晓的出生地去接受死亡。

死亡的导火索是他与乔安娜·伯顿的恋情，这是南方社会宗教、种族和性观念中最极端和偏执部分的碰撞。伯顿的废奴思想与乔的外祖父的种族主义同样基于宗教的偏执，双方都坚信自己的观点代表着上帝的意志。这偏执从另一个方向要求乔在白人和黑人之间作出身份选择，一如当年它将黑鬼的诅咒莫名加在乔的身上。无论乔做什么选择，都意味着身份的获得。但如同古希腊悲剧一样，宿命不可挑战，它让乔不愿当黑人，但也做不了白人，挑战者最后都成为它的祭品。

乔杀死伯顿后被私刑处死。在最后时刻他却显出某种宗教意味的平静，以"安静""深不可测""令人难以忍受"的目光看着施暴者，而这情景深植入人们的记忆变得"自成一体，安详静谧，得意扬扬"。论者常常强调乔是没有身份的现代人气质，以及种族主义、清教伦理对他的戕害。不过放在小说结构的层面上讲，乔更接近古希腊

---

[1]　Richard H. King, *A Southern Renaissance: The Cultural Awakening of the American South*, 1930—1955, New York: Oxford University Press, 1980, p. 187.

悲剧中的俄狄浦斯。"乔的死亡带给读者的不仅有怜悯还有恐怖，在这个意义上他不仅是一个受害者和恶棍，还是一个自我分裂的悲剧英雄。"① 福克纳也非常少见地在小说中直接评价乔的死亡："他们不会忘记这个情景，无论在多么幽静的山谷，在多么清幽宜人的古老溪边，从孩子们纯洁如镜的面孔上，他们都将忆起旧日的灾难，产生更新的希望。"（第 417 页）恐惧与净化乃古希腊悲剧感染力之基础。乔虽然负载着很多南方性和现代性的特征，但就更核心的性质而言他与琳娜都是古典意义上的角色。琳娜温和自然的恒久属性接近文艺复兴时期对异教世界的欢乐理解，它在福克纳敬佩的济慈笔下曾被描绘成精致绝伦而自成一格的古瓮。乔被宿命诅咒的暴烈人生和令人惊惧的毁灭则达到了古希腊悲剧的高度。两个人分别代表着古典文化艺术的不同方面，并且撑起了小说的宏观结构。如此，就不难理解为什么琳娜的故事几乎完全独立于克里斯默斯的故事之外这样一个"从一开始就被读者们抱怨为小说缺乏统一性"的问题。②

"琳娜故事对小说的最大贡献便在于与乔故事的对照，甚至说对位也可以。"③ 应该说，琳娜与乔的故事是互为对照，这是福克纳所有小说中最基本的结构手段。这种结构倾向在福克纳的学徒阶段便已定型，直追他最早期的艺术创作。

伊厄斯·林德（Ilse Dusoir Lind）指出，福克纳天性中便具有从事视觉艺术的主动性，这实际是一种多元创造力的表现。几乎和福克纳能够写作诗歌和故事一样早，他开始绘画和素描，在 1914 年到

---

① David Minter, *Faulkner's Questioning Narratives Fiction of His Major phase*, 1929—1942, Urbana and Chicago: University of Illinois Press, 2001, p. 91.

② 对于小说结构上缺乏统一性的讨论是《八月之光》研究的老问题。康拉德·艾肯、乔治·奥唐纳这些福克纳研究的老专家都曾指责过这一点。See: Cleanth Brooks. *The Yoknapatawpha Country*, Baton Rouge: Louisiana State University Press, 1990, pp. 48 - 49. 以及 John Pilkington, *The Heart of Yoknapatawpha*, Jackson: University press of Mississippi, 1981, p. 139. 实际上，考虑到福克纳一直以诗歌的结构手法为基本构思手段，往往在写作过程中才在次级结构中将小说的结构因素一点点累积入文本，整个作品与标准小说的差异和独特的抒情气质便不难理解了。

③ John Pilkington, The Heart of Yoknapatawpha, Jackson: University press of Mississippi, 1981, p. 140.

1922 年，他曾花费大量精力在那些富含个性和精巧风格的卡通和插图上。这些绘画与日后的文学作品在风格上紧密地联系并且对后者存有深刻影响。①

　　图一为福克纳 1916 年至 1917 年绘制但没有发表的墨水画。对称与平衡的和谐构图是作品最突出的特点。人物动作一致，身形在黑白色彩的高度对比中将肢体延伸到画面的边缘，支起整幅图画的架构。视觉化的动作瞬间借由部分重合而又高度对称、融为整体的造型表达出来。图二为福克纳 1918 年绘制的钢笔画，"操长笛的坐态牧神与其旁边裸体的女性形象表现出福克纳在这一时期以线条和形状探索更为抒情风格的努力。"② 这抒情风格的获得，来源于线条简明的人物形象在相互对照的构图中令读者所产生的遐想。图画背景的明暗对比非常鲜明，令人想起《八月之光》中琳娜部分的明朗基调与克里斯默斯部分阴暗底色的对照。相比图一，在第二幅图画中福克纳明显更加写意。不再重视线条细节的写实作用，而以非常圆润的弧形曲线勾勒出人物造型的整体感觉。图一中有些依赖技巧而略显生硬的对称感在图二中已经被更加基于画面整体性的对照所替代。比尔兹利（Beardsley）为《莎乐美》所作的插图，显然以它的对于蜿蜒曲折线条的偏好影响了福克纳在这幅画中的审美情趣。拥有比尔兹利插图版《莎乐美》的福克纳除了对王尔德神秘而炫丽的诗意表达表示赞赏外，对于比尔兹利插图中体现的取消三维透视的景深、将绘画恢复到二维平面纹理的倾向也颇为认同。事实上这倾向表达了贯穿于从世纪末风格（fin de siècle）到现代主义绘画的解构传统的大趋势，与现代主义小说放弃情节这一深度模式的变革属于同一思潮。

　　优秀作家在找到属于自己的写作形式之前都会有一个漫长的学习

　　① Ilse Dusoir Lind, "The Effect of Painting on Faulkner's Poetic Form," in Ann J. Abadie (ed.) *Faulkner, Modernism, and Film: Faulkner and Yoknapatawpha*, Jackson: University Press of Mississippi, 1979, p. 127.

　　② Randall Shawn Wilhelm (2002), *William Faulkner's Visual Art: Word and Image in the early Graphic Work and the Major Fictions*, Unpublished doctorial dissertation, The University of Tennessee, Knoxville, p. 43.

图一

图二

阶段，在这个阶段对于现存创作模式的研习和体察会将这些风格模式
过滤为微小的形式模块并逐渐积累为除了现实素材之外另一种意义上
的写作材料，或者说这就是亚里士多德意义上"形式因"的具备过
程。遇有适当机缘，个人化的写作形式和风格便从这积累中涅槃而
来。因而在一定意义上，早期创作也更容易见出作家对时代文学和传
统文学的学习之处，其清晰的渊源脉络往往随着作家艺术表达臻于精

纯而逐渐潜没，再难寻就。对福克纳而言这个风格的积累期是 1921 年以前，特别是从 1915 年到 1921 年这个阶段，作为学徒的福克纳在绘画、诗歌、散文等多个方向上进行了杂乱但不乏创见的模仿、改写甚至剽窃活动。其学习的范围非常广泛，在诗歌方面涉及 T. S. 艾略特、戈蒂耶、法国象征派诗人马拉美、魏尔伦以及奥斯卡·王尔德等人，溯源这一系的艺术流脉，经由史文朋可以直追济慈。绘画上福克纳从世纪末风格、新艺术主义、工艺美术运动中汲取营养。特别是比尔兹利以繁复且精美绝伦的曲线配以高对比度的简单黑白构图表达带有罪恶感的浪漫幻想，如鲁迅所言"罪恶首受美而变形又复被美所暴露"，这风格对青年福克纳影响很大。从艺术源头上看，福克纳接近罗塞蒂、威廉·莫里斯、戈蒂耶这类诗画兼工、互为表里的艺术家，威廉·布莱克倡导的"总体艺术品"风格是这派传统的滥觞。诗、插图、装帧融为一体以形成整体的艺术效果是这些艺术家的基本追求："即使是最简单的诗行也可以借由蜿蜒优美的螺旋及花形曲线而光彩丰溢。"① 整体性、对称/对照性、压缩文本—反衬文本之外的想象空间，是福克纳从他们那里学到的艺术理念，日后这些理念成为包括《八月之光》在内小说创作的核心构思。

图三是福克纳在 1919 年至 1920 年为《密西西比大学年刊》（Ole Miss）绘制的颇有新艺术主义风格（art nouveau）的插图。曲线生动但相互独立的字母组成的标题被压缩在画面上方，风中盛装男女互不接触，但女子以手压住膝盖处的裙子，男子则双手护帽，这相互对照的姿态将富于动感的一瞬印刻在平面的图案之中。两人之间被风吹起的树叶是桥接二人连贯画面整体的符号，让人想起《八月之光》中的烟柱、《喧哗与骚动》中凯蒂的拖鞋、《去吧，摩西》中的账本。福克纳不注重情节性的关联，但却惯以某种对应物连接主要结构板块的意象性关系，这在他早期的艺术创作中即已成为定式。互相独立但互为对照的板块在图四中更为明显。这是福克纳 1920 年为《密西西

① Lothar Hönnighausen, *William Faulkner: the Art of Stylization in his early Graphic and literary work*, New York: Cambridge University Press, 1987, p. 32.

图三　　　　　　　　　　　图四

比大学年刊》绘制的插图，与图三相比更为静态，"Juniors"（高级生）既是图画的标题又是沟通男女板块的意象性连接物，艺术与实用的结合正符合工艺美术运动的宏旨。

福克纳早期诗、画活动的主要艺术收获，霍恩豪森认为是获得了高度风格化的表达形式，这些形式日后作为原型成为了他小说创作中的基本形式模块。① 不过我们认为，收获不仅仅是习得了这些高度精练和偏向抒情的、可以追溯到浪漫主义传统甚至带有神秘色彩的写作范式，更重要的是这些艺术活动确定了福克纳对作品构思的基本模式：结构上注重作品的整体性而不在乎细节真实，以重复和对照为基本构建手段；风格上偏向抒情，喜欢以诗歌式的语言和形象化的方式精细地描绘静态瞬间的平面美——这些是这位文学大师辉煌创作生涯的起点并决定了他多数作品的叙述形式。

多年后，当福克纳被问到《八月之光》的创作过程时，他曾回忆说："当时除了一个年轻女子——怀孕、独自走在异乡的道路上，其他我什么也不知道。"② 也就是说，除了琳娜·格罗夫的一幅静态画

① Lothar Hönnighausen, *William Faulkner: the Art of Stylization in his early Graphic and literary work*, New York: Cambridge University Press, 1987, p. 11.

② John Pilkington, *The Heart of Yoknapatawpha*, Jackson: University press of Mississippi, 1981, p. 139.

面，福克纳在开始写作小说时根本没有对小说的整体构思。乔的故事，相关其他人等的故事都是后来一边写一边加上去的。如果以传统小说的写作过程来看，这样的构思是不成熟甚至不负责任的，故事之间的不相关联也因此而无可避免。但最后，这部小说的各个部分却围绕着共同的主题，凭借意向性的关联实现了作品独特的整体性，这是不争的事实。福克纳乃是以诗人和插图家制作"整体艺术品"的思路去写就他的大部分优秀小说的，不论《喧哗与骚动》还是《八月之光》，最初的写作架构都只是一幅画面。在写作过程中福克纳借助来自诗歌和绘画的重复、对照的手法不断层垒材料，将各大板块加以并置，最终营造出看似松散却包含内在紧张关系和想象空间的有机整体，这特殊的创作思路是理解其作品离奇结构的关键。

当然，这样的写作手法也不总是成功的，对照不是解决小说结构问题的万能钥匙。无论是对比、对照还是对位，它们都是重复的变体，这些来自诗歌的结构手法在带来抒情诗意的同时也局限了作品负担长篇故事讲述的能力。

福克纳的优秀小说都不太长，这同真正意义上的长篇小说相比尤为明显。

> 重复和突转——这不是长篇小说理论，而是长篇小说的步伐。
>
> 所以，情节的主要因素之一——是突转，它与重复的诸要素有密切联系。
>
> 突转——是正在发生的事转向相反的方面，而且，正如亚里士多德在《诗学》里所说，是出于可能，或必需。
>
> 突转——是突然改变对正在发生事物的态度。①

换句话说，对于长篇小说，故事本身的突发性、转折性或者具有

---

① ［俄］维·什克洛夫斯基：《散文理论》，刘宗次译，百花洲文艺出版社1997年版，第137页。

某种"必将发生"性质的启动是非常重要的。它将小说从静态的铺陈折入动态的更新，呈现新事物的不可避免。并且，它与重复一起赋予小说复杂的结构以照亮广阔的内容，使小说成为现存表达能力最强的文体模式。

> 散文的运动和诗的运动不同……散文的节奏不同，因为散文领会的方式不同。诗最会利用节奏来对比意义。散文使用不同的情况、事件、性格相冲撞。[①]

对于以散文写就的长篇小说而言，诗是有局限的。福克纳小说基于重复的结构，缺乏突转，因而缺乏亚里士多德意义上描写必然事物的魄力，总给人一种向后看的伤感。在形制上，他的长篇由于惯常刻画主题的不同刻面，缺乏强有力整束的各个部分甚至会陷入被认作短篇小说合集的身份危机。[②] 萨特说，行动构成小说的主体，但是福克纳"还是要使我们失望：他很少描写行动"。"福克纳滔滔不绝的词锋，他那种布道师式的抽象、高妙、拟人化的风格，这一切仍是障眼法。这种风格使日常生活的动作变得滞重，使它们带上史诗般的华美而又不胜这种华美的重负，终于像铅制的小狗一样直沉海底。"他甚至断言："这都是故意的：福克纳追求的，正是这种既富丽堂皇又令人作呕的单调，这种日常生活的礼仪，动作，这就是充满厌烦的世界。这些有钱人不事生产却又无处消遣，体面却又没有文化，离不开他们的土地，既是他们的黑奴的主人又是奴隶，他们活得腻烦，试着用动作填满他们的时间。但是这种腻烦（福克纳是否总能明确区分他的作品的主人公们的腻烦和他的读者们的腻烦？）仅是外表，是福克

[①] ［俄］维·什克洛夫斯基：《散文理论》，刘宗次译，百花洲文艺出版社1997年版，第137页。

[②] 著名的例子当属《去吧，摩西》的"认证"过程，福克纳本人的态度从"短篇集"游移到长篇小说，评论界则批评小说缺乏连贯性。这部1942年出版的小说，直到1949年才被正式认定为长篇小说。

纳用来对付我们，也是萨托里斯家族用来对付他们自己的防卫手段。"① 福克纳作品的结构确实是为他那思考与抒情多于行动的风格服务的，萨特最后的结论不能说完全公允，但也多少点出了作家本人视野上的局限性。

对照作为结构手段的缺点，在福克纳某些不太成功的作品中尤为明显。《野棕榈》由《老人》和《野棕榈》两个故事组成。前者描写1927 年密西西比河大洪水期间，一个囚犯受命于监狱当局去救受困的孕妇，他救得孕妇并且帮她接生，回到监狱后当局却以为他已经死于洪水并已将其作为死亡人口核销，为免被外界指责干脆判他越狱未遂，加了十年徒刑。后者写夏洛特与哈里恋爱，怀孕后流落至一矿区，后夏洛特死于堕胎而哈里也因之被囚。小说采用轮流叙述的方式，将两个故事穿插在一起形成对照：

《野棕搁》	《老人》
1. 堕胎失败，夏洛特濒临死亡。	2. 囚犯出发去应付洪水。
3. 闪回：夏洛待与哈里离开新奥尔良	4. "迷失"在洪流中。
5. 内回：从乡间流落到芝加哥。	6. 与孕妇漂流在洪水上。
7. 闪回：栖身在一个矿区里。	8. 与克京人一起栖身。
9. 夏洛待之死，哈里被囚禁。	10. 回到监狱。②

"《野棕榈》和《老人》对大部分读者而言都是单独的故事。"③ 这篇小说的结构并不成功，交替的叙述所形成的宏观结构上的对照和微观结构上的对位并不能将两个不相干的故事融合在一起，尽管福克

---

① ［法］萨特：《福克纳的〈萨托里斯〉》，载施康强选译：《萨特文论选》，人民文学出版社 1991 年版，第 189 页。

② 参见李文俊《福克纳评传》，浙江文艺出版社 1999 年版，第 289 页。

③ Edmond L. Volpe, *A Reader's Guide to William Faulkner*, New York：Straus and Giroux, 1981, p. 213.

纳本人声称它们具有共同的"爱"的主题。布鲁克斯也说,"野棕榈是关于两个无辜者的故事,或者简而言之,它是两个故事,每一个都拥有自己无辜的英雄。"①

福克纳在 1939 年向记者表述,他写了第一个故事,虽然感觉挺好,但觉得还不充分。所以又写了一个,并且把两部分交错开来,如同洗扑克牌,只是不那么随意。"我用对位的手法将它们对比地表现出来。"② 而后,当 1955 年简·斯坦因询问福克纳将主题不相关的两个故事放置在同一本书中是否有什么象征目的时,福克纳又很明确地回答它们同属一个故事,是关于为爱失去一切然后又失去爱的故事。"在我开始写作这书之前,我并没有意识到它们会是两个故事。当我写到现在的《野棕榈》的第一部分结束时,我突然意识到有些必须被强调的东西被遗漏了,需要采用像音乐中对位的某些东西去补充它。所以我开始'老人'的故事,直到'野棕榈'故事重新浮现。于是我在现在的《老人》的第一部分结束处停下,重拾'野棕榈'直到它开始没什么可写。我便又开始写相对故事的另外一章……它们只是很偶然地呈现为两个故事,也可能是必然的。这是关于夏洛特和威尔伯恩的故事。"③

在开始写作以前福克纳一向对书的概貌"所知甚少",他"只是开始写作,人物随书进展,书随着写作进展"。在《野棕榈》的写作中,福克纳时常感到的"不够充分",重要东西"被遗漏",表明对照和对位这种诗化的结构缺乏必要的广度与力度以赋予相距较远的材料统一性和集中性。于是他只好求助对位的手法不停地重复叙述,并且大量使用了被很多评论奉为圭臬的闪回手法,却无法改变作品结构上分裂的事实。

在两次采访中,福克纳都试图辩解小说是一个整体,但又不太坚

① Cleanth Brooks, *Toward Yoknapatawpha and Beyond*, Baton Rouge and London: Louisiana State University Press, 1990, p. 207.

② James B. Meriwether and Michael Millgate, eds., *Lion in the garden: Interviews with William Faulkner* 1926—1962, Lincoln and London: University of Nebraska Press, 1980, p. 36.

③ Ibid., pp. 247–248.

定甚至有时自相矛盾。1947 年密西西比大学的学生问福克纳这篇小说的技巧是否有些机械时，福克纳坦然回答说，"我用技巧去机械地驱动一个关于不同类型的爱的故事"，间接地承认了小说在结构上的机械。① 考利编写《袖珍本福克纳》时打算将《老人》单独编选并且去掉最后一节，福克纳也没有像捍卫《喧哗与骚动》那样要求"一个标点也不许动"，而是任凭对方处理。②《野棕榈》自第二版以后便正式将两个故事前后刊印，不再如初版时交错在一起，福克纳对出版商的许可表明他正式承认了自己的失败。

《野棕榈》结构性失败的原因很多：故事的题材在约克纳帕塔法世界之外，夏洛特的故事发生在新奥尔良，威尔伯恩的故事虽在密西西比河上，但也在约克那帕塔法县境之外。故事之间的距离也很远，地理位置、时间、人物、情节上都毫无关联。诗化的结构统摄能力有限，集约材料不够有力的缺点因为题材的宽阔和材料的散漫而暴露无遗，作者即便求助实验技巧也于事无补。

或许 1928 年将《尘土中的旗帜》退稿给福克纳的利夫莱特编辑的复信不是完全没道理的："现在这本《坟墓里的旗帜》，坦率地说，我们感到非常失望。无论是情节还是人物，都发展的散漫无稽，缺乏起码的整体性。我们认为这部小说缺乏情节、维度和诉求。这个故事不知要向哪个方向发展，以至于有 1000 个松散的结尾。如果这本书有基本的情节和结构，我们也许会建议你做一些缩写和删节，但是它是那么的不知所云，我觉得你即使缩写和删节了也起不到什么效果。我的基本看法是，你似乎并不想说什么故事，而我倾向于认为，一本小说必须讲述一个故事，并把它讲得很好。"③

在福克纳以对照为结构而获得成功的小说中，有两个要素至为关键。其一，俱以狭小的家庭题材为主题，事件的人物、地理、社会环

---

① James B. Meriwether and Michael Millgate, eds., *Lion in the garden: Interviews with William Faulkner* 1926—1962, Lincoln and London: University of Nebraska Press, 1980, p. 54.

② 事见 1945 年 11 月福克纳与考利的通信，See: Joseph Blotner, eds., *Selected Letters of William Faulkner*, New York: Vintage Books, 1978, p. 208.

③ ［美］杰伊·帕里尼：《福克纳传》，吴海云译，中信出版社 2007 年版，第 96 页。

境距离都很接近；其二，对照之外的次级结构相互套嵌，收束不同部分为一体。在《喧哗与骚动》中，多个人物的独白互相补充对方遗漏的信息，在《八月之光》中则使用了转述。

乔与琳娜的板块都串联了一些次要人物，前者包括乔的情人乔安娜·伯顿和始乱终弃琳娜的卢卡斯·伯奇；后者则串联有卢卡斯和乔在锯木场的同事拜伦·邦奇以及海托华牧师。拜伦失去生活目的但勤劳朴实，他的朋友海托华则因陷于内战中阵亡祖父的阴影而冒犯神职并失去了妻子。琳娜的到来激起拜伦男性的责任感，后者从此照顾起琳娜母子。海托华帮助琳娜接生，生平第一次肩负起牧师的道德义务，并由此获得新生的力量。

海托华的新生与伯顿的死亡，伯奇的无耻卑劣与邦奇的责任感形成了次级结构的对照，他们烘托了琳娜与乔的对照关系。在维系结构的整体性上，这些次要人物尤为重要，他们是重要的转述者。琳娜到达杰弗生镇以后的经历都是由拜伦讲述的，乔被关进监狱后与外祖母的见面也是拜伦讲述的；海托华在乔死后描述了大量的关于这次见面细节的猜测；加文·史蒂文斯律师则推理了造成乔被施私刑的原因。这些转述者，有些是事情的经历者，有些则与事情毫无关系，但都以讲故事的方式表述了关于主要人物的不同信息。这些信息所形成的互补关系依然可被看作是某种对位，这些人的讲述甚至可以被看作是多角度叙事的重演。但是，从《喧哗与骚动》到《八月之光》，意识流的内心独白变成了被转述的故事，直接引语变成了间接引语，这些变化意味着福克纳的叙事与传统达成了某种和解。拜伦转述大段故事，史蒂文斯律师的推理，小说的结局借不相干的家具商之口讲述，则表明了这一和解的深度。拜伦是福克纳后期作品如"斯诺普斯三部曲"中推销员拉特利夫的原型，后者以幽默的口吻讲述很少说话的弗莱姆·斯诺普斯的故事，串联三部作品结构上的完整。史蒂文斯是福克纳后期作品中另一个重要的故事讲述者。以走江湖的贩子或者医生、律师之口讲故事的结构手段是 19 世纪西南边疆幽默的常见手法，转述者的大量出现宣示着福克纳的叙述由独白向故事回归的转变。

通过转述，次要人物们将他们自身和被他们讲述的两位主要人物融入对照的结构整体之中。即便主角没有联系，各部分榫卯般的嵌套与交互映衬仍旧维系着文本的统一性。这转述所携带的讲故事的色彩，透露出传统的叙述模式在现代主义作品中的转化与变形，如果考虑到《喧哗与骚动》中的对位独白亦可被视作是某种程度的转述，则传统叙事模块对文本的支撑作用从未在福克纳的优秀作品中消失，"艺术似乎既迅速破损陈旧，又恒久不变"，这恰是在《野棕榈》中被忽视的。

对照是福克纳以重复为基础的结构形式中最简单的类型。

重复是福克纳小说技巧的基础。在 20 世纪 20 年代至 30 年代，处于创作巅峰的福克纳用旺盛的想象力将这来自诗歌的简单手法在小说形式中演化出众多结构模式。当时他写就的每一部小说在结构上都绝不雷同，如瑞典科学院院士古斯塔夫·哈尔斯特龙所说："表现出的试验欲望，是其他现代英美小说家不可企及的。"① 如果以黑格尔的观点来衡量，重复作为福克纳写作技巧的精神原点，在《卡拉卡索拉》《尘土中的旗帜》《野棕榈》中尚找不到贴切的外形，机械的对照不能将这精神的艺术生命力传达到文本层次的末端。在《喧哗与骚动》的对位和《八月之光》的对照结构中，精神与形式始而合为整一。但福克纳的探索终于跃出范式的窠臼，将重复用到了极致，也带来结构本身的解体。这被用到极致的重复手段便是多角度叙事。

第三节　诗化结构的极致与消亡：从《我弥留之际》到《押沙龙，押沙龙！》

福克纳真正的第一部多角度叙事小说当属《我弥留之际》，此前的《喧哗与骚动》乃是以精致的对位结构而非多角度叙事获得了如希腊古瓮般静穆完满的风格特征。这部被福克纳本人称为"精技妙作"（tour de force）的小说，保留了很多作家学徒时期多元化的鲜活

---

① 　［瑞］古斯塔夫·哈尔斯特龙：《瑞典科学院授予威廉·福克纳诺贝尔文学奖授奖词》，载潘小松著：《福克纳——美国南方文学巨匠》，长春出版社 1995 年版，第 352 页。

元素。

在塔尔叙述艾迪被头足倒置放入棺材时，福克纳特意画了一幅棺材的平面图。中译本在排版时将这图画放大为独立的一行，在英文原版中这小小的图画却被环绕在文字之中，这更能体现出诗画一体的风格传统。① 这细节显示出《我弥留之际》作为一部以实验形式表达的乡村喜剧，与福克纳早先同样将诗歌、散文、自绘的插图融为一体的独幕诗剧《牵线木偶》保持着内在的艺术关联。

《牵线木偶》是福克纳为密西西比大学学生剧团写的极不适合上演的剧本，作品本身是对奥斯卡·王尔德的名作《莎乐美》的模仿。② 除了主角玛瑞塔（Marietta）和皮耶罗（Pierrot）外，其他角色被冠以"咏叹者""抒情者"这样简单的名字，不需要参与情节的他们大口吟诵着诗化的台词形成一个类似古希腊戏剧的合唱队，这是浪漫的福克纳有意复古的体现。

剧本的情节很简单。玛瑞塔百般缱绻，难以入眠，于是起床去花园的金池漫步。皮耶罗爬上了墙，弹奏着曼陀铃，用歌声向她求欢，邀请她一起在月光中舞蹈。在短暂的抗拒之后，她与皮耶罗一起离开。

当她再次回来时，她不再穿着圣洁的白色长袍，而换上了艳丽的长裙，佩戴着珠宝和耀眼的装饰。她在旧日的金池边孤独散步，以自己的美貌安慰着自己，但实际上她已经失去了永恒的美丽和不死的身躯。

简单情节勾连的精美场景（画面）间的映衬关系是福克纳从文学创作之初便使用的结构框架。这习自诗歌的对照手法如日后在小说中的作用一样，在这部诗剧之中帮助福克纳扬长避短：尽管在编制情节方面不怎么高明，但对静态场景的描画他确有足够的细致和耐心将天

---

① 参见《我弥留之际》，第 63 页。又见 William Faulkner, *As I Lay Dying*, London: Penguin Books, 1988, p. 70。

② 布鲁克斯曾详细考证这部作品对王尔德的《莎乐美》及 A. E. 豪斯曼诗歌的借鉴关系。See: Cleanth Brooks, *Toward Yoknapatawpha and Beyond*, Baton Rouge and London: Louisiana State University Press, 1990, pp. 33 - 38.

才的想象力灌注于每一个细节的雕刻。

女主角回到花园反复琢磨自己的美貌："还好我没有变化。"但随即又自我怀疑："我有点觉得，我变化很大。"这时一个合唱队员咏叹："她如同黑奴们建塑的象牙塔，在火焰的包围中闪光。"另一个咏者却相反地感慨："她如同被风暴剥裂的纤柔桦树。"于是主角又自语："不，我没有变化，只是我的花园变了。"撇开这些台词显而易见的诗歌底色，这个小小的场景已经包含着日后多角度叙事的某些萌芽。主人公偏执于某个不可言明的神秘对象，在自我怀疑中不断呢喃、挣扎、反复。旁观的众人各自以自己的视角展开咏叹，这咏叹时而交叉、既而重合或者对立。基于多声部合唱而分配的多个角色，围绕着主旋律反复吟唱，保持着整体的和谐，这是福克纳的多角度叙事不同于康拉德等人的基本特征。这无休止的重复咏叹发展到小说中，主角和咏叹者便更为复杂地开始交换位置，互相咏叹，形成多层交织的视角网络，于是新的结构就诞生了。这乞灵于诗歌和古代戏剧的结构手法，身着现代主义的外衣走上 20 世纪的舞台，在谜一般的表述中展现内心的澎湃与曲折，其内核却始终联系着古老艺术的神秘与浪漫。

福克纳的多角度叙事作为一种特殊的重复结构，受到戏剧的某些影响而本质上仍然来自诗歌。[①]

从某种意义上讲，《我弥留之际》是更为复杂的《牵线木偶》。以女性为中心，多个咏叹者环绕其左右，是包括《喧哗与骚动》与这部小说在内的福克纳的早期优秀作品在人物布局上的共同特点。艾迪的死亡是小说的中心，"死亡是这部小说的主题，其中心意向是产

① 早在维多利亚时期，勃朗宁和丁尼生就吸收了伊丽莎白时期舞台剧的独白技巧入诗，表现人物的内心。埃德加·李·马斯特斯（Edgar Lee Masters）吸收了勃朗宁的成果，并在古希腊文集中找到灵感，在《匙河集》中写作了 200 多首内心独白的短诗，这些短诗相互关联，某一人物的独白常常指涉另一独白人物，形成某种意义上的多角度叙事。福克纳很可能通过舍伍德·安德森接受了马斯特斯的影响。参见 John Pilkington, *The Heart of Yoknapatawpha*, Jackson: University press of Mississippi, 1981, p. 89。

生狂暴热情和行动的尸体。"① 作为中心叙述者，她的讲述对作品具有强烈的收束作用。艾迪咏叹着死亡的永恒和人生的虚无："因为我们必须通过言辞来互相利用，就像蜘蛛们依靠嘴巴吐丝从一根梁上悬垂下来，摆荡，旋转，彼此却从不接触。""活在世上的理由仅仅是为长眠做好准备。"教师出身受过教育的艾迪在老法人湾的乡下同样是一位咏叹死亡和虚无的玛瑞塔。尽管评论倾向于强调艾迪作为现代人"异化""孤独"，或者作为"他者"的女性形象，我们还是认为艾迪的咏叹有很多来自晚期浪漫主义诗歌的色彩。"一个更有效的理解福克纳如何用有限的地方性材料去表达人类普遍性的方法，就是把《我弥留之际》看作田园诗。"②

本德伦家的七位成员围绕着艾迪在各自的视角上咏叹她的死亡。

丈夫安斯念道："没有一个女人会像艾迪那样把大人小孩都收拾得干干净净"，但这仅有的哀悼不能改变他借送葬去杰弗生装假牙和再娶的打算。大儿子卡什以 13 条理由将棺材做成"斜面交接"，以最认真的方式悼念母亲的死亡。孤独而具有诗人气质的达尔在迷惘中感叹："我无法爱我的母亲，因为我没有母亲。"私生子朱厄尔在乖张暴戾的怒火中忠实地执行母亲归葬杰弗生的遗愿。小儿子瓦达曼不理解母亲的死亡，不停默念"我妈是一条鱼"，他的打算是进城看一眼玩具小火车。女儿杜威·德尔则想着借机进城打胎。

这些独白与《喧哗与骚动》的相互套嵌不同。以艾迪为中心，形成同心圆的本德伦们，其讲述更多陷于分裂的自我话语，他们粗糙单调的语言在彼此间不能相互沟通，每个人都基于艾迪的死盘算着自己的事情。米尔盖特管这叫散点透光。不同角度的光线从散点照在中心点上，一点点地点亮环境，但没有任何一束光线具有足够权威可以显

---

① Edmond L. Volpe, *A Reader's Guide to William Faulkner*, New York: Straus and Giroux, 1981, p. 127.

② Cleanth Brooks, *William Faulkner: First Encounters*, New Heaven and London: Yale University, 1983, p. 88.

现整个环境。① 这技法很可能来自 20 年代福克纳在巴黎观摩到的塞尚的立体主义绘画的影响②，将物体多个角度的不同视像，结合在画中同一形象之上，是这派绘画的基本理念。

八位乡邻站在更远的距离，对艾迪的死亡展开描述。科拉太太叹息艾迪"是个孤独的女人，孤独地怀着傲气活着，还在人前装出日子过得很美满的样子，掩盖着他们全都折磨她的真实情况"。医生皮保迪自忖"当安斯终于主动派人来请我去时，我说：'他折磨她总算到头了。'"塔尔则反过来念道："她催他干活催了三十多年。我想她也累了。"惠特菲尔德牧师忏悔他与艾迪的奸情，但艾迪在他赶到之前死去又使他庆幸不必再向安斯承认此事了。

邻居们互相矛盾但各不相干的看法，表明在乡村世界生活意义的缺乏和终极价值的不明确。这与本德伦家成员笨拙但有效地将艾迪死亡转变为满足各自潜在需要的努力一起，渲染出乡村生活反讽的喜剧性意味：连同死亡在内，这里一切都不会被浪费。

《我弥留之际》是诗人福克纳学徒时代写作技巧的总结性会演，这从小说异于其他作品的"只用了六个星期，一字不改"的顺畅写作过程得见端倪。"有时候技巧接管了写作并且在作家插手之前就向构思发号施令，这就是精技妙作。最终的作品只是将砖块整齐地摆放，因为作家动笔之前已经对每一个词了然于心。这种状况就发生在《我弥留之际》的写作中。"③ 同时，这也是福克纳认真表现下层穷白人社会的第一部小说，题材本身社会性和现实性的加强，要求文本的结构能够容纳下层社会更加嘈杂的声音，同时提供动态的行动推动事件的发展，以摆脱过度抒情带来的小说时间的停滞。

于是，我们就看到了由艾迪的独白为中心，本德伦们的独白为内

---

① Michael Millgate, *The Achievement of William Faulkner*, Athens and London: The University of Georgia Press, 1989, p. 106.

② 福克纳如何接触到立体主义的过程，在布罗特纳的传记中有极细致的考证。See: Joseph Blotner, *Faulkner: A Biography*, London: Chatto and Windus, 1974, p. 460。

③ James B. Meriwether and Michael Millgate, eds., *Lion in the garden: Interviews with William Faulkner* 1926—1962, Lincoln and London: University of Nebraska Press, 1980, p. 244.

层，乡邻们的独白为外层的圈层环绕结构。内层的人物更多负责咏叹和抒情，这在达尔的独白中尤为明显。外层的乡邻们以旁观者的角度讲述故事的发展，"随着叙述者的增多，故事开始切换。"① 棺材的制作、艾迪的死、从老法人湾到杰弗生旅程中的种种事端都在这些独白中快速推进。福克纳在诗化的结构框架内解决社会性内容表达要求的办法就是增加叙述视角，让尽可能多的人说话。小说 59 个部分分别由 15 个讲述者叙述，这已经是重复的极致，这样多的视角事实上已不是诗化的对照或对位结构所能勾连，各个部分之间松散的关系使得《我弥留之际》缺乏《喧哗与骚动》那样的精致美。如果不是小说的长度有限减轻了结构的负担，那么这部精技妙作恐怕只能成为纯粹的技巧炫耀了。正如米尔盖特所评价的："如果小说的分割不那么激进，视角能够少一点儿，每一个视角从一开始就得以固定并且重现的次数再多一些，那么小说技巧所带来的向心性会表现得更加紧凑而有力。"② 这是米尔盖特仅有的几处对福克纳的批评之一。

　　诗化的结构与现实视野间的平衡一直是福克纳文本结构的主要矛盾所在。考利说福克纳的每本书事实上都有结构上的问题，便是这矛盾的反映。③ 可能是由于意识到本质上以重复为基础的多角度叙事即使再增加视角也不可能获得更开阔的现实视野，在《我弥留之际》后的《八月之光》中，福克纳继续让主要人物以独白抒情的同时，开始让次要人物以转述的方式讲述故事，算是使多角度叙事与传统形成了一定和解。

　　但这和解是暂时的。

　　"福克纳的风格总是与过度的诗化和并非必要的晦涩息息相

---

① David Minter, *Faulkner's Questioning Narratives Fiction of His Major phase*, 1929—1942, Urbana and Chicago: University of Illinois Press, 2001, p. 67.

② Michael Millgate, *The Achievement of William Faulkner*, Athens and London: The University of Georgia Press, 1989, p. 107.

③ Malcolm Cowley, "Introducion," in Malcolm Cowley (ed.) *The Portable Faulkner*, New York: Penguin Books, 1980, p. xxiv.

关。"① "福克纳对想象虚构的喜爱和对再现艺术的反感足以说明他很多形式试验的动机。比如《我弥留之际》中的透视法，《喧哗与骚动》中高度假设性的在延宕中对人物内心的探索，《圣殿》中的超现实主义的描写，《寓言》的开头对《圣经》神话的改用。"② 在《押沙龙，押沙龙!》中，他再次醉心于用多角度叙事去表现南方的幽暗过去。

罗莎小姐、康普生先生、昆丁和他的同学施里夫，这四个人从各自角度参与讲述了萨德本家族的故事。在这个意义上，小说仍然是重复的结构。但与此前的所有作品不同，小说各声部间的重复既不是对照、对位关系，也不依靠增加叙述人数以获得视野的拓展。

罗莎小姐对萨德本保持着敌意。"这穷凶极恶的无赖和魔鬼"，是对萨德本的定性。"他来到这里，骑着一匹马，带来两把手枪以及一个姓氏，这姓氏以前谁也没听说过。也不知道是不是他的真姓氏，同样也不知道那匹马甚至那两把手枪是否真是他的。他要找个地方把自己藏起来，而约克纳帕塔法县正好给他提供了藏身之所。"（第9页）萨德本与姐姐艾伦的婚姻、艾伦的死、查尔斯·邦与亨利和朱迪思的悲剧在她看来都是萨德本一人造成。罗莎的讲述包含着对内战前或者说萨德本到来前旧南方的怀念，"这种机械的对战前理想化南方的怀旧，乃是狭隘的、过时的、与当前现实没有任何关联的想法。"③ "好的声誉" "无可挑剔的品德" "品行端庄的女子"这些代表旧南方的纯洁性的概念是罗莎小姐自我意识的核心，因此她力图将萨德本对这种纯洁性的威胁恶魔化。"不：甚至都不是一个绅士。娶艾伦甚至娶上一万个艾伦也无法使他变成绅士。这不是说他想当绅士，甚至想冒充是个绅士。不。没有这个必要。"没有来历、婚史不明、不进教堂、

①　Lothar Hönnighausen, *William Faulkner: the Art of Stylization in his early Graphic and literary work*, New York: Cambridge University Press, 1987, p.81.

②　Robert W. Hamblin, "Carcassonne in Mississippi: Faulkner's Geography of the Imagination," in Doreen Fowler and Ann J. Abadie（ed.）*Faulkner and the Craft of Fiction*, Jackson: University Press of Mississippi, 1987, p.164.

③　Richrd C. Moreland, *Faulkner and Modernism: Rereading and Rewriting*, Madison: The University of Wisconsin Press, 1990, p.29.

粗鲁的举止、喜爱与黑奴斗殴，凡此种种都使萨德本成为罗莎小姐眼中的"野兽般的恶魔"。但是这妖魔化的努力又时常落空："啊，他真英勇，我从来不否认这一点。""这个完成了这样业绩的男人，虽说是个彻头彻尾的恶棍，却也会在她的眼里具有英雄的地位与形象，即使仅仅是因为跟英雄群体有关联而变得如此也罢。"罗莎小姐憎恨萨德本威胁到旧南方秩序的一面，但又钦佩他的意志与勇气，因为她本能地意识到这些可以为她带来新生活的元素（第 14 页）。此种内心的冲突，如维恩斯坦所言："所有的伟大小说都表现了意识形态的冲突，但他们中的大多数都不把这种冲突表现为个人心理以外的东西，小说就是个人与社会谈判的特殊场所，因为个体自我在想象性和意识形态性的矛盾中运转。"① 罗莎小姐对萨德本的矛盾态度，便是旧南方赋予她的意识形态自我与个人憧憬于希望的想象性自我互相对话的产物。所以，她后来曾接受萨德本的求婚，"我看到那男人归来——他是邪恶的源泉和来由，害了那么多人却比他们都活得长久——他生了两个孩子，不但让他们相互残杀使自己绝了后，而且也让我们家绝了后，但我还是答应嫁给他。"（第 13 页）

　　罗莎部分的讲述，主要是为战前的南方和她自己的家庭辩护，"战前的清白与战争和萨德本带来的失败与腐朽间的绝对对立是辩护的主要手段"。但是，接着罗莎小姐讲述的康普生先生和罗莎的听众昆丁都对她的叙述做出了某种讽刺：

　　　　他（昆丁）也在暗自嘀咕也许不管对什么人你都得了解得挺透才能爱他们可是当你恨某些人一直恨了四十三个年头你对他们准该了解得挺透了因此到那时也许更好了到那时也许没问题了因为在四十三年之后他再也不会使你感到意外或者使你既不会非常满意也不会非常气恼了。而且说不定它（那话音，那讲述，那令人难信并无法容忍的惊愕）在往昔甚至曾是一声吼叫呢。（第

　　① Philip. M. Weinstein, "Thinking I Was Not Who Was Not Was Not Who: The Vertigo of Faulknerian Identity," in Doreen Fowler and Ann J. Abadie （ed.） *Faulkner and the Craft of Fiction*, Jackson: University Press of Mississippi, 1987, p. 185.

9 页）

　　"啊，"康普生先生说。"多年前我们南方人使自己的女眷变成淑女。然后那场战争来临，使淑女变成鬼魂。我们这些当爷们儿的除了听她们讲如何做鬼魂的故事，又有什么别的办法呢?"（第 7 页）

　　昆丁对罗莎小姐的偏激心存嘲笑，康普生先生则部分意识到造成这偏激的历史原因，故而以温和的反讽加以解释。

　　上一个叙述者沦为下一个叙述者的讽刺对象，这不仅使其讲述的故事被消解，也使被叙述的对象变得更加模糊。各个视角虽然仍在重复同一个对象，但它们间来自诗歌结构法则的对照、对位关系已经被相互拆解所替代。《押沙龙，押沙龙!》是福克纳长篇小说中历史性最强的一部。穷白人萨德本的奋斗史，他的奴隶制庄园的兴衰，他的儿子亨利和他可能的混血儿子邦间的友谊与谋杀，他本人和家族血腥而暴烈的死亡，这些浓缩了南方旧时代种族、战争、暴力与性等生活主题的内容都在这部小说中再次显形。也许是这些内容过于暴烈，以至于与它的讲述者必须以相互解构的方式才能缓和，这最终以战争的形式才能了结自己的文化中的那些令人不解的激愤与偏执。

　　康普生先生以古希腊悲剧式的宿命来解释萨德本和南方的灭亡，当然也以古代史诗式的宏伟来描述萨德本的崛起。作为逃亡者的萨德本，靠欺骗从印第安人手头搞来土地，靠自己的意志与坚韧"从虚无中拉出了大宅和百里地"，这是南方所有贵族的发迹史。萨德本在向艾伦求婚时与全镇对抗的强硬与自信，他用烧红的砖头熨衣服的滑稽，无不在康普生先生眼中显示出草莽英雄的本色。萨德本的儿女亨利与朱迪思和邦的关系被他按照南方传统想象成三角恋加乱伦的关系，萨德本否定邦与朱迪思婚姻的原因也被康普生先生合理化为邦原有一个情妇。至于罗莎小姐，她被康普生叙述为在封闭环境中长大，受到"以一条在蜕皮的蛇的盲目、无理性的狂怒，攻击全镇、整个人类"的老处女姑姑影响的，对"尘世上全部的男性至上原则"的盲目控诉者。

于是，作品在形式分裂的、颠覆性的层垒效果中出现了意义上的延异。叙述本身成为德里达意义上"被拖延的结构"，无法真正还原被其言说的对象。"小说中的过去是不可复原的，注定的，而且它拒绝成为过去，它还在呈现，还没有结束，仍然无法控制。"不论罗莎小姐还是康普生先生，他们需要面对这段历史，但又都不愿参与这段历史，从而使自己获得无风险地想象这段历史的自由。罗莎小姐的办法是把责任推给萨德本，康普生则以宿命和添油加醋的想象以及对罗莎小姐的讥消来使自己置身事外。实际上这又何尝不是福克纳的态度，叙事在不同角度的延宕和差异中播撒，却始终拒绝对萨德本的故事作出一个概念性的准确定义。在结构的延异中，福克纳既排斥老南方的旧梦也排斥北方佬的宣传，其处境犹如不肯负责却又不能不去重整乾坤的哈姆雷特。

昆丁和施里夫合作对萨德本作了最后的解释。昆丁"因为太年轻还不是一个鬼魂"，"但昆丁是和这传统一起长大的"，"也已经是一个鬼魂，因为他在南方深处出生和哺养长大"。作为前者的昆丁，对罗莎小姐和康普生将军的讲述并不服膺，于是这二人又成为昆丁讲述中被反讽的对象。作为后者的昆丁解释了萨德本建立庄园王国的努力乃是因为早年受辱于将其拒之门外的庄园主。这知耻后勇的男孩形象甚至可以在《圣经》以实玛利的故事中找到形象学原型。昆丁用"天真"来解释萨德本的行为的原始动因，"他的问题出在过于天真上。突然之间他发现，不是发现他想干什么而是他不得不去干，非得去不可，不管他想还是不想"（第226页），这似乎是希求回到最原初的神话意义寻找问题的答案并刻意回避社会历史角度的解释。

但身为加拿大人的施里夫不会放过他，作为局外人他对南方只有好奇，因而昆丁的讲述也成他的反讽对象。他总是用"阿姨"来称呼罗莎，而不是昆丁坚持的"小姐"。不停用"恶魔"这个罗莎式的词汇称呼萨德本，尽管他只是出于对她的玩笑心理。他不停地有意激怒昆丁，特意把萨德本为求嗣而与沃许女儿的幽会艳俗化。

他褪去前三个叙述者的遮遮掩掩，将萨德本战后经济上的窘迫和神话退去后平庸的无能为力不留情面地展现。"这老人终于明白恢复自己的萨德本百里地庄园的梦想不仅仅是空幻的而且所剩下的产业根本养不活自己和他的家庭。"（第184页）昆丁对此机械地作答"是的"，是对这反讽无可奈何的默认。施里夫对萨德本的混血私生子邦的遐想虽然浪漫化但却充满人道主义精神。"他只需要写'我是你父。阅后即焚'而我会这样做的。或许不是那样，而是他手里拿到一张纸一张小纸片上面只有一个词儿'查尔斯'，我自会知道他是什么意思而他甚至都不用请我烧掉的。"（第327页）邦只需要从萨德本那里得到哪怕最间接的一些承认自己身份的暗示，便会抛下亨利和朱迪思，"永远不再回来"。施里夫对一个混血私生子渴望被当作人而承认的内心挣扎给予了最充分的同情和肯定，这是其他三个南方人做不到的。

　　理查德·摩兰德认为，怀旧与反讽是南方传统叙事中福克纳觉得可以用于书写萨德本故事的手段。罗莎对老南方的怀旧声言一种社会和个人的无辜，她反复尝试清理萨德本事迹中对这无辜的威胁但不断陷于失败。她本人和其他人，特别是康普生一家对这种已经倒塌的无辜的反应是假装完全了解这垮塌和背后的原因，但却只能站在新的无辜的位置上焦急地归纳并回避这些原因。于是，每一个无辜的叙述者都成为下一个叙述者以反讽加以清理的对象。① 循环的反讽是《押沙龙，押沙龙！》重复结构的内在关系，由此带来的叙事在时间上的延宕性和意义上的间距化，使得叙事本身避免为自己的对象作出负责任的描述，叙事拒绝参与叙事本身。

　　从《我弥留之际》到《押沙龙，押沙龙！》，福克纳面对穷白人问题、种族主义、贵族的崩溃这样现实性日增的题材，试图在诗化的结构中作出某种调整。当他意识到单纯增加叙事角度并不能扩大叙事的现实性容量而且会使结构失去原有的精巧，他终于放弃叙事角度的

---

① Richrd C. Moreland, *Faulkner and Modernism*: *Rereading and Rewriting*, Madison: The University of Wisconsin Press, 1990, p. 77.

数量增加而选择各视角间的相互拆解。

重复是福克纳叙事的根本特点，他始终将突转这一情节编排的要素排斥在形式实验之外。视角间基于相互反讽的重复使得结构本身具有某种自我消解的意味，虽然仍然保持着紧凑与精致，但这已经不再是诗性意义上的对整一性的追求。福克纳成功地将历史元素融入这个结构中，但又天才地将历史元素要求故事推进并获得结果的呼声无限期延宕，在叙述者连环猜测的想象性伪推进中这些历史元素获得了一个似是而非的结局。

罗伯特·哈姆宾（Robert W. Hambin）认为昆丁在某种意义上就是这部小说中福克纳的代言人，"是唯一一个能牺牲自己的天真以满足他对意义的需要的故事解释者，他彻底地弄明白过去是为了自我认识而不是自我释罪。"① 于是在小说的最后，昆丁道出了萨德本唆使亨利杀死邦的真正原因："他绝对不能和她结婚，亨利。他的外公告诉我他的母亲是个西班牙女人。我相信了他；一直到他生下来我才发现他母亲身上有黑人血液。"（第 355 页）这是昆丁对萨德本天真的反讽。这反讽来自福克纳所处的战后新南方，来自当年被萨德本之流的骏马驱散的没有话语权的弱势群体。但这反讽是非常有限的，昆丁也只是在猜测中联想到邦的黑人血液，于是反讽被控制在了可以接受的范围之中。此外，昆丁的假设是针对施里夫对邦浪漫而同情的猜测展开的辩驳，他的解释将亨利对邦的谋杀演绎成白人对他的黑人兄弟实施的种族暴力，客观上为萨德本进行了辩护：萨德本的天真无辜来自种植园经济和奴隶制在旧日的合理性。存在的合理将叙述又拉回到了原点，故事仿佛有了结局但又什么也没有说明——托马斯·萨德本是谁，查尔斯·邦是谁，昆丁·康普生是谁？"小说在 1808 年、1833年、1859 年、1909 年、1910 年这些年份之间令人困惑地穿梭，提示着造成了那场战争的种族问题还在那些鬼魂身上保持着令人迷惑的力量。谁是《押沙龙，押沙龙！》中的黑人？多少黑人的血液会被算作

---

① ［美］埃默里·埃利奥特主编：《哥伦比亚美国文学史》，朱通伯等译，四川辞书出版社 1994 年版，第 752 页。

黑人?"①

......

《押沙龙，押沙龙!》是福克纳以独有的诗化结构探索历史的巅峰之作。小说的杰出之处不在于内容与形式上达到了先前在《喧哗与骚动》中曾达到的那种高度统一。恰相反，福克纳将连自己也弄不清楚的历史认知沉重地加载到那些惶然不知所措的叙述者身上，并让各声部间的连环消解打破诗化结构脆弱而精致的和谐。就在形式不堪内容的重负行将崩溃之际，他又突然停手，让这诗的结构停留在瓦解前的一刹那，将争吵留给永恒。罗莎、康普生、昆丁、施里夫，包括福克纳，没有一个人可以站在文化的制高点上裁定旧南方的问题。因为用维恩斯坦的话说，1865 年以后，文化没有给它的生命个体安慰性的意识形态去平息那场灾难性战争的影响。但福克纳却把这迷惑与模糊转化成连作者本人都无法复制作品的艺术独特性，这是艺术的成就。

考察福克纳鼎盛时期的作品，不难发现，也正如朱迪思·森斯巴所指出的那样："福克纳凭借一个艺术家的直觉，成功地将文本支离的部分组合在一起，并且给他那在现实中千疮百孔的南方世界艺术上的动力与统一性。如果那些干旱夹杂着洪水的土地、流着口水喷沫的骡子，汗流浃背的黑奴和红脖颈的白人佃农本身就充满诗意或者滑稽可笑，抑或那茂密的森林和泥泞的沼泽本来就布满神秘或浪漫的气息，如果谁这样认为那就大错特错了。意识流、时空转化，要说这些现代主义的艺术手法被用来表现他那些平淡无奇的东西而没有什么不妥当的话，是因为作家的艺术直觉和眼光将灵魂灌注其中，是作为艺术家的福克纳在他的文本中占据了上风。"② 福克纳那回环反复的长

① Philip. M. Weinstein, "Thinking I Was Not Who Was Not Was Not Who: The Vertigo of Faulknerian Identity," in Doreen Fowler and Ann J. Abadie (ed.) *Faulkner and the Craft of Fiction*, Jackson: University Press of Mississippi, 1987, p. 186.

② Judith L. Sensibar, "Drowsing Maidenhead Symbol's Self: Faulkner and the Fictions of Love," in Doreen Fowler and Ann J. Abadie (ed.) *Faulkner and the Craft of Fiction*, Jackson: University Press of Mississippi, 1987, p. 127.

句，变化多端的视角，简单但又意蕴复杂的结构，在这艺术直觉的引领下超越了意识流、闪回、时空倒错、多角度叙事这些技法的表层，在有机的整体中使文本契合于整一、对称这些简单但本质性的艺术要求，并表达出根植于土地的宽阔性和包容性。反过来讲，福克纳作为艺术家的眼光与坚韧，将他个性中原本可以视为局限的内向的、分析的、略显狭隘的倾向转变成艺术上的精彩绝伦，这又见出伟大艺术对人类的包容。

第四章　约克纳帕塔法世界的重复与修正

从约克纳帕塔法世系的层面整体考察，《押沙龙，押沙龙!》是福克纳小说艺术成就的顶峰，也是他前后期创作的分界线。在此之后，福克纳最具独创性的艺术实验宣告结束。菲利浦·韦恩斯坦就指出，在福克纳最后二十年的创作中，现代主义所启发的创造全新的小说话语的能力已经耗尽。他的创作表现出"驯服"的特征，越来偏向于乡土资源，以更为传统的遣词去保存古老的价值。虽然这些作品仍然能够取悦、感动甚至耗尽其读者，但是很难再让人"震惊"①。

尽管如此，福克纳的优秀创作仍然延续了很长时间。虽然后续的这些作品，大部分在艺术上确实没能"重现《押沙龙，押沙龙!》中那种超强的作者控制力"②，但它们却以自己独特的作用完成了约克纳帕塔法世界的最终构建。没有它们，福克纳的创作就会缺乏足够的历史厚重感。

第一节　约克纳帕塔法的框架与互文

福克纳不是一个以理论思考见长的作家，他对周围世界的见解常常是片断化的，敏感却并不成体系。从他创作《喧哗与骚动》和《八月之光》都从一幅画面的启发开始，就可以看出，在创作的早期，他没有一个明朗的关于约克纳帕塔法世系的创作框架。从《沙多

---

① Philip M. Weinstein, *Faulkner's Subject: A Cosmos No One Owns*, Cambridge: Cambridge University Press, 1992, p. 151.

② Frederick R. Karl, *William Faulkner: American Writer*, New York: Ballangine, 1990, p. 637.

里斯》开始到《押沙龙，押沙龙!》，在我们看来是福克纳创作的前期，这一时期福克纳的创作重心和成就其实都更多集中于艺术形式方面，他用不断创新的形式去反复关注某些相同的问题。对这一点，约翰·艾尔文的研究非常有借鉴意义。

艾尔文指出，兄弟相残、血亲乱伦、自杀倾向等固定心理性结构重复出现于《喧哗与骚动》《我弥留之际》《押沙龙，押沙龙!》等作品，说明福克纳的创作受特定的心理动因驱动，并执着于对这些问题的关注。

艾尔文重点谈到昆丁，昆丁的头脑中充满着乱伦幻想和自杀倾向，这个形象在他看来是联系着真实的福克纳及其创作自我的中介。昆丁的叙述在《喧哗与骚动》和《押沙龙，押沙龙!》之间形成了一种心理性的重复。两个故事的原型都是作为兄弟必须保护姐妹的荣誉，并且惩罚诱奸者，而且两个故事中的兄妹之间都包含着乱伦想象（昆丁对凯蒂、邦对朱迪斯），家族中年轻的男性都因为父子关系的失败而具备自杀倾向（昆丁受到父亲的负面影响、邦不被父亲承认）。正是因为昆丁本人具有这些心理特征，所以他非常能够理解萨德本家族发生的事情是出于什么样的深层原因。昆丁对萨德本家族的解释，事实上还是在重复他本人和自己的家族在《喧哗与骚动》中的故事。无论是昆丁还是福克纳本人，都试图把之前没有解决的问题弄清楚。因此这两部小说是对同样问题的两次讲述，康普生家族的故事是解释萨德本家族故事的材料，作品之间具有内在的互文关系。

昆丁没能惩罚妹妹的诱奸者，于是在《押沙龙，押沙龙!》中亨利杀死了邦。邦代表了昆丁对妹妹无意识的渴望，而亨利代表了对这种渴望有意识的惩罚，他俩各源自昆丁自我意识的一端。这就形成了两个声音，一个是另一个的阴影，两个声音互不妥协。昆丁分裂的自我，艾尔文认为来自自恋的本我，本我对自己的完美要求使其拒绝任何有损于自己形象的欲望和本能，这种拒绝又导致了对自我的惩罚与毁灭。这一死亡冲动构建了昆丁的自杀，也构建了亨利对邦的谋杀。在虚构的时间里，昆丁解释萨德本家的兄弟相残是在他自己自杀前的六个月。但是从创作时间来看，这些杀戮的动因在《押沙龙，押沙龙!》创作之前七年就确定了。这样，两部小说就形成了重复的结构，昆丁的心理处境在其中无尽地反复，只有自杀才能了结。

在《我弥留之际》中，思想混乱的兄弟、淫乱的姐妹和诱奸者的结构又再次出现。这其中达尔和妹妹杜威·德尔的关系，艾尔文认为重复了《喧哗与骚动》中昆丁用刀威胁凯蒂却被凯蒂震慑住的场景，其心理动因是阉割恐惧。在《没有被征服的》中，沙多里斯上校和续弦德鲁西拉是表亲关系，而德鲁西拉和巴亚德也有一段男女暧昧的对话，他俩的关系既是继母子又是表姐弟。德鲁西拉既引诱巴亚德，又在丈夫被杀后把继子推向几乎是送死的复仇。

据此，艾尔文认为这些故事形成了一个重复性的框架，其内核是弗洛伊德意义上的乱伦、自恋、阉割焦虑和死亡本能等内在冲动在福克纳的文学想象中的不断涌动。体现这些冲动的分裂的自我，在文本中具体以双生重复的结构存在（doubling）。在这种特殊的结构中，一方既是另一方的重复，也是另一方的对立面。比如班吉重复了昆丁对凯蒂的乱伦想象，而杰生是对昆丁的对立性重复，他惩罚这种情结，把班吉送去阉割；邦和亨利都对朱迪斯有乱伦暗示，但又互相对立。再如小说中人物的名字也体现了双生的重复循环，杰生与自己的爷爷同名，凯蒂的女儿也叫昆丁；沙多里斯家族的男性名字总是在约翰和巴亚德之间周而复始。甚至这几部小说之间的关系也可以理解为这种双生重复的结构。①

艾尔文的观点对于理解福克纳早期创作框架非常重要。

首先，虽然没有一个类似路线图的创作计划，但是由于作家对于某些内在的心理性的因素和倾向的反复发掘，客观上在作品之间形成了一个重复性的架构。多部作品反复执着于类似的内容，而像《喧哗与骚动》和《押沙龙，押沙龙!》这样的核心作品之间甚至具有更为紧密的互文关系。这一架构的出现与福克纳所自述的《喧哗与骚动》的创作过程，即把一个故事重复说好几遍是完全吻合的。该框架所具

---

① John T. Irwin, *Doubling and Incest/Repetition and Revenge: A Speculative Reading of Faulkner*, Baltimore: Johns Hopkins University Pressv, 1975, pp. 1 – 56.

有的明显的内倾特征，真实体现了一个青年作家的创作优势和局限。在创作的早期，由于人生阅历的单薄和生活眼界的受限，客观上除了将自己的情感与心理世界借助文学创作的移情功能投射到作品中去，确实没有更多的题材可写。勃朗特姐妹、简·奥斯丁等作家的情况也是如此。但或许正因为题材本身的单薄，作家往往将艺术天赋倾注在艺术形式的创新上。另外，变动中的南方社会不能给福克纳提供一个可靠的主流意识形态作为思想框架也是造成这一现象的更宏观的原因。艾尔文分析道，对福克纳来说，双生重复的框架意味着自我的封闭，个体因而无力去打破家庭的束缚，这种状况也是内战后的南方社会状态的一种体现。理查德·金在《南方文艺复兴》中说得更加深入。20 世纪 30 年代的南方缺乏出现以中产阶级为基础的民主社会的先决条件，整个地区经济停滞而且无意于社会结构变革，类似于弗朗哥治下的西班牙和拉丁美洲的状况。南方摇摇欲坠的社会结构建立在对传统的收益日蹙的单一种植经济的热爱之上。政府积极推行的工业化与传统的农业道德观背道而驰，工业多为初级产品生产且被外来力量控制，劳动力缺乏技术训练，也没有消费能力去支撑新的经济。整体上看南方矛盾地处在新旧世界之间，在文化价值观上分裂为对过时的传统的执着以及对"永远处于诞生之中"的新秩序的狂热。① 这种封闭、停滞、分裂的意识形态背景是福克纳创作之初所必需面对的思想环境。如果考虑到同时期的南方思想家，如兰色姆、艾伦·塔特和整个新批评派都具有明显的内倾特征，则这个架构事实上也是当时南方文化思潮的一部分。

其次，在这个框架中有三个要素非常重要，它们的发展后来超出了这个框架的范围，并且改变了约克纳帕塔法的最终面貌。一是如金所指出的，"一个人的父亲是否就意味着他本人的命运"。这个议题是那个分裂的自我意识在文本中所幻化出来的昆丁、邦、亨利、班吉等这些形象所面对的根本问题。正是扭曲的父子关系使得正常在父子

---

① Richard H. King, *A Southern Renaissance*: *The Cultural Awakening of the American South*, 1930—1955, New York: Oxford University Press, 1980, pp. 22 - 24.

间传递的生命更新受阻，乱伦倾向得以滋生蔓延，让一代代的人陷入了自我折磨的阴暗循环。

二是艾尔文意识到，但是没有充分注意的另一个问题：作为乱伦倾向的对立面，与外界的融合会指向种族混血，种族混血会威胁到白人女性的纯洁和作为她们保护者的父兄的男子汉气概。① 即是说，造成上述阴暗的心理倾向的另一个原因是对种族混血的恐惧。这一点，艾尔文没有做更进一步的深入论述，但在其他学者的研究中却有比较充分的阐述。乔尔·威廉姆森的研究表明，担心拉美发生的白人血统被黑人混合化重演，是美国建国之初就存在的社会恐惧。② 但是到了1850 年以后，混血的人数是如此之多，以至于成了社会问题，甚至Miscegenation 这个词被专门发明来影射情况的可怕性。官方的说法是混血儿来自穷白人，爱尔兰工人和北方佬，但实际情况是混血儿中的大多数是白人奴隶主与他们的黑人妾氏的子孙。南方奴隶制度于是又发展出了一整套文化来化解这个尴尬的现象，其中之一就是对白人女性的严格要求。妇女被要求安分守己于她们在家庭中的位置，理解并宽容她们父兄的丑陋作为，并且绝不能承认自己的混血兄弟姊妹，因为这是对整个家族的侮辱。③ 同时白人妇女自身的贞洁被上升到了严苛对待的程度，害怕白人妇女被黑人侵犯成了南方白人男性的集体恐惧。这样，体现为肤色划分的经济不平等转化成了心理恐惧，这恐惧最后又被转嫁到妇女身上，由她们来承担最重的代价。兄弟相残和自杀冲动都是由乱伦倾向引发的，说到底这种心理是以对女性的物化和榨取来缓解自身的恐惧，其背后的根本原因仍然是种族问题。

三是在文本层面上，昆丁作为一个"框架叙述者"所具有的作用。福克纳作品中有很多人物是反复出现的，比如乡村医生皮保迪、牧师惠特菲尔德等。这些人物多次出现在福克纳的作品里，由于创作

---

① John T. Irwin, *Doubling and Incest/Repetition and Revenge: A Speculative Reading of Faulkner*, Baltimore: Johns Hopkins University Pressv, 1975, p. 25.

② Joel Williamson, *The Crucible of Race: Black-White Relations in the American South since Emancipation*, Oxford: Oxford University Press, 1984, p. 14.

③ Ibid., pp. 32 – 33.

跨度太久，有的时候福克纳自己也把他们的名字弄混。但是，这其中有两个人物不同一般，他们多次担任了不同故事的叙述者。首先就是昆丁，从《喧哗与骚动》到《押沙龙，押沙龙！》，正是昆丁将对死亡、乱伦的追问从一部作品带到另一部作品。其次是推销员拉特利夫。后者主要出现在"思诺普思三部曲"中，以弗莱姆为代表的穷白人的兴起，很多相关故事是由这位推销员讲述的。但客观地说，福克纳最擅长的书写还是基于乡土环境，一旦题材扩展到他所不熟悉的城市，他还是有些力不能逮。学界一般公认，三部曲中发生在乡村的《村子》，其艺术水平比后两部《小镇》《大宅》要高得多。故而这一方向上的创作不能代表约克纳帕塔法世系成就的主流。真正在整个世系框架层面上担任叙述者的是昆丁，这个具有福克纳本人某些特征的人物形象或讲述或聆听了多部重要的作品。

　　早期创作框架的改变也是从昆丁开始的。约翰·马修和米尔盖特都先后意识到了昆丁在《夕阳》《正义》《狮子》等短篇小说中重复出现带给约克纳帕塔法的修正意义。马修指出，在这三部小说中的每一部，都由年龄更长一点的昆丁以更成熟的眼光去回望自己的少年时代。这眼光包含着他对于自己所处文化新近的理解。因而每一次新的讲述都造成其与以往故事之间的某种断裂和更新。在《喧哗与骚动》中，福克纳的注意力集中在营造角色们古怪的心理状态上。对迷失的姐妹的记忆、对家庭不幸的思虑都是在切断了与社会和历史文本之间关系的情况下，以非常个人化的角度讲述的。一种高度现代主义的风格吞噬了文本的历史背景，并且将人物们表现为与世俗社会隔绝的状态。但是其后三部短篇小说的连续讲述，形成了一个叙述框架，将原本为了文本的纯洁性而牺牲掉的社会历史信息补充了进来，重新设定了康普生故事的材料。[①]

　　《夕阳》中昆丁9岁，但是眼光却关注到家中厨娘南希的遭遇。南希被白人嫖客当街殴打，被关进警局后自杀未遂。昆丁在她的住处

---

① John T. Matthews, "Faulkner's Narrative Frames", in Doreen Fowler and Ann J. Abadie, eds., *Faulkner and the craft of Fiction*. Jackson: University Press of Mississippi, 1987, p. 75.

看到了散发出煤油味的房子，破旧的锅，少得可怜的玉米，这一贫如洗的面貌同后来黑人作家理查德·赖特的描写如出一辙。当她面临自己丈夫可能的谋杀时，康普生家仍然必须依靠她做饭，却拒绝让她在厨房借宿一宿以躲避杀身之祸。小说将康普生家的衰败同对黑人的畸形依赖联系了起来，它所反映的黑人的赤贫、社会治安的败坏、白人自身道德水平的崩溃，又从不同方面表明这依赖加速了旧贵族自己的衰亡。

《正义》中昆丁12岁，他聆听山姆·法泽斯讲述自己的身世。山姆是印第安人与女黑奴的混血所生。女黑奴的丈夫指责印第安人福特（这个名字却是个白人的名字）使他的妻子生下了浅色皮肤的山姆。一直觊觎女黑奴的福特被头人杜姆（酋长去过新奥尔良，因而有个法国名字）要求筑一道篱笆以保证黑人丈夫的权益。直到《去吧，摩西》，福克纳才让读者明白，山姆的父亲其实是杜姆本人。虽然是短篇，但其目光所及回溯到南方历史的深处，为争夺头人位置发生的篡权、谋杀、白人文明的入侵，构成了多元文化碰撞的背景，父权制度和种族血统的纯洁在此背景下所受到的冲击被表现为离奇的戏谑。但是如果讨论的范围越出了印第安人和黑人的族群而蔓延到白人群体，则故事就会变得像《押沙龙，押沙龙！》那样严肃而紧张。因此小说中昆丁本能地感受到山姆的讲述中"不祥的阴影"，自忖"我还必须等待，直到我经历并且超越黄昏那片阴影，才能理解这一切。然而，其时山姆·法则斯必定早已作古了"。这份悲观既是对昆丁悲剧命运的补充，也是1931年福克纳开始对混血这一南方核心问题进行表述时的心态。

《狮子》中昆丁16岁，他讲述了猎狗狮子与狩猎营地的各位猎人特别是布恩的友谊，以及他们与巨熊老班之间既敬畏又凶猛的搏斗。在与大自然的交会中，猎犬、人类和猎物构成了一个基于勇气、信任和斗争的平等共同体。让一切回到最原初的人类与自然的二元关系，这给了福克纳重新思考种族关系的公平基础。虽然指望大自然来解决人类的不平等问题显得并不牢靠，但16岁孩子的真诚口吻增加了这个构想的感染力，这已是福克纳在1935年的历史环境下所能想到的最真实的平台了。

　　综合来看，这三篇小说的实际意义超出了补充《喧哗与骚动》的范畴。《夕阳》不仅描述了整个南方的经济衰落，而且坦率地承认了黑人，特别是黑人女性所承受的榨取。这里对女性的同情似乎来自对凯蒂的伤悲的延续，尔后这种对弱者的关心又小心翼翼地弥散到《正义》中对种族混血问题的溯源。虽然作品被施以喜剧的口吻，但是叙述者昆丁的哀愁让人确定，探求本身的严肃性使得作者超越了对商业性杂志发表要求的顾虑，在《押沙龙，押沙龙!》中重新将题材演化为美国文学史上最伟大的悲剧之一。《狮子》顺理成章地开始思索将种族问题放在大自然的框架下寻求解决的可能，事实上这背后更深的企图是将腐蚀人心的商业利益排除在南方社会的改革之外，表现出来自南方重农派的某种加图主义（Catonist）的影响。最终这三部短篇中的思索在《去吧，摩西》中得到总结。这样，三部短篇同《喧哗与骚动》《押沙龙，押沙龙!》《去吧，摩西》等核心作品之间形成了互文关系。这就是马修所指出的叙述框架的历史作用，"框架将不同的人物和情节与形成叙述的历史条件联系了起来，提供给读者更为综合和深刻的理解"[1]。

　　我们知道福克纳在写心爱的长篇作品时，常常会摒弃外部世界的要求，完全听凭艺术追求的驱动。他用于挣钱的短篇小说为了应付商业杂志发表的要求，则需要更多考虑全国性读者的需要。实际上终其一生，他的作品的读者都大多在北方。因此，他需要对整个国家的创作动态、思想潮流有所了解。从这个意义上讲，是短篇小说，给他提供了从他者的角度思考南方问题的动力。"短篇小说使得福克纳可以考察新南方的社会与美学的发展，并且作为材料用于对沙多里斯、康普生、萨德本和思诺普思家族神话历史的再构建。"[2]

---

①　John T. Matthews, "Faulkner's Narrative Frames", in Doreen Fowler and Ann J. Abadie, eds., *Faulkner and the craft of Fiction.* Jackson: University Press of Mississippi, 1987, p. 74.

②　John T. Matthews, "Shortened Stories: Faulkner and the Market," in Evans Harrington and Ann J. Abadie (eds.) *Faulkner and the short story*, Jackson: University Press of Mississippi, 1990, p. 6.

米尔盖特更进一步指出，福克纳对叙述框架的再构建是自觉的，主动的。他认为，福克纳一开始就有一种巴尔扎克式的雄心，早在少年时代，他就熟悉打猎、印第安人、内战、重建时期的各种故事和人物，并且不断在对这些题材的再认识中，汲取材料形成自己创作体系。① 故而约克纳帕塔法内部的自我修正来源于福克纳独特的写作习惯，它滥觞很早并贯穿于福克纳创作的始终。据弗里德里克·卡尔和布洛特纳的考证，1928 年福克纳写了几页的草稿，其中的大部分内容后来发展成了《夕阳》，这个框架内的其他材料后来写成了《公正》和《微光》，而《微光》是《喧哗与骚动》的直接前身。② 也就是说《喧哗与骚动》同后来那些补充、修正自己的作品是同源的。到了 1948 年，已是创作晚期的福克纳写信给马尔科姆·考利讲述自己是怎么考虑出一本短篇小说集的。他把所有的短篇小说分成了乡下、村庄、荒野、荒原、中土、域外等五个大类 38 篇作品。这其中有些已经写好，有些以后再写或再改，最后"这些作品对位整合在一起，形成一个终极目标"，表现"对人性的提升"③。重复使用题材，然后边写边改。先把创作念头写成短篇，然后再发展成长篇，这些是福克纳写作的固有办法。这种既重复又修改的写作模式，使得那些早期萌芽的材料在作家的不同创作阶段发展向了不同的方向，但最后又汇聚在了一起，文本间互相补充、修改，以互文关系构筑了世系的整体。

除了创作习惯这一内部因素，20 世纪 30—40 年代的社会环境也促进了福克纳思想认识的变化。1945 年，应马尔科姆·考利的《袖珍本福克纳文集》编写的需要，福克纳为《喧哗与骚动》写了附录。这部附录讲述了 1699 年到 1945 年康普生家族的发展概要，特别是交

---

① Michael Millgate, *Faulkner's place*, Athens and London：The University of Georgia Press, 1997, p. 40.

② Frederick R. Karl, *William Faulkner：American Writer*, New York：Ballangine, 1990, pp. 314–315.

③ Joseph Blotner, ed., *Selected Letters of William Faulkner*, New York：Vintage Books, 1978, pp. 278–279.

代了凯蒂最后的下落。其中显而易见的社会历史性内容,完成了对康普生家族的最后塑造。泰迪欧斯指出,这部附录可以看出当时的社会环境对福克纳的诸多影响。比如,一个南方作家想要从边缘化的地区融入美国的主流文坛,所以康普生家的历史被延伸到 17 世纪的英国,作家试图实现与主流历史的合流。大萧条带来的经济窘迫,使得福克纳不得不从早期的自我幻想中苏醒过来,以更"经济"的视角看待家乡密西西比,所以他详细描写了康普生家经济衰败的过程。家庭生活的不幸福,让他又对康普生家族的父系传承津津乐道,似乎是在逃避来自女性的影响。大萧条期间黑人大量离开南方,使得劳动力缺乏加剧了南方经济的问题,这使得福克纳对此忧心忡忡。整个附录以视觉化的方式重现了《喧哗与骚动》,从中可以看出好莱坞经历的影响。总之,一种"政治无意识"主宰了附录的写作框架,20 世纪 20 年代的创作思想被替换掉了。① 虽然对评论来说,具体讨论某一件社会事件对作家特定作品细节之间的直接影响关系常常并不现实,但社会环境的整体变化确实是促使福克纳的创作出现改变的原因之一,这一点是可以肯定的。

综合来看,如果放在福克纳的整个创作中来理解,这些短篇小说中昆丁的讲述,体现了福克纳后期创作思想的萌芽,已经不同于他在前期创作框架中的表达。福克纳开始考察造成其核心创作中那些深刻心理倾向的两大原因,即父子关系(其核心是对旧贵族的评价问题)和种族问题(除了经济的不平等,最重要的是对混血问题的认识)。

但是,与其他作品发生关联并修改了旧的叙述框架的,不仅仅是这三个短篇小说。短篇小说集《这十三篇》和《马丁诺医生及其他》中的众多作品也参与到了这个过程。它们共同的成果是形成了《没有被征服的》和《去吧,摩西》这两部最重要的后期作品。前者对旧南方的英雄/父亲形象做了最后的总结,提出了不同于《喧哗与骚动》和《押沙龙,押沙龙!》模式的父子关系。后者对白人和黑人的

---

① Thadious M. Davis, "Reading Faulkner's Compson Appendix: Writing History from the Margins", in Donald M. Kartiganer and Ann J. Abadie (eds.) *Faulkner and Ideology*, Jackson: University Press of Mississippi, 1992, pp. 238 – 245.

混血问题做了在当时来看最具人道主义意义的反思。正是这两部由短篇小说修改而来的"长篇"小说，确定了世系框架的最终基调。由此，更多的社会历史内容被引入约克纳帕塔法世界中来。通过后期的创作，福克纳不断对以往的作品进行修改，其结果是形成了一种回溯性的修正态度。日渐厚重的历史真实性被加载到叙述之中，逐步改变了其早期叙述框架中的内倾性和重复性，形成了约克纳帕塔法世系重复与修正并存的特点，艾尔文所描述的那个略微悲观的循环逐步被福克纳自己打破了。

第二节　《没有被征服的》：英雄罗曼司的终结

《没有被征服的》的创作启动稍晚于《押沙龙，押沙龙！》，是福克纳在《押沙龙，押沙龙！》之后出版的第一部作品。李文俊先生认为对于不熟悉约克纳帕塔法世系的人，这本书可以起到入门的作用。[①]从福克纳的整个创作生涯来看，这部小说不仅可以为我们提供整个世系的"简介"，更重要的是，它标志着福克纳后期创作的开始，对约克纳帕塔法的最终成型影响深远。

小说的叙述者是不同年龄段的巴耶德·沙多里斯，从这个意义上讲，故事的讲述仍然采用了多角度叙事的方法。但是同艺术上精美绝伦的《喧哗与骚动》和《押沙龙，押沙龙！》相比，这部作品的结构比较粗糙。约翰·皮尔金顿认为小说的前三个故事与后面四个在语调、氛围和内容上存在明显的不统一。[②]在创作中，福克纳并未试图追求一种艺术上的完美。但这部作者本人有意无意当作通俗小说（pulp）来写的作品，对研究者的价值却很高。作者在其中比以往都更直接地表达了自己对南方历史问题的基本态度，这一表达是以不断的重复与修改的形式不知不觉完成的。

小说第一章《伏击》的故事发生在内战尾声，是 12 岁的巴耶德

---

①　李文俊：《威廉·福克纳》，人民文学出版社 2010 年版，第 31 页。

②　John Pilkington, *The Heart of Yoknapatawpha*. Jackson：University press of Mississippi, 1981, p. 190.

讲述的。此时的他以一种尊崇的态度看待自己的父亲沙多里斯上校：

> 我们都会去那儿——乔比、卢什、林戈和我在洼地的尽头，排成某种序列——这种序列并不带有渴望进攻甚至获胜并为之流血流汗的性质，而是带有拿破仑部队当年一定感觉到的那种被动却又有力的断言的特征——而面对着我们的则是爸爸……他现在骑着朱庇特，穿着那件带有盘花饰扣的灰色紧身校官服，在我们目视中拔出马刀。他抽出马刀的时候，最后一次上上下下、一览无余地瞥了我们一眼，同时已勒紧马衔调转了马头，头发在三角帽下左右摇摆，马刀闪闪发光；他喊道，声音不大却很洪亮："快步走！跑步走！冲啊！"①

论者一般认为沙多里斯上校这一形象有福克纳最崇敬的曾祖父的影子，后者同样打过内战，战后办过铁路公司。如此，则文本中的巴耶德从一定意义上讲，也体现了福克纳本人的情感移置。福克纳用他最擅长的不断添加修饰语的方法将英雄的光彩与荣耀描绘于上校雕塑般的马上形象，并将自己（还包括黑人小厮林戈）和爸爸的关系定义为拿破仑的部队和统帅之间的"被动却又有力的断言"，这就将父亲的权威和英雄主义合而为一，合理而自然地将父子和主仆关系置于其笼罩之下，表现出心甘情愿的平静。

这平静来自旧南方的家庭罗曼司——一种将种族与两性、精英与大众的关系浓缩于家庭的形态之中，体现了南方对社会与文化结构认知的集体想象。在这个罗曼司中，黑人被视为大家庭中听话的孩子，他们无助也无法独立，却始终具有一种单纯的欢快。白人女性被以高贵和纯洁相要求，但实质上却是作为丈夫的影子而存在。白人妇女作为母亲作用的不足，则由黑人"妈咪"加以补充。家庭中的父亲，作为南方骑士和英雄，保护着高贵的妇女和整个大家庭的和谐。

---

① ［美］威廉·福克纳：《没有被征服的》，王义国译，燕山出版社 2015 年版，第 9 页。以下本文所引该作品中译本皆出自该版本，不再另注，只在引文后标明页码。

正如理查德·金所分析的，这个罗曼斯的核心是种植园传奇，种植园主的父权在这个"介于司各特的小说和真实生活之间"的想象体系中至关重要。作为"南方父亲"他不仅是家庭的保护人，同时也要担负起对"未开化的黑人"的保育责任。由此，父子关系、主仆关系、夫妻关系都被置于父亲的权威和关爱之下，父权被合理化为种植园主自然的道德义务。金更进一步指出，是种植园经济的单一性和不完整性，致使南方非常依赖于种族和阶级关系的严格划分。这种意识使得人们根深蒂固地认为，主人—奴隶，富人—穷人，男人—女人，都应该在上帝面前恪守本分，受过教育的男性就应该是南方的领导者和保护人。①

这一罗曼斯贯穿于南方的文化史，从种植园时期发展到南北战争前，在战后的重建时期复苏，一直流变到 20 世纪 30 年代，即福克纳创作这部小说的时候。12 岁的巴亚德口中的交替以"上校"和"爸爸"形象出现的沙多里斯，正是一位典型的"南方父亲"形态，他"仁厚、礼貌，却又强硬不屈，与北方老进行着英勇的斗争"。巴亚德对父亲的态度再明显不过地表现出对旧南方精神的某种认同。小说出版当年的一份报纸曾经评论道："福克纳试图永存旧时代的精神，而且表明这精神在今日依然活着。"② 以今天的角度看，前半句似乎有些夸张，但是后半句却不无道理，福克纳确实对旧南方精神多少表现出咏叹的情怀。

但是，在第二章《撤退》中，年长一岁的巴亚德对旧精神做了第一次修改。与前一个故事一样，他依旧重复了父亲的神勇。上校单枪匹马就俘房了 60 多个北军，并大度地让他们溜走，只留下给养。但是在这一章中，巴耶德初次认识到了跟父亲不一样的庄园主布克大叔和布蒂大叔。他俩自己住在小屋里，用自家没有窗户的大宅"锁住"黑人，而且还和黑人搞生产联营。二人认为，"不是土地属于人民，

---

①　Richard H. King, *A Southern Renaissance: The Cultural Awakening of the American South*, 1930—1955, New York: Oxford University Press, 1980, pp. 1 - 38.

②　John Cournos, "Literature and Less", in Thomas M. Inge (ed.) *William Faulkner The Contemporary Reviews*, New York: Cambridge University Press, 1995, p. 3.

而是人民属于土地"，因此"所有的黑鬼都要获得自由，不是赐予他们自由，而是要由他们挣得自由……要用在庄园里的工作买得自由"。（第 37 页）显然这种"走到了他们时代前面"的思想，也包含了福克纳本人对待旧南方土地制度和黑人应该以何种方式获得何种程度自由的思考。相比沙多里斯上校战后组织夜巡队镇压已经获得法律自由的黑人，两位大叔的改良主义让巴耶德超越了父亲，意识到了在主仆关系之外，处理种族关系的另一种温和选择。

　　这种通过生产联营的方式来改变人身依附关系的土地改革，之所以出现在福克纳的思考之中，得益于旧南方世界以外的影响。据皮特·丹尼尔记载，同属南方州的路易斯安那的詹宁斯（Jennings），在 19 世纪 90 年代借助铁路的发展和灌溉系统的修建进行了比较成功的土地改革。改革将一种租赁联营系统植入种植园公司，"佃客和地主形成了平等的伙伴关系，公司提供土地、水、房舍、篱笆和种子，佃客提供团队、机器、肥料和劳动力。所得收获在脱壳机前分割，各得一半"。这样的生产关系调整，使得佃客可以和土地投资人获得同等的收益。这不仅促进了当地经济的发展，而且实现了社会稳定。"这些大米种植者在西南路易斯安娜建立了一种全新的文化"，北方来的人受到欢迎，"你可以和梅森－狄克逊线以北任何州来的人握手，人们乐于结识，甚至因为呼吸着南方的空气而更加和悦"①。詹宁斯的改革被众多报纸转载，产生了很大社会影响，因而被喻为"南方土地上的北方村庄"。这种发生在 19 世纪末的社会改革，显然给福克纳提供了启示，以及"后人哀之鉴之"的视角。当他写到"走在时代前面"的时候，似乎也在感慨像沙多里斯上校这样的旧奴隶主，当年如能理解并且可以主动实现社会改良，则后来他所书写的那些南方社会与个人的悲剧恐怕也能够避免。福克纳的心境似乎也如他在《押沙龙，押沙龙!》中让昆丁认识到的："那时南方真的明白过来它如今在付出代价因为它的经济大厦并非建立在严酷道德的磐石上而是建立

① Pete Daniel, *Breaking the Land*: *The Transformation of Cotton*, *Tobacco and Rice Cultures since* 1880, Urbana and Chicago: University of Illinois Press, 1984, p. 44.

在机会主义和道德掠夺的沙土之上。"（《押沙龙，押沙龙！》，第263页）

随着小说的进展，此前"被有力的断言"的主仆关系在第三章《突袭》中也被强有力地冲击了。14岁的巴耶德在随外婆寻找被黑人带走的银器和骡子的路上，看到了旧庄园被焚毁，弹棉机和铁路被拆除的战败情景。从表姐那里他得知了黑奴奔向北方的震撼一幕：

> 他们到底有多少，我们也数不过来；男人和女人抱着不会走路的孩子，抬着本该在家里等死的老头老太太。他们唱着歌，在马路上一边走着一边唱着，甚至都不往两边看。有两天的时间甚至尘土都沉淀不下来。……"我们去约旦，"他们告诉我，"我们渡过约旦河。"……"谢尔曼将军要把他们都带到约旦去。"（第69页）

格蕾丝·黑尔在《塑造白人特征：南方种族隔离文化，1890—1940》一书中指出，黑奴使用《圣经》故事来预言南方的失败和自己的解放有很长世间的历史。当这一伟大的转变真的到来的时候，他们将自由归功于"祈祷、逃亡、战斗和联邦军队"。黑尔记录了在获得自由的时刻，黑奴们的话语和状态：黑奴们跑上街头歌唱着，"奴隶的锁链终于断裂了，我要赞美上帝直到死亡"；"上帝打算解放我们，就像他为以色列人所做的那样"；"上帝派遣亚伯·林肯来解救我们，现在是预言实现的时候了"。当"联邦政府的人"来到种植园的时候，一位女奴明白，"奴隶贩子再也不能把我的两个孩子买走了"，家人们紧紧拥抱在一起。①

黑尔的记录来自对一些有名有姓的黑人经历者的访谈，这些可靠的回忆绝非文学创作。与这些口述史文献相比较，福克纳在此处的描写具有惊人的真实性。无论是将自由与宗教因素相联系，家庭成员宁

① Grace Elizabeth Hale, *Making Whiteness：The Culture of Segregation in the South*, 1890—1940, New York：Vintage Books, 2010, pp. 4 – 6.

死也不分开的态度，还是唱歌的细节，都表现出了"细节真实"与"历史真实"高度契合的现实主义色彩。推究福克纳的信息来源，有理由相信，不外乎来自黑人的转述，或是他读了类似的文献资料。无论是哪一种情况，这些信息都是从南方白人的视角之外解读这段历史的，是一种来自南方罗曼斯之外的"他者"的眼光。这眼光无疑影响了福克纳的历史认识，将一种修正的态度凝聚于巴亚德的叙述之中，修改了之前平静的主仆关系。正如巴耶德家的老奴卢什的质问："让上帝问约翰·沙多里斯，是谁把我给他的。让那个把我埋在黑暗之中的人问那个把我挖出来给我自由的人。"（第56页）这才是奴隶对主人的真实看法。

《没有被征服的》的前三章原先是福克纳写给杂志的短篇小说，创作于《押沙龙，押沙龙!》写作的间隙。在完成《押沙龙，押沙龙!》之后，福克纳又回到后四个故事的创作，并且改写了前三章，力图使之成为一个连贯的整体。与《圣殿》一样，作者试图在修改中对原先故事的商业媚俗性做出扭转。因而在小说的最终版本中，我们看到了作品的思想主题被不断地修正。约翰·沙多里斯上校是一个什么样的人，是后四章的中心问题。在《押沙龙，押沙龙!》中对托马斯·萨德本形象的成功塑造显然加深了福克纳对旧南方"英雄"的认识，基于福克纳喜欢把故事"再说一遍"的习惯，新的认识在这部小说中被表达得更加直接。巴亚德对父亲的态度由此发生了更为根本的改变。这种基于父子关系的叙述，也复制了《押沙龙，押沙龙!》的布局。

小说的第六章《沙多里斯的小冲突》，主要写了沙多里斯上校破坏选举的故事。皮尔金顿考证，这一情节在此前还有两个版本。最早的故事出现在《沙多里斯》中，由94岁的族中老黑奴弗斯在1919年回忆给巴亚德听。上校在选举日遇到了一群黑人在两个北方来的背包客的组织下准备投票。上校用手枪驱散了黑人，并且跟踪背包客去了旅社，外面的人听见了房间里发生了三声枪响。上校走出来，为"弄乱了房间"向旅社的女主人道歉。在《八月之光》中，福克纳把这两个背包客具体化为乔安娜·伯顿的祖父和哥哥。正如两人具有象征意味的名字加尔文所喻示的，他们来自新英格兰一个宗教背景浓厚的家庭，因反对奴隶制而在当地被人憎恨，直至被杀。这段往事中，伯顿父子一个是老人，一个是少年，以及他们并没有武器的细节，则由乔安娜来讲述。① 在《没有被征服的》中，讲述者变成了巴亚德，改由他来见证自己的父亲如何在旅馆中杀害了伯顿父子，又如何蛮横地操控选举，阻止黑人获得政治权利。上校是如此地自以为是，甚至连自己本来是要去镇上办婚礼的，都忘得干干净净。

不难看出，在《沙多里斯》中，作家对这一情节的处理是浪漫化的。上校对女主人的彬彬有礼，以舞台剧般的形式化效果掩盖了杀戮本身的血腥。在《八月之光》中，叙述者的转变使得原先被淹没的受害人恢复了姓名、信仰和个人特征，从无足轻重的符号具体化为有血有肉的生命，他们的死因也受到道德追问。在《没有被征服的》中，巴亚德不再是《沙多里斯》中的聆听祖先传奇的平庸后人，他亲眼见证了父亲的暴行，甚至还揭示了上校决斗时惯用的诡计："那把手枪平放进他的左腕里面，用他自己用铁丝和旧中弹簧制成的夹子夹住，他同时举起双手，双手交叉，从左下方射击，就好像不让自己看见自己在做什么似的"。（第 176 页）这种不光彩的伎俩，显露了上校性格中狡诈而残暴的一面，尽管其一再声称"我让他们先开的枪"，但这辩解却是无力而虚伪的，他的所作所为仿佛都不想"让自己看见"。

从 1927 年福克纳构思《沙多里斯》开始，这一情节经过 1931 年在《八月之光》中的补充，再到 1938 年在《没有被征服的》中最终定型，逐步从一个高度形式化的浪漫主义姿态，演变成具有丰富细节的批判性故事。这个过程本身典型地揭示了福克纳的作品是怎样获得社会真实性的。福克纳总是反复使用某个构思的胚芽，在同一故事的不同版本或者不同的故事中不断为这个胚芽添加社会历史内容。通过不同讲述者的叙述转换，不断修改对事件的表述甚至是对核心人物的

① John Pilkington, *The Heart of Yoknapatawpha*, Jackson: University press of Mississippi, 1981, pp. 206 – 208.

看法。随着创作生涯的延长，对历史与现实更为成熟的理解不断提升着福克纳对自己笔下题材的认识水平，他的作品内部以及作品之间由此形成一种基于重复的自我修正关系。这种重复不仅仅如我们在前几章中所分析的，构筑了作家特定的美学风格，同时也具有社会历史属性，体现了作家本人在不断地自我修正中寻求真理，接近真相的努力。反过来说，社会、历史、政治、经济的各种因素也借由这种特殊的途径，伴随着作家本人的成长塑造了福克纳文本的最终形态。这种自我修正的重复性，对福克纳的创作来说，既是方法论的，也是认识论的，甚至可以说是本体论层面的。

在小说的最后一章《美人樱的香气》中，福克纳对沙多里斯上校的修正达到了最高峰。先是巴亚德得知父亲杀死了一个山民，究竟是那个山民打算抢劫上校，还是上校开枪太快，谁也搞不清楚。只知道死者其实几乎是个邻居，有妻子和孩子，住在山里泥土地面的小屋里。第二天上校送了些钱给死者家属，但那位妻子几天后上门把钱掷在上校的脸上。在沙多里斯故事的最初版本《尘土中的旗帜》中，弗斯只是简单地提到上校杀死了一个"抢劫者"。经过十多年的沉淀，福克纳对这个情节做了丰富和修改。死者是不是抢劫者，变得不那么确定。倒是作家为死者添加的家庭境况，孤儿寡母无力却坚定的谴责，让少校难脱恶棍的罪名。更重要的是，巴亚德提道，"当年第一步兵团把爸爸选下台时他正在该团"。这就暗示了上校是为泄旧怨而滥杀无辜，儿子的评论触及其性格中褊狭而阴暗的深处。

此后，已经25岁的巴亚德越来越认识到自己父亲的自身问题。上校唯我独尊地对待自己的铁路合伙人雷蒙德，甚至在知道他行事正派的情况下仍然不断羞辱他。在合作争端中，上校以"低得荒谬"的价格买断了对方的股份，并且在铁路建成后在雷蒙德家门口一遍遍地鸣汽笛。此后上校又在周议会选举中继续毫"无道理也无必要地招惹雷蒙德"。终于被后者杀死。

上校死于铁路业务的合作伙伴之手具有多重含义。

福克纳本人的曾祖即曾修过当地的铁路，后死于合作伙伴的枪下。这段家族往事几乎被完整地移植到小说之中。从传记研究的角度讲，沙多里斯系列故事最接近福克纳的家族史。在创作的早期，福克纳对家族历史的取材采取了浪漫化的态度。比如在《尘土中的旗帜》原稿被删掉的一个段落中，弗里德里克·卡尔发现福克纳写到沙多里斯家族的祖先曾经为试图在英国恢复天主教的查尔斯·斯图亚特服务。① 作家本人的家族源自苏格兰，这里显然存在一种浪漫而夸张的自我联想。相比之下，在将曾祖的死亡移植到这部小说中时，福克纳采取了比较现实主义的态度。据研究，老福克纳本人是一个白人至上主义者，他修铁路的目的是让南方增强经济能力，从而有能力恢复到战前的那种"纯净"。而且在修路的过程中，老福克纳伙同州政府不光彩地大量使用了囚犯充作廉价劳动力。② 另据考证，这一时期密西西比州75%的囚犯是黑人，而且这些"囚犯工人"的死亡率高达15%。③ 卡尔曾直指这是"奴隶制的残余"。对于这些，福克纳本人应该都是清楚的。但是无论是在此前各种描述身世的信件还是创作中，福克纳都致力于溢美老上校的传奇经历，对支撑这些传奇的代价则语焉不详。直到创作《美人樱的香气》时，一种更为客观的批判眼光才取代了营造传奇的姿态。这种对待自家传记材料的态度变化，折射出作家对自身创作自我的重新审视。

此外，铁路在战后的南方有特殊的意义。卡尔认为，铁路破坏了传统美国人封闭、边界性的空间感觉，但却以其速度、时刻表和所建立的交流网络提供了新的观感。这种观察类似于本雅明对19世纪巴黎的林荫大道所做出的空间性解释，以速度和变幻将铁路与现代性的惊异感受联系在了一起。约瑟夫·米尔查普更进一步指出，南方文艺复兴本身就是一个复杂而矛盾的"技术、文化与文学的共振"。铁路作为一个意象集中象征了它们之间的关系。具体到这部小说，一方面铁路反映了一种浪漫化的美化旧时代、重建新南方的愿景。比如，福

---

① Frederick R. Karl, *William Faulkner: American Writer*, New York: Ballangine, 1990, p. 33.

② Ibid. , pp. 43 – 45.

③ Joseph R. Millichap, *Dixie Limited Railroads, Culture, and the Southern Renaissance*, Lexington: The University Press of Kentucky, 2002, p. 26.

克纳在描绘铁路通车时写道，那天机车被鲜花装潢着，人们在车站上进行讲演，还有一面邦联旗帜，姑娘们穿着白色的衣服，系着红腰带……米尔查普认为，被装饰的"铁马"，旧南方的旗帜，欢呼的人群，构成了"英雄主义的场景"，将战前的骑士精神在新南方复活，并形成一种文化建设。① 另一方面，铁路所联系着的现实因素又提示了这种文化想象的虚幻。重建时期的铁路修建常常是南方旧领袖与北方资本之间的结合。对北方来说，提供资金和技术的目的在于开采南方的资源；对南方的旧领袖来说，这是争夺重建主导权的某种努力。但是资本显然战胜了老福克纳－沙多里斯上校这类旧领袖的愿望。"一直到1900年，南方在很多方面都仍然像是北方的落后殖民地。她向北方乞求信贷，而北方投资者大肆攫取着南方的资源。南方在这样的信贷系统下陷入整体贫困。"② 福克纳家族自身的经济衰败和由此衍生的家庭问题与此就不无关系。就铁路建造过程本身而言，如上文所提到的，其奴役工人的残酷性与野蛮性，"戳穿了对建设新南方帝国的浪漫化粉饰"。

因此，沙多里斯上校死于铁路纠纷无疑是一种象征，标志着浪漫化的故事被这故事自身所携带的更为现实性的因素所终结。其本质是旧贵族的思想意识、行为方式都已经不能领导起铁路这一综合了新南方政治、经济、文化调整并指向未来的业务。就像巴尔扎克描写鲍赛昂夫人的退隐一样，他虽然欣赏贵族，却不得不揭露他们早已不配得到更好的命运。优秀的作家会尊重事实，福克纳的曾祖死后被埋葬于自己生前定制的大理石雕像之下，这雕像正对着他修建的铁路，标示着"其个人抱负的局限"③。重建新南方的历史重任最终没有，也不可能落在沙多里斯和老上校的身上，福克纳在人到中年时承认了这

① Joseph R. Millichap, *Dixie Limited Railroads, Culture, and the Southern Renaissance*, Lexington: The University Press of Kentucky, 2002, p. 33.

② Pete Daniel, *Breaking the Land: The Transformation of Cotton, Tobacco and Rice Cultures since* 1880, Urbana and Chicago: University of Illinois Press, 1984, p. xiii.

③ Joseph R. Millichap, *Dixie Limited Railroads, Culture, and the Southern Renaissance*, Lexington: The University Press of Kentucky, 2002, p. 26.

一点。

综合来看，《没有被征服的》对于约克纳帕塔法世系具有特殊的意义：

其一，对沙多里斯上校这一形象的现实主义修正，还原了这类旧贵族的历史本来面貌，最终结束了福克纳的旧南方英雄/父亲的罗曼斯情节，此后他再未书写过类似的形象。随着英雄形象的瓦解，南方父系制度中严苛的历史重担终于被放下了。儿子不必成为父辈那样的"英雄"，父子间的关系也从僵硬的敬佩和服从中解脱出来，质疑和改变得到了允许，生命传递中正常的更新恢复了。在小说的结局中，巴亚德赤手空拳去找雷蒙德，后者放空枪后永远离开了镇子。老一辈人为"荣誉"所累的杀戮循环由此结束了，一个人的父亲不再是他自己的命运。造成那个由乱伦倾向所支配的重复性叙述框架的第一个原因被替代了。

其二，这部小说体现了福克纳后期创作的转向。这次转向，韦恩斯坦将其描述为，福克纳离开了基于意识形态的混杂性、分裂的主体性并不断创造"震惊"的现代主义美学，转而投入了一个倾向于意识形态教化的更为保守的美学。① 说到底，是福克纳本人从此时开始更为自觉地在其创作中主动追求某种巴尔扎克式的"世系"的建设。这种自觉的产生，既来自其个人的成熟，也来自两次世界大战之间南方社会在大萧条的压迫下，更多地融入外部世界所引起的社会意识的整体变化，外部世界的因素更多地渗透到了作家的创作中来。相比于此前《喧哗与骚动》《押沙龙，押沙龙!》这类"散点透视"的作品，这种整体性的构建融入了更多的社会历史内容，并对此前的创作做出修改和补充，从而以某种自我约束的修正倾向代替了之前更为自由的形式创新。这意味着福克纳的创作由鼎盛时期的艺术创新，转向后期对题材的深度思考和发掘，以及对世系的修补。

其三，《没有被征服的》作为福克纳后期创作的"孢芽"，生动

---

① Philip M. Weinstein, *Faulkner's Subject：A Cosmos No One Owns*, Cambridge：Cambridge University Press, 1992, p. 152.

地说明了这种自我修正具体是如何以层层累积的方式逐步进行的。需要指出的是，这一修正不仅包含对人物形象、思想主题等内容性元素的不断思考，而且其系列故事的形式，也为这种渐进式修改提供了一个便于操作的框架。福克纳后期思想性最出色的作品《去吧，摩西》便得益于这样的框架。不仅如此，从宏观结构来看，整个约克纳帕塔法世系也同样是依靠系列故事所形成的"层累修改"形成了宏伟的互文框架。

第三节　《去吧，摩西》：真实与虚幻并存的和解

《去吧，摩西》是福克纳所有的作品中最直接讨论种族问题的，种族矛盾所引发的社会问题几乎是南方所有阴暗面的交会点。对这个问题的直视，体现了作家的思考深度。小说的结构形式，完全脱胎于《没有被征服的》，也是由已发表的短篇小说改编而来。福克纳在1941 年进行创作时，对应着作品的黑白两位主人公路喀斯·布钱普和艾萨克·麦卡斯林，对以前的短篇做了两处重要修改。一是增写了《话说当年》，并且为已发表的《灶火与炉床》添加了路喀斯与扎克搏斗的部分，而原先的杂志版本只是关于黑人酿私酒和挖宝藏的乡村喜剧故事。二是新写了《熊》作为小说后半部分的核心，将《古老的部族》《三角洲之秋》《狮子》等早先作品的思想主题进行了提炼。① 这两处修改，将一种严肃的基调带进了作品，以一种历史的观点重构了小说的内核。

小说的架构整体上分成两个对称的部分，前三个故事探讨了麦卡斯林家族内部的白人和黑人之间的关系，故事的主角是路喀斯。对于约克纳帕塔法世系来说，这个人物的出现实现了福克纳在黑人形象塑造上的最终突破。

与《没有被征服的》一样，《去吧，摩西》同《押沙龙，押沙

---

① Joseph Blotner ed. , *Uncollected Stories of William Faulkner*, New York：Vintage, 1981, pp. 690 – 696.

龙!》也有内在的关系。理查德·摩兰德指出，萨德本对于南方奴隶主的旧梦有一种"天真"的幻想，这幻想是建立在对黑人的奴役之上的。在小说中，白人对黑人的不公、侮辱、榨取、异化的想象都凝结在少年萨德本初次见到庄园主家的黑奴时所感受到的"气球般的脸"这一意象之上。"气球般的脸"代表了黑人在白人心理中的定位：苦力、暴戾、兽性和性欲。这张形式化、负面和滑稽的脸，充当了黑人在种植园文化中的身份符号。当这一符号，这个"气球"在后种植园时代破裂之后，对南方的种族意识形态来说，要不像萨德本那样，以故意的"天真"和守旧去拒绝任何改变，不惜代价去回避任何意义上的批评。要不以一种现代主义的反讽姿态将批评限制在形而上学的范畴而非社会意义上的改变。① 摩兰德的分析，有助于我们理解两个问题。一是福克纳所创作的部分黑人形象作为文化符号，关联着旧种植园的意识形态。二是《押沙龙，押沙龙!》的写作深化了福克纳对种族问题重要性的认识，这促进了他的探索并对以往的创作做出了修正。但这种修正是被限定在一定的温和范围内的，主要表现为道德层面的批评，却不太具有社会实践意义。因而福克纳对种族问题及解决方案的认识具有真实与虚幻并存的二元特点。

　　严格地说，福克纳的笔下有两类黑人形象。一类是纯种黑人，比如《沙多里斯》中的弗斯，《喧哗与骚动》中的迪尔西、黑小斯威尔许，《夕阳》中的南希，《殉葬》中的野黑人等。这些不胜枚举的人物，在他的几乎每一部作品中都会出现。黑人们或为忠仆，或为小丑，或精明或愚笨，有的甚至充当了白人的保护人。但是值得注意的是，福克纳的笔触几乎从未深入过这些纯粹黑人的内心世界。对这类黑人，他的视角和描写都是从外部切入的，论深度，远比不上哈莱姆文艺复兴的那些黑人作家。在其整个创作生涯中，这类形象虽然重复出现，有一些甚至也具有相当的典型性，但是始终欠缺一点艺术上的复杂性和变化，从来没有占据过故事的中心。

---

① Richrd C. Moreland, *Faulkner and Modernism*: *Rereading and Rewriting*, Madison: The University of Wisconsin Press, 1990, p. 158.

　　福克纳真正着力刻画的黑人是混血黑人。混血关涉人类自身的生产，是种族关系最核心，也是最敏感的议题。对作家的创作而言，南方文化对混血的集体恐惧也是造成前文所分析的那个早期叙事架构的第二个原因。因而对混血黑人的关注，既体现了作家对社会问题的严肃探索，也表现了其对自身创作的不断梳理、认识和突破的勇气。只有在对混血黑人的塑造中，福克纳才深入人物的灵魂深处，讨论他们的自我身份所受到的环境压力，并以自己最擅长的方式，将社会生活的冲突编写为这些人物最动人的细腻情感与思考。不断的再审视使得这类形象始终处在演进之中，其所形成的轨迹呈现了"自我与社会，个人与历史，个体与种族之间的紧张关系"，串联起约克纳帕塔法世系内部的结构更新。

　　对混血黑人来说，自我身份的认定是核心问题。这关乎社会对他们的承认，也关乎他们自己如何对待社会。从《八月之光》中的乔·克里斯默斯，到《押沙龙，押沙龙！》中的查尔斯·邦，福克纳重复呈现了这类黑人自我身份的模糊和由此带来的内心世界的矛盾与分裂。乔面对着"你比黑人更糟，你永远也不知道你是谁"的诅咒，一生都在试图以暴躁的反社会行为去获得自己的存在感。邦为了获得白人父亲的承认，挑战乱伦和种族混血的双重禁忌，尽管他知道这禁忌的尽头是死亡。不论乔还是邦，都在强迫症式的自我怀疑里挣扎，他们自称是黑鬼，但是又排斥黑人的身份。当乔得知一个白人妓女轻松地向一个漆黑的黑人卖淫时，他不能接受到"病了半年"。当亨利嗫嚅"你是我哥哥"时，邦挑衅"我是要和你妹妹睡觉的黑鬼"，实则希望黑人的身份得到来自白人弟弟的否定。乔和邦都有机会离开南方以白人的身份生活，但分裂的自我意识使他们怀抱死亡本能，无法再做出温和的选择。这种分裂的自我来自南方社会意识形态的高压，而他们以极端的自我折磨去反抗这意识形态的努力最终又加速了自己的毁灭。从《八月之光》到《押沙龙，押沙龙！》，福克纳本人的创作自我在一定程度上也具有这两人的影子，他对南方最深处的可怕禁忌既不能无视，又不能彻底否定，在犹犹豫豫的反讽姿态中陷入不断的自我追问，这使得他对南方社会的批判在深度与广度上都得到极大

的提升。但是，混血黑人的形象本身，并未发生本质的变化，直到
《去吧，摩西》的创作。

路喀斯·布钱普是福克纳笔下第一个有种族自觉意识的黑人。对
这个形象的塑造体现了福克纳在意识形态方面探索的高峰。

> 可是路喀斯并没有拿他的白人的、甚至是麦卡斯林家的血统
> 来作资本，恰好相反。好像是他不仅不拿这当一回事，而且还非
> 常冷淡。他甚至不觉得有必要用它来争取什么。他甚至也懒得去
> 反对它。他兀自充当他这个人得以组成的那类双种族综合物，任
> 凭自己拥有这个身份，就仅仅以这样的方式来抗拒它。他也不会
> 去当这两种张力的战场兼牺牲品，相反，他是一个容器，很结
> 实，来历不明，并非导体，在其身上毒素与对立物互相制约，不
> 起波澜，在外界空气里没有制造出什么谣言。（第96页）

对于自己混血的身份，路喀斯非常从容，无论是白人血液还是黑
人血液，他都淡然接受，既不欣喜也不嫌弃。从乔开始的黑白血液之
间的狂暴冲突，在路喀斯这里终于达成了某种和解。"不起波澜"的
容器，意味着路喀斯的平静具有福克纳最喜爱的希腊式的古典意味，
将其用在一个黑人的身上，这是第一次。

这种从容平静源自路喀斯明确的血缘谱系。此前，乔的父亲身份
不明，"可能有黑人血液"；邦则干脆父母身份都不明，萨德本是不
是他父亲，她的母亲是不是萨德本的前妻，是不是有黑人血液全都没
有确定的答案。血统不明是他们人生悲剧的直接原因。与二人不同，
路喀斯的血液谱系非常明朗，他的父系可以追溯到老庄园主卡洛瑟
斯·麦卡斯林，母系是另一庄园主布钱普家的女奴谭尼，小说的第一
个故事《话说当年》详细讲述了这些来历。路喀斯的父亲"托梅的
图尔"逃去布钱普庄园约会谭尼，而作为主人的布克与布蒂大叔每次
都要去象征性地追赶他们的奴隶（其实是混血兄弟）。追赶的象征性
带来的喜剧气氛稀释了奴隶制度的反人道色彩，图尔被视作"人类意
义上的亲属和理论上的奴隶"，这表明"那些已经知错的人在行动上

却选择了回避"①。追赶过程中布克大叔被迫娶了索凤西芭小姐，这
使得原本打算无后的布克生下了艾萨克。黑人和白人两兄弟都通过这
件事延续了后代，这是一个隐喻，意味着白人和黑人具有某种基于土
地和共同生活的历史同源性。福克纳在此申明了一个事实，即如韦恩
斯坦所指出，"白人和黑人两大种族互相决定了对方的命运"。福克
纳以历史的态度，一改以往的含糊，捅破了南方最深处的集体避讳，
将路喀斯的血缘明确追溯到老麦卡斯林，这是对强调父权制度和种族
纯洁性的南方旧俗的揭露，体现出尊重历史事实的姿态。

　　清晰的自我意识，带给路喀斯不卑不亢的自尊。在"灶火与炉
床"中，福克纳将路喀斯置于一个男性所面对的最大困境之中。继承
了麦卡斯林庄园的扎克·爱德蒙兹因为自己的妻子死于难产，将路喀
斯仍在哺乳的妻子莫莉留在庄园中哺育自己的孩子长达6个月。路喀
斯和扎克其实算是表亲，事情由最开始的帮忙变成了路喀斯的猜疑和
愤怒。他充满了委屈与孤寂，"整个春季与夏季一夜接着一夜他都是
独自坐在炉火前，直到有天晚上他站在炉火前大发雷霆，气得七窍生
烟，啥也看不见了"。福克纳真实地描写了黑人族群"受到长达一百
五十年的压迫"所形成的心理弱势。在妻子不能回家的状况下，即使
一个自我意识完善的黑人也需要半年时间才能积聚起对不公的愤怒并
转化为行动。

　　他与扎克的搏斗是前三个故事的核心，福克纳将其进行了精雕
细琢。

　　路喀斯高呼，"我是个黑鬼，不过我也是个人……我要把她带回
去"。扎克轻声轻气地推诿。"原来你想到这个上头去了。你把我当
成什么人了？"路喀斯直接要求作为人的权利，这在福克纳笔下以往
的黑人口中是不曾有过的。但在白人的眼里，只要没有发生混血淫乱
行为就没有道德上的瑕疵。对于榨取黑人劳动是否公正，对黑人家庭
完整的尊重这些问题，即使在奴隶制度废除多年以后仍不在考虑

---

① John T. Matthews, *William Faulkner: Seeing Through the South*, Oxford: Wiley-Black-well Publishing, 2009, p. 203.

之中。

在路喀斯警告之后，或许是出于亲戚关系，抑或是因为老麦卡斯林遗愿要关照路喀斯，扎克让莫莉带着一黑一白两个孩子回到家，让其在自家帮忙育儿，算是对事情的解决。表面上看，白人也是通情达理的，但是路喀斯总是觉得放不下："我得把他杀了"，"他把她在自己家里留了六个月而我什么行动都没采取"，"这还算是个男子汉吗！"韦恩斯坦认为，福克纳在对路喀斯的描写中塑造了他的某种"孩子气"，并允许他在"孩子气的游戏中不断地逾矩"①。我们知道，"孩子气"是南方家庭罗曼斯中对黑人的重要定位，即如理查德·金所总结的，旧南方文化常将其自己想象出来的温顺、无知，但又时而淘气的黑人形象取名为"桑波"（Sambo）。乔尔·威廉姆森进一步指出，桑波其实是融入了白人家庭的黑人角色，他拥有成年黑人的身体和白人孩子式的思想。他们既想成为白人，又不可能真的成为白人。在桑波的体内同时存在两种力量，一种忠实而幼稚，另一种无知而兽性，但如果管教得当，总体来说桑波是孩子气的。② 总之，桑波想象的实质是将黑人与白人之间因种族压迫造成的紧张关系处理为黑人单方面不成熟的淘气或是执拗。

在这部小说中，路喀斯在事情已经缓和的情况下，仍然决定采取暴力手段，看似是出于孩子气，实则不是，韦恩斯坦低估了福克纳的思考力度。问题的关键在于路喀斯不能留在白人的庄园，但是白人和他们的孩子却可以去路喀斯的家。正如《夕阳》中，南希的丈夫耶苏所抱怨的，"我不能进白人家厨房闲荡"，"可白人却能待在我家的厨房里。白人能进我的家，可我不能拦他"。这里的不平等，不仅涉及曾经的人身依附关系造成的经济、社会地位差别，还涉及白人男性对黑人女性的欺凌，以及黑人男性的基本尊严这些南方社会更敏感、更深处的问题。联系福克纳的长期创作来看就能够明白，此处路喀斯

---

① Philip M. Weinstein, *Faulkner's Subject: A Cosmos No One Owns*, Cambridge: Cambridge University Press, 1992, p. 60.

② Joel Williamson, *The Crucible of Race: Black-White Relations in the American South since Emancipation*, Oxford: Oxford University Press, 1984, pp. 22－24.

的思考发展了《夕阳》中耶苏的愤怒。重要的变化在于，耶苏只能将气撒在老婆身上，而路喀斯直接去找白人决斗。在表现黑人的种族觉醒上，《去吧，摩西》向前迈进了一大步。

对决斗本身的描写，福克纳紧紧围绕两个方面，一是他极力营造自己所喜欢的古典气质，力图把这场搏斗刻画为超越种族层面的男子汉间的较量。路喀斯摸进扎卡家，扎克根本就没有锁门。于是路喀斯也丢掉剃刀，让扎克去取枪。扎克取了枪却把它扔在床上。两人都把占先的机会扔给对方，再极力以男子汉的气概把对方压倒。最终路喀斯抢到了枪，他左臂"拥抱似的"夹住扎克，"把手枪插进白人的胁肋，同时把白人往外一推，这都是一下子同时完成的"。所幸一枚哑弹"包容了两人的性命"。故事的了结需要靠哑弹这种现实性较低的情节元素来维系，这折射出福克纳的无奈。两人的争斗尽管被作家绘以英雄史诗般的跌宕起伏，但在现实中仍找不到出口，只能停留为高度形式化的姿态。"包容"二字，反映出福克纳寻求和解的真诚，哑弹是 1941 年的历史条件能为他所提供的最平等而和谐的结局。

这场决斗所关注的另外一方面是路喀斯对麦卡斯林家族血液的复杂态度。他对扎克说，"你想用老卡洛瑟斯的威力来压倒我，就像卡斯·爱德蒙兹对付艾萨克那样：利用老卡洛瑟斯来让艾萨克放弃土地……我要放弃的并不是土地……我唯一必须放弃的就是麦卡斯林的血统，从法律上说那玩意与我根本无关……要是那种血流到我的黑人血液里来对他从未造成什么损害，那么从我这里流走对我也不会有损害的"（第 53 页）。将自己清晰地定位为黑人，视自己身体里的白人血液为可有可无，这是路喀斯的基本态度。值得注意的是利用老卡洛瑟斯来使艾萨克放弃土地，使自己放弃血统的说辞。在后面的章节《熊》中，福克纳才透露，当年老卡洛瑟斯·麦卡斯林竟奸污了自己的混血女儿托梅，才生下了托梅的图尔，也就是路喀斯的父亲，托梅的母亲尤妮丝因此愤然自尽。布克的儿子艾萨克知道真相后放弃了土地，路喀斯是否知道这个黑暗的原点不得而知，但他如想正常地生活，在内心世界需要打败的，"不仅是扎克而且也包括老卡洛瑟斯本人"①。从他对老麦卡斯林的血液的不屑一顾可以看出，此事对后代的"古老诅咒"正在慢慢消散。

但是有时，路喀斯似乎也从老麦卡斯林那里汲取力量。他呵斥扎克："你知道我是不怕的，你知道我是麦卡斯林家的子孙而且是父裔方面的……我知道我要做什么，知道卡洛瑟斯·麦卡斯林会要我怎样做……你想让我服输。这你永远也做不到，即使明日此时我被吊死在树枝上，浇的煤油还在燃烧，你也永远没法让我认输。"（第49页）事情结束之后，他又回忆，"我毕竟不是白有老卡洛瑟斯的血统的，我需要他的时候他出现并替我发言了"（第54页）。虽然有评论指出，这些言语剥夺了路喀斯在自己英勇时刻所表现出的自我意识中的黑人种族因素。但是我们还是倾向于认为，就这个形象本身而言，对自身白人血统的蔑视和认可都是真实的。前者触发于自己的黑人性质受到威胁之时，后者发生在自己的权益得到尊重的环境之中。这种复杂的感觉联系着福克纳对南方传统的追索，传统本就充满了复杂性，它的起源甚至是阴暗而不可言说的，浸淫在其中的人物也自然是复杂的，无论是作家本人还是路喀斯这个文学形象都是如此。对于传统采取单一的思路，断然割裂或是简单认同，这两者都是逃避的态度。正视其中的善恶并存，在反复的自我剖析中逐渐转化生成，形成追求真善美的自我意识，走出新的道路，这是福克纳多年思考的勇敢结果。路喀斯形象的塑造意味着福克纳能够以历史的眼光坦然面对种族混血问题，走出了《正义》结尾处的那片"不祥的阴影"。对约克纳帕塔法世界而言，造成福克纳创作早期的重复性叙述框架的第二个原因也被消解了。

但是，福克纳所做的思考仍不止于此。如果说小说前半部分的成就在于清晰地描绘了黑人因扭曲而复杂且多节瘤的尊严，承认了他们的主体性和族群身份，那么后半部分的打猎故事其实隐喻了福克纳为

---

① Richrd C. Moreland, *Faulkner and Modernism: Rereading and Rewriting*, Madison: The University of Wisconsin Press, 1990, p.167.

种族和解所设想的解决道路，在某种意义上是对整个世系的思想总结。

《去吧，摩西》架构的后半部分由四个故事组成，以《熊》为核心，《古老的部族》《三角洲之秋》都是围绕着打猎展开的，它们传达了一个共同的思想，即回归自然。

福克纳的重要小说基本上都是基于诗化的重复结构，与路喀斯形成对照的人物是艾萨克·麦卡斯林。但是艾萨克在作品中的分量比路喀斯要相对轻一些，艾萨克最主要的举动，是在洞悉了祖先的历史罪恶之后放弃了家族的土地，而后归返大自然。综合前后两部分来看，路喀斯平息愤怒，艾萨克放弃被奴隶制所诅咒的土地，是麦卡斯林家族的黑白两支后裔摆脱祖先犯下的罪恶的各自努力，双方和解的最终归宿是回归大自然。这当然也是一个隐喻，预示着福克纳眼中黑白两个种族妥协的途径。小说的最后一个故事《去吧，摩西》则反衬了这个隐喻，通过路喀斯的孙子在城市中的死来表明回归自然的必要性：离开了自然和乡土，黑人也没有前途。

在充满象征主义的气氛中，福克纳刻画了荒野中的各种存在，以及此间人与人的关系。

山姆·法泽斯是黑人和印第安人混血，其身世在《正义》中有过交代，在这部小说中福克纳补叙他和母亲后来都被生父杜姆当作黑人卖给了麦卡斯林家。福克纳试图尽量温和地解释这个残酷的买卖，"对于老杜姆把他和他母亲出卖为奴，他兴许从来没抱怨过，因为没准他相信在这之前损害就已经造成，是他母亲的黑人血液使得他与杜姆身上共有的战士与酋长们的血液被出卖了"。并且如同对待路喀斯一样，尽量把异种血液的冲突限制为个人内在的挣扎，"他自己就是他本人的战场，是他本人被征服的舞台与遭到失败的陵墓"。但这种温和心态，在福克纳看来也带来了不卑不亢的尊严，"对所有的白人都那么庄重、自尊"。

山姆帮助艾萨克涂抹鹿血完成猎人成人仪式的一幕，集中反映了福克纳的种族和解的愿望。

他们一个是那被永远抹上标志的白孩子，另一个则是肤色黝黑的老人，他父母双方都是蛮族国王之后，是他，给孩子抹上了标志，他那双血淋淋的手仅仅是在形式上使孩子神圣化而已，其实在他的调教之下孩子早就谦卑与愉快地，既自我抑制又感到自豪地接受了这种地位；那双手、那样的触摸、那头一股有价值的鲜血——别人终于发现他是值得使这血流出的——把他和那个老人永远联接在一起。（第 153 页）

一个白人的孩子在荒野中从黑人、印第安人这些被压迫、被边缘化的种族混血者那里学到了谦卑与自我抑制，完成了自己被认可为猎人的仪式。白人、黑人、印第安人的血液在这种特殊的环境中互相承认，共同融入大自然，实现了平等的关系。谦卑与自我抑制与山姆本人的温和心态一样，仍然是道德层面上的自我约束。整个场景具有晦涩的超自然色彩，排斥了直接的社会与经济元素使其只能成为高度象征主义意义上的某种姿态。但是无论如何，福克纳发展了在《正义》中的那种对种族混血无可避免的现实性认识，这是对真正意义上的种族平等所做出的期许。

荒野在这部小说中有特殊的意义。在荒野中，山姆、艾萨克"都太渺小了"，"就连华尔特、德·斯班少校和老康普生将军这些杀死过许多鹿和熊的人也是如此，他们的停留太短暂、太无害了，不至于引起不友善的感情"。"而大自然仅仅是在沉思，它是秘密而巨大的，几乎没有注意到这些人。"在大自然这个康德所描述的物自体一般的宏大存在面前，所有人都是不值一提的。但这里不值一提的渺小也恰恰模糊了种族、经济、社会地位等差异，庄园主与奴隶都成为了抽象的"无害者"。福克纳借助历时性的宏大过滤掉了共时性的具体差别，荒野的这一特别作用为他提供了将历史的复杂性驯化为纯粹英勇行为的框架。

猎狗狮子，只有孩子般智力的布恩和大熊老班之间的殊死搏斗则是这些英勇行为的高潮。这段故事与赫尔曼·麦尔维尔的《白鲸》非常相像。大熊老班具有与白鲸莫比·迪克类似的宏伟与震撼，对于

追赶它的猎狗、马，甚至人类的子弹来说，"它太大了"，它身上有
猎人们多次留下的弹子和伤疤，却从来不会死。大熊与白鲸一样，以
巨大的身形"代表着造物及其支配它的力量的形象"，"神秘莫测，
沉默无声"①。狮子出自此前的同名短篇小说，这条蓝色的大狗并非
人类世界的产物，与老班一样也来自荒野。山姆把它困在营地，最终
它与布恩结成了特殊的情谊。他俩同吃同睡，亲密无间，却毫无任何
驯服和人身依附关系。"一边是那只魁梧的、庄严的、半睡半醒的大
狗，像山姆·法泽斯所说的那样，对任何事情全都无所谓；另一半是
这个性暴烈、感觉迟钝、面色严峻的人，他身上多少还有点印第安人
的血液，头脑简单得像孩子一样。"艾萨克在这里的角色十分接近
《白鲸》中的以实玛利，福克纳用他替代了短篇小说《狮子》中的昆
丁来担任这些高度类型化的现代主义神话形象的观察者和叙述者。艾
萨克看到了大熊的雄伟，布恩的纯粹，狮子的勇猛，他是背负着麦卡
斯林家族历史的最后白人男性后裔，孤独而又温和地注视着、学习着
荒野，心怀恐惧又存有一丝不甚明确的希望。他看到了布恩为救狮子
与大熊搏斗的结局：

  大熊只倒下来一次。有一瞬间他们几乎像一组雕塑的群像：
那只趴紧不放的狗、那只熊，还有那个骑在它背上把插进去的刀
子继续往深里捅的人。接着它们一起倒了下去，被布恩的重量拉
得向后倒，布恩被压在底下……它是像一棵树似的作为一个整体
直挺挺地倒下去的，因此，这三者，人狗和熊，还似乎从地上反
弹起来了一下。（第 225 页）

在普遍意义的神话框架下，进行善与恶的思考，这是拔高也是逃
避，对福克纳和艾萨克都是如此。狮子与老班的死让艾萨克了解到一
种自在力量的自生自灭，"这里面有一种天命"，"像是有一种他还说

---

① ［美］默里·埃利奥特主编：《哥伦比亚美国文学史》，朱伯通等译，四川辞书出版
社 1994 年版，第 353 页。

不清楚的事情正在开始；也可以说已经开始了"。似乎这也是对他自己和昆丁这类人物不幸结局的悲伤预感，但大自然的永恒也让艾萨克从祖先的罪恶中得到某种解脱，他的后半生每年都要来到森林寻求慰藉。让大自然来宽宥白人奴隶主的罪过而不是受害者本人，这多少是作者的一种回避，但这宽宥也激起了艾萨克对土地的新的看法：

> 明知道不是这么回事的老卡洛瑟斯·麦卡斯林才可以生儿育女，繁衍后代，并相信这片土地是他的，该由他占有并传给后人，因为这个坚强无情的人对自己的虚荣、骄傲和力量是早就玩世不恭地有所察觉的，对自己的所有后裔也都是全部看不上眼的：正如明知道不是这么回事的德·斯班少校和他那片原始森林一样，这片林子比任何文契所记录的都要古老；也正如明知道不是这么回事的老托马斯·萨德本一样，德·斯班的地还是从他那里用钱换来的；也正如伊卡摩塔勃那位契卡索部落的酋长一样，托马斯·萨德本的地还是从他那里用钱或甜酒或是任何别的东西换来的，而酋长也知道其实这些土地哪一块都不能算是他的，他既不能把它们消灭，也不能把它们出卖。（第 238 页）

这段略为拖沓、标点混乱，但却又被福克纳嘱咐"不得改动"的文字应该就是作家对约克纳帕塔法世界的最终总结——"土地不属于任何人"。虽然尽可能多地拉上了德·斯班，萨德本，甚至原本也该被算作是受害者的印第安酋长伊卡摩塔勃一起为过去的错误负责，这略有逃避现实之嫌，但是艾萨克还是将这一知错的认识贯彻到自己的行动之中，而且比他的父辈布克和布蒂大叔走得更远。他放弃了土地的继承权，给予自己的黑人亲属尽可能的经济补偿，选择像耶稣一样以木匠为生。后来面对新婚妻子的压力，也拒绝收回庄园。对一个身处 1888 年历史环境的白人男子来说，这么做是良知和真诚的最大体现，后人亦不可苛求更多。福克纳在他的身上寄托了自己的沉思和希望：反思以往的错误，回到荒野、森林这样的大自然环境，让不同族群甚至人与动物恢复最原初的关系，在道德良知的改善中实现族群间的历史和解，这是《去吧，摩西》的终极思考，也是福克纳在意识形态思索方面所达到的最高水平。

这一和解既是真实的也是虚幻的。

真实性在于，这些思想中对历史的反思是出于福克纳对黑人真挚的同情。在 1944 年撰写的半自传散文《密西西比人》中，福克纳借助也叫"比尔"的叙述者之口，比较罕见地直接表达了他对黑人的态度："但是他最痛恨的是不宽容与不公正：黑人被私刑处死，不是因为他们犯了罪，而是因为他们的皮肤是黑色的（黑人正越来越少，很快将会一个人也没有了，但是罪恶已经犯下，无从改变，因为根本就不应该发生）。他痛恨不公平：黑人上着很差的学校，如果还有的话；他们不得不住着露天矮棚，除非他们想流离失所；他们信仰着白人的上帝，却不得踏入教堂半步；他们在白人的法院大楼里交税，却不能在里面投票，也不能为它投票；他们按白人的时间工作，却不得不按白人的计算方法领工资。"①

福克纳非常明白地指责了当时南方种族隔离制度的不公正。黑人在教育、生活空间、宗教、经济和政治权利方面所受的歧视，令他感到"痛恨"。对黑人在"不宽容与不公正"环境中的遭遇深表同情，这是《去吧，摩西》中一系列思想探索的内在动力。

相比之下，在福克纳之前和与之同时代的思想家较少在种族问题上能达到如此真诚的程度。

彼得·施密特指出，从重建时期结束（1877）开始到 20 世纪 20 年代，关于新南方社会构建的设想主要源自由大学教授构成的进步主义者（Progressivist intellectuals）。他们掌控了南方的教育系统，其核心理念是认为技能教育主要应适用于生产性的工人阶级，主要对象应是有色人种；平衡了艺术与科学的精英教育则适用于那些具有完全公民权利和责任感的白人。新南方应该告诉整个国家"为什么并且如何去保持白人的优越性"。这些思想随着 19 世纪 70 年代以后南方建立

---

① ［美］威廉·福克纳：《密西西比人》，宋慧译，载《一个旅客的印象》，江苏文艺出版社 2013 年版，第 57—58 页。

了更多大学和一系列进步主义改革得到了加强和实施，其结果是创造了一个基于种族分级的劳动力控制系统。这个资本主义系统替换了奴隶制的种植园经济，与旧奴隶制将教育视作威胁不同，新的系统非常重视教育，并将精细划分的教育模式分配给不同肤色的人群，以实现劳动力控制。这套分级机制构成了以吉姆·克劳（Jim Crow）法案为代表的种族隔离制度的基础。随着美国在这一时期的殖民扩张，南方对待黑人的这套管控模式被稍加修改后移植到了新获得的殖民地上。种族隔离制度同殖民主义嫁接在了一起，竟然转而成为了对整个国家的意识形态贡献，获得了相当的生命力，施密特称之为吉姆·克劳殖民主义。① 不难看出，这套体系极为虚伪，其核心是限制黑人的权利（后来又包括其他有色人种），特别是受教育权利，同时保持对他们的榨取。既不给予他们全部公民权，但又要将他们培养成适合南方工业化发展需要的现代劳动力。福克纳在《密西西比人》中的指责，即是针对这套制度。

20 世纪 20 年代之后，与福克纳同时代的南方思想界最重要的一股思潮是重农派。艾伦·塔特、斯塔克·杨、罗伯特·佩恩·沃伦、约翰·兰色姆等人在 20 世纪 30 年代出版了《我表明我的立场》（*I'll Take My Stand*），这本著作被视作是南方重农派的宣言。这一派思想家基本上都是大学教授、诗人、批评家，福克纳跟他们有一定的来往。1931 年在南方作家大会上，福克纳曾经会见过塔特。在某些方面福克纳和重农派的观点保持着一致。如弗里德里克·卡尔所指出，重农派将南方视为农业乐园，反对工业文明，强调南方在道德、社会和宗教领域相比其他地区的优越性，坚持了一种托马斯·杰斐逊式的重农传统。在强调南方的独特性特别是田园价值方面，福克纳与重农派是相似的。但是重农派的宣言避而不谈黑人问题，这就"抽离了杰斐逊思想中的民主成分"②。实际上，塔特在其他的论著中还是提到

① Peter Schmidt, *Sitting in Darkness: New South fiction, education, and the rise of Jim Crow colonialism*, 1865—1920, Jackson: University Press of Mississippi, 2008, pp. 21－33.

② Frederick R. Karl, *William Faulkner: American Writer*, New York: Ballangine, 1990, pp. 216－217.

了白人的优越性，"白人似乎注定要管理黑人"，"我是白人，所以我支持白人法则"。理查德·金直指这是用道德包装起来的现实主义。①相比之下，福克纳始终和南方传统保持着一定的距离，这使得他在对家乡的态度中能够保存一定的反讽和批判的空间。福克纳"比较深刻地了解奴隶制和黑人在当下的境遇对南方意味着什么"，因此他并不认可南方在道德和宗教领域的优越性，这是他和重农派之间的重要分歧。在对待黑人的态度上，福克纳比前人和同时代者都要质朴而诚实。正因为此，他才会描写路喀斯的身份意识，他的斗争，才会反思混血、乱伦的罪恶，并在多次犹豫之后，把责任明确归咎于白人奴隶主。

　　真实性的另一方面在于，福克纳对种族和解的期许，也确实来自对乡土生活的细致观察，有相当的现实性。爱德华·艾尔斯研究过南方世界深处黑人与白人的关系。他发现，在乡村地区，"很少有法规真正限制种族间的日常关系"。乡村的道路、商店、轧棉机都没有实行种族隔离，猎人和渔民更倾向于公平竞争而不在乎种族。黑人和白人常常围着同一个火堆剥玉米，黑人妇女和白人妇女烹饪着同样的食物。虽然吃饭的时候会去各自的桌子。一位乡村白人妇女在日记中感激地记录了自己在病中得到黑人朋友的看望和馈赠。她为黑人邻居写信、寄信，帮他们缝纫，一位黑人妇女则帮她照看孩子。艾尔斯指出，这种植根乡土，基于个人之间相互尊重而发展出来的种族关系常常比较和谐。

　　但是在城市，黑人和白人的不平等关系被法律大大地强化了。学校、救济院、孤儿院、医院都被以种族划分使用。城市中的公墓、公园、法院都被隔离开来，教堂也分出了不同的白人、黑人会众。旅馆只服务白人，黑人只能在楼座或者隔绝的座位看戏，饭店要么只服务一个种族，要么分房间或者窗口提供服务。种族歧视事件也大多发生在城市的公共空间，特别是铁路。黑人通常被认为应该乘坐混乱、肮

---

　　① Richard H. King, *A Southern Renaissance: The Cultural Awakening of the American South*, 1930—1955, New York: Oxford University Press, 1980, p. 59.

脏的二等车厢，一旦他们进入一等车厢，即使买了票也很容易遭到其他白人乘客的粗暴对待。艾尔斯记录道：一个弗吉尼亚的黑人小说家因为没给一个白人妇女让座被扔出了火车；一个黑人青年去白人候车室要水喝而遭到羞辱；一个黑人教会代表团连同妇女在内，在一等车厢被其他白人用武器殴打驱散。在公共场合，"越是打扮得体的黑人越容易成为白人怒火的发泄对象"①。

　　与城市相比，农村的生产生活更为接近自然，种族区分以一种相对模糊和温和的形态存在。特别是在狩猎、打鱼这类危险性强，需以性命相托的产业，肤色的作用须让位于能力。福克纳原本就反对商业文明与城市文化，农村中种族关系的淳朴一面就更坚定了他的地方主义立场，认为回到大自然环境可以让城市文明中暴躁紧张的种族关系趋于平和，甚至逐渐通过道德改善实现自然解决。艾尔斯的研究还原了福克纳的想法得以萌发的具体环境，并表明其观点确有一定的现实基础，绝非凭空幻想。

　　但是，从历史的角度来看，福克纳的想法是有局限的。南北战争后南方实际上就走向了一条主要由北方商业资本所驱动的工业化和现代化道路，"广告、名牌货、大规模制成品大量涌入南方。有些地方的资本家成功开展了具有全国乃至国际影响的业务。每年制造业、采矿业和伐木业都把越来越多的白人、黑人，男人、女人，成人和孩子拽进靠工资为生的劳动大军，上千的城镇出现在以往不曾出现过的地方，白人和黑人在南方各州无休止地流动"②。今天我们可以很清楚地知道，现代化的过程实际上也是城市化的过程。那些发生在城市中的种族冲突事件本身也是这个无法逆转过程的一部分，种族隔离和限制黑人公民权虽然是错误的，但其背后有深刻的经济原因。问题之最终改善是通过20世纪60年代的黑人民权运动，并不可能依靠福克纳所设想的返回自然和后退到农村来实现。因此，这部小说所贡献的和解本质上仍是虚幻的。要支撑这一和解，小说中的路喀斯必须要在酿

---

①　Adward L. Ayers, *The Promise of the New South：Life after Reconstruction*, Oxford：Oxford University Press, 1992, pp. 135 – 139.

②　Ibid. , p. xi.

私酒和挖宝藏的事件中表现自己的憨愚和财迷心窍；山姆·法泽斯需要放弃对生父贩卖自己的愤恨；路喀斯的孙子只能在城市死于刑事犯罪；路喀斯的姐姐凤西芭必须出于对自由的"误解"和北方佬陷入不幸的婚姻；艾萨克需要在前去帮助时对她呼喊，"到那时你们黑人就会时来运转了，因为我们的机遇过去了。但是不是现在。这个时刻还没有到来。难道你不明白吗?"福克纳心中对这和解的希望，也常常被无法言明的哀愁所覆盖。大熊和狮子死了，荒野也逐渐消亡，多年后艾萨克回去纪念法泽斯时，布恩只能无意义地开枪打松鼠。在实际生活中，当时南方的白人和黑人冲突双方都对福克纳的主张不满意，这抑或让作家也知道自己笔下的和解可能只是他的美好愿望。

回到文学层面来看，福克纳对乡土社区的依恋，很有点像列夫·托尔斯泰对俄国传统宗社农村的喜爱，在重视道德改善来解决社会矛盾这一点上两人也很相似。就文学流派而言，福克纳则更接近浪漫主义传统。"回到自然"是浪漫主义文学的固有思想倾向，从卢梭开始，到华兹华斯、柯尔律治等英国浪漫主义诗人，再到美国文学第一次勃兴中的浪漫主义作家麦尔维尔、梭罗，回归自然、反对城市文明是他们的基本创作态度。在这些作家的创作中自然常常与真善美相关联。在《白鲸》中，黑人标枪手奎奎格受到其他水手尊重，即是发生在远离文明的大洋之上；《哈克贝利·芬历险记》中白人孩子对黑人的再认识也发生在莽荒的大河中。《去吧，摩西》将黑人问题与大熊联系在一起，古怪而晦涩地继承了这个传统。

福克纳将对乡村生活的观察与浪漫主义文学传统相结合，寻求出路，这是以文学的视角来思考世界。他写作《去吧，摩西》的时刻，正是吉姆·克劳法案弊端日现，而黑人民权运动正在酝酿却尚未兴起的过渡时期。因此他很自然地像历史上许多处在新旧交替时代的浪漫主义前辈一样，看到了社会积弊，却到自然中寻求平静。从某种意义上讲，福克纳更像勃兰兑斯在《十九世纪文学主流》中描绘的夏多布里昂，既不接受、不理解新时代那些不可避免的原则，又对旧时代保持着依恋与嘲讽并存的矛盾态度。他的思考，作为社会问题的解决方案是保守而无法实施的，但是作为一种浪漫主义的文学态度却是极有价值的。无论如何，《去吧，摩西》否定了旧庄园主的"荣誉"，客观分析了乱伦、混血问题的原因，揭示了其罪恶，承认了黑人（尽管更多是混血黑人）的身份价值，以现实性的思索修正了约克纳帕塔法世系的重复结构，使得作品间的关系不仅是重复，更是形成了基于互文和改写的修正关系。这改变了整个世系的面貌，在《押沙龙，押沙龙!》结尾时，福克纳手绘约克纳帕塔法县的地图，并声称"威廉·福克纳是唯一的业主"。到了《去吧，摩西》完成后，借用韦恩斯坦的概括，世系已经成为"无人拥有的世界"（a cosmos no one owns），获得了与广阔社会现实相交融的开放性和阐释性。

第五章　福克纳的叙事艺术对中国
当代作家的影响

福克纳引进中国之时恰逢新时期文学创作的爆发,《喧哗与骚动》87500 册印数在数月内被抢购一空,读者中就包括了相当几位日后成为中国一流作家的文学青年。他们把对福克纳的借鉴又反馈到自己的创作中去,福克纳的影响由此真正融入中国文学。而今我们回溯这已成为文学史事实的影响,重新审视它如何与当日中国社会转型之际的实际需要一起,错综而细微地参与了作家们构建文本的过程,这对于厘清中外文学在那个时期的交互关系是不无裨益的。反过来说,这也是基于比较视野对福克纳的叙事艺术的一种理解。

第一节　福克纳的影响与《红高粱》的叙事

> 如果仅从外表上看,那么这个花茉莉留给我们的印象仅仅是一个妩媚而带着几分佻薄的女人。她的那对稍斜的眼睛使她的脸显得生动而活泼,娇艳而湿润的双唇往往使人产生很多美妙的联想。①

这段话见于 1984 年莫言的小说《民间音乐》。叙述采用传统的第三人称全知视角,对人物外貌、性格、心理俱从外部入手描画,句子间的勾连也依赖连词本身承上启下的语法功能,这无疑是传统小说的

① 莫言:《莫言文集》第 5 卷,作家出版社 1994 年版,第 186 页。

叙事路子。这部得到孙犁称赞的作品，包含了莫言创作的很多萌芽，比如丰满成熟的女性、缺陷与神奇并具的传奇人物、对底层社会的迷恋，还有走向民间的艺术态度。但此时，这些元素还没有找到自己合适的形式，它们在这部作品中跃跃欲出却又模糊不清，不过转变随后就到来了。

> 父亲被迷雾扰乱的心头亮起了一盏四块玻璃插成的罩子灯，洋油烟子从罩子灯上盖的铁皮、钻眼的铁皮上钻出来。灯光微弱，只能照亮五六米方圆的黑暗。河里的水流到灯影里，黄得像熟透的杏子一样可爱，但可爱一霎霎，就流过去了，黑暗中的河水田映着一天星斗。父亲和罗汉大爷披着蓑衣，坐在罩子灯旁，听着河水的低沉呜咽——非常低沉的呜咽。河道两边无穷的高粱地不时响起寻偶狐狸的兴奋呜叫。①

这是一年以后《红高粱》中的一段。叙述以第三人称有限视角展开，以故事人物父亲的眼光来描述他对灯光和河水的印象，叙述声音和叙事眼光分别存在于故事外的作者和故事内的聚焦人物。稍后，作者又重拾第三人称全知视角，将叙述声音和叙事眼光合二为一，讲述父亲和罗汉大爷等待着螃蟹入网。叙述视角的频繁转换，叙述声音和叙事眼光的分离显示出强烈的现代主义书写特征。在讲述父亲对灯光的印象时，内心独白的直接拼接造就了印象式、感觉化的书写效果，闪烁着刹那间人物心中的五光十色。

作品形式短期内的突变如今已确定是源自外来的影响，"其中对我影响最大的两部著作是加西亚·马尔克斯的《百年孤独》和福克纳的《喧哗与骚动》"②。莫言后来回忆，《喧哗与骚动》他只看了前半部分，就把书扔在一边写自己的小说去了。这说明他对小说似乎并没有整体性的理解，但也至少看了其中班吉的部分，而早年积攒的素

---

① 莫言：《莫言文集》第1卷，作家出版社1994年版，第1页。
② 周琳玉：《从〈百年孤独〉看魔幻现实主义及其对莫言的影响》，《兰州交通大学学报》（社会科学版）2006年第2期，第96页。

材和创作冲动被新的艺术形式触发了：

> 勒斯特回来了。等一等，他说。上这边来。别到那边去。昆
> 丁小姐和她的男朋友在那儿的秋千架上呢。快从旁边走。回来
> 呀，班吉。
>
> 树底下很黑。丹儿不愿过来。它留在月光底下。这时我看见
> 了那架秋千，我哭起来了。快打那边回来，班吉，勒斯特说。你
> 知道昆丁小姐要发火的。（《喧哗与骚动》，第51页）

这是《喧哗与骚动》中班吉部分的一段，1984年的莫言一定读
到过。叙述在"当下"和凯蒂约会的那个晚上不停转换，形成了多
层次的叙述时空。第一段的自由间接引语直接与第二段开始的内心独
白拼接，显现了人物心理的混乱、颤动与跳荡，也凸显出人物对外部
世界感觉化、印象化的心理体验。以班吉的眼光为叙事聚焦，显示了
作者本人的叙述声音与文本中叙事眼光的分离。《红高粱》叙述语言
的形式创新，几乎都可以在这段文字中找到源头。

句子是风格的体现。福克纳的句子主干简短，但经过从句的繁茂
修饰而循环延伸没有尽头，表现出以语言超越一切的愿望。这种载荷
极大的句子是福克纳笔下意识流的基本材料。在班吉部分中，福克纳
将意识片断的感光极其自由地拆解分合，穿插跳动于时空的不同层
次，以表现一个白痴瞬间流动的心理。这些挣脱逻辑束缚的片断直接
拼接，以断断续续的感官化面貌将人物心理呈现为对外界缺乏理性的
印象，就像对班吉来说昔日被关爱的日子就是"一团团滑溜、明亮的
东西"。这些破碎而生动的印象片断，浅显却真实地还原出人物内心
最深处流淌的怀旧与伤感，并且以直觉化的心理节奏打破了传统的情
节节奏，最终使文本形成了印象化的整体风格。

印象化的句子打开了直觉感受的大门，客观世界被彻底主观化，
作家由此获得了自由的抒情空间。瞬息万变的意识流在错乱了时空、
破坏了情节、变幻了感觉之后，为小说带来了诗化的整体结构。整个
班吉部分的叙述就有如镶嵌在诗歌结构中的印象派绘画，小说内容与

形式在整体性的诗意结构中融为一体，以审美的方式表达福克纳对人类心灵的沉思。

"在莫言《红高粱》家族里，我们可见到感觉化的描写，这种描写与旧现实主义的理性描写相差很大。"① 莫言感觉化的文本风格习自福克纳，但绝非简单的模仿。凭借对语言非凡的敏感，他始终避免用缺乏严密语法规则的汉语演绎颠覆逻辑的意识流。对于福克纳式的长句他也看出这种"如雪球般越滚越大"的句子不是语法结构松散的汉语所长。莫言所认同的是福克纳的句子中感官化、印象化的心理描写对外部世界凌乱却充满诗意的折射能力，以及其还原人物深层心理状态的可能性。他将可以理解的印象片断以短语为单位直接拼接，形成人物的心理流淌，以此取代意识流的直叙。融入了传统白描手法的拼接将外部描写的衬托作用与内心的直叙交融起来，很难再以内部、外部区分这样的心理描写。像"父亲被迷雾扰乱的心头亮起了一盏四块玻璃插成的罩子灯"，既可以说是人物的内心独白，也可以说是借助外物反衬内心的白描。内外角度的水乳交融将传统手法与现代的西方技巧交错在句子里，营造出与《喧哗与骚动》相同的书写效果。莫言后来说："他们不擅长中国的白描，因为白描是要通过对话和动作把人物的性格表现出来，西方就直接运用意识流来刻画心理，后者的难度实际上要比前者小……当然也不能完全与西方的东西决裂，里面大段的内心独白、时空颠倒在古典小说中是没有的。"② 敏感地认清中外语言的差异，将传统的技法与西方的试验技巧结合，这是莫言对福克纳语言风格的接受立场。这一立场使得他的句子兼顾民族审美习惯和西方的心理挖掘深度，形成了光影涌溢而又凌厉粗犷的笔法，足以惊艳当时的文坛。

不过，对福克纳来说，印象式、感觉化的描写并不是目的，以此追求诗化的风格才是他的意图。早年诗歌创作的影响和对绘画的研习使他将诗歌与绘画元素带入了后来的小说创作，"福克纳的小说接近

---

① 尹国钧：《先锋试验——八九十年代的中国先锋文化》，东方出版社1998年版，第37页。

② 杨扬编：《莫言研究资料》，天津人民出版社2005年版，第98页。

一种特殊的抒情诗体，这种诗体绝弃了诗歌的拘谨套路，是开放的散文诗。开放性的诗歌与抒情性的小说相结合，构成了新的形式，用以表达对传统真实观念的超越。"① 考利也说："他那些日子（早年）写就的诗歌整体上是他创作的派生物，但他的散文从一开始就是一种诗歌。"② 前文谈过，除了感觉化的描写，有相当多的源自象征诗歌的客观对应物参与了《喧哗与骚动》的文本建构。马拉美在诗行中以大小写饰以花纹的手法也被福克纳用以表现不同的时空。诗歌元素渗透在福克纳的句子中，与感觉化的描写一起作为建构与破坏的两极支撑起诗意的整体叙述。

1984 年的莫言以过人的语言天赋借鉴了后者，但对前者的忽略使尚处"借鉴对方的语言架构"的他忽视了福克纳源自现代主义文学长期浸淫下的自觉诗意追求。在自发地处理感觉化的描写与诗意追求的表里关系的过程中，他误把感觉化作为叙事的目的。"如果我的痛苦与民族的痛苦是一致的，那么，无论怎么样强化我的个性意识，无论怎样发泄我的个人痛苦，无论怎么样把我的一切都喷涂出来，我的个性就得到一种更大的共性，发泄的越厉害，爆发的越厉害，我就越了不起。"③ 后来被评论普遍诟病的"生物性感觉宣泄"正是这种念头的泛滥。脱离了对作品艺术性的整体构建，泛滥的感觉蜕化成了个人形式的标语口号，这颗种子是否早在莫言只读了半部作品就匆匆投入创作的时候就被埋下了呢？

但在莫言写作《红高粱》时，他的感觉与印象是有节制的，全新的语言围绕着主题，将这些印象描写得灵动而真挚，同时"红"的整体意向给了散射的文本很好的收束作用，诗化的整体风格也同样出现在《红高粱》的字里行间。这种弥足珍贵的风格意味着文本自身的元素开始向形象性和可感性靠拢，文本在向审美回归。此前，中国

① Lothar Hönnighausen, *William Faulkner: the Art of Stylization in his early Graphic and literary work*, New York: Cambridge University Press, 1987, p. 171.

② Malcolm Cowley. "Introducion," in Malcolm Cowley (ed.) *The Portable Faulkner*, New York: Penguin Books, 1980, p. ix.

③ 杨扬编：《莫言研究资料》，天津人民出版社 2005 年版，第 427 页。

现代文学的审美性已被忽视太久。单一创作原则规划下的单一主题、思路和创作手法使文学语言逐渐变得干枯、苍白以致空洞，失去想象力的文字威胁到文学自身。在 1984 年以前，即使伤痕文学、反思文学亦在对政治理念的质问中不自觉地形诸概念化的书写模式，未能在形式美学上为时人开辟局面。"在此之前，我一直还按照我们小说教程上的方法来写小说，这样的写作真是苦行，我感到自己找不到要写的东西。"① 莫言的焦躁也是当时中国文学迷惘的体现，审美形式之于文学的重要性疏离于文坛的主流共识，缺乏形式创新恰是文学停滞的主要原因之一。

福克纳的到来给莫言带来了传统写作之外的另一种可能："最初使我震惊的是那些颠倒的时空秩序，交叉生命世界极度渲染夸张的艺术手法，但经过认真思索之后，才发现艺术的东西，总是表层。"② 颠倒时序、交叉渲染这些现代主义整合文本审美性的形式实验，其对权威的解构暗合了中国作家解放思想的需要，虽然双方所针对的对象毫不相干。但在解构之后，文本的审美重要性被这些奇异诡幻的手法推到了前台，莫言从中体会到形式创新对于文本的深远意义并获得了鲜活的语言范例，这帮助他以颖异的语言创新形成了自己的风格。不过，据此领悟到艺术需要通过形象性而非高深的理论来表现自身的审美特质，却是莫言比一般作家更进一步之处。今天看来，这是中国作家从福克纳那里学到的最有价值的东西。文学在这样的学习与借鉴中渐从政治理念的反思转至美学层面的革新，审美在前卫的语言中悄然归来。

"将近二十年过去了，我对《红高粱》里仍然比较满意的地方是小说的叙述视角。"③ 令莫言满意的多角度叙事很可能受到过《喧哗与骚动》的启发。

《喧哗与骚动》的叙述视角有两个核心精神：一是多声部的格局

---

① 莫言：《福克纳大叔，你好吗?》，载《小说的气味》，春风文艺出版社 2003 年版，第 5 页。

② 莫言：《两座灼热的高炉》，《世界文学》1986 年第 3 期，第 58 页。

③ 杨扬编：《莫言研究资料》，天津人民出版社 2005 年版，第 45 页。

所形成的对话气氛；二是故事在多个声部描述下的不确定性，故事的情节其实是读者作为第五个人根据前四人的只言片语还原出来的，作者无须为猜测负责。在《红高粱》的叙述视角中可以见到同样的对话性和不确定性。

小说中著名的"我爷爷""我奶奶"和"父亲"属于第三人称有限视角，但在他们之外，潜藏而又无所不知的"我"不仅知道爷爷与父亲伏击鬼子是一九三九年古历八月初九，知道父亲当时闻到了墨水河的腥味，甚至还知道爷爷奶奶野合时内心的狂喜。爷爷、奶奶的心思表面上经过了"我"的转述，其实都是直接表达出来的。作为全知者，"我"却没在故事中出现，这模糊了"我"与其他人的关系，于是被论者称为"复合视角"。但对比《喧哗与骚动》，我们可以发现两者间还是保有共同之处。《喧哗与骚动》的前三个叙述者班吉、昆丁、杰生都是独白者，迪尔西则可算是一个全知者。《红高粱》中爷爷、奶奶、父亲其实也都是独白者，"我"则是第四个声部，是那个全知者。两部小说在视角设置的层次上是一样的，都以一个全知者辐射三个独白者。所不同的是，迪尔西在叙述中是在场者，"我"是离场者。"我"的离场看似将《红高粱》的叙述视角与《喧哗与骚动》拉开了距离，但这样的处理乃是语言的不同使然。《喧哗与骚动》的意识流独白需要独立的声部恣意流淌，声部间的关系靠第四声部的讲述来勾连。《红高粱》不使用意识流，作为转述者的"我"以离场来弱化视角的主体性，单纯的传声筒所传送的话语最接近"爷爷""奶奶"内心的原生态。这样，"我"的讲述既可以与迪尔西的话语一样勾连起其他人物的关系，又达到了类似《喧哗与骚动》中独立声部的效果，将"所有的内心世界都可以很直接地表达出来"。

弱化的"我"与其他声部形成了与《喧哗与骚动》中极为不同的对话关系。作为众声喧哗的语录，《喧哗与骚动》中视角间的对话是平行的，没有情节联系。《红高粱》中"爷爷""奶奶""父亲"之间不是对话关系，他们由情节纠葛为一个整体。述说着他们的"我"，估量着自己与祖辈的差距，与之形成二元对话。相比之下，

《红高粱》的视角间只有局部性对话，总体上看是情节规划着声部。《喧哗与骚动》中声部间的互文模糊地提供只言片语，供人猜想故事的大概，全局性的对话规划着小说的情节。在这一点上，莫言接近传统，他赋予情节浓重的传奇色彩和整合故事的重任，使人相信这与中国传统叙事作品的一脉相承；福克纳则更具现代主义气质，他对视角的安排延续了淡化情节的技法创新，这种小说形式的创新从亨利·詹姆斯开始至乔伊斯臻于鼎盛。

在《喧哗与骚动》中，四个没有情节关联的独立声部宣示了这场对话的平等性质，即使全知者迪尔西也没有覆盖其他声部的特权。这些真正的"独白"，不曾和谐彼此构成意义，唯一的共同指向是在梦呓中弥漫的对失去的伤感和对现实的不知所措。相反，《红高粱》中紧握话语统治权的祖辈不断获得"我"的敬佩与自惭。"我"在对祖辈业绩的考证中不断自愧为"可怜的爬虫"而终于自我失语。视角间的对话在福克纳那里是被南方现代化过程异化和挤压的分裂灵魂的自我讲述。在一定意义上，这种自怜的讲述是病态的，透露了西方现代文化和美国南方社会阴暗的一面。在莫言笔下，厚古薄今的坚定态度取代了平等到互相孤立的梦呓，让人看到这对话中对民族根性的自觉认同。一个转型的社会时代，它的文学更需要向前的技术革新而非异国他乡的怀旧伤感。

由此观之，《红高粱》视角间的对话虽然在技术上受到福克纳的影响，但其心理承载和社会内涵是完全不一样的。莫言一再焦虑的"种的退化"被不断强调，"我"不惜使用"最美丽，最丑陋，最超脱，最世俗，最圣洁，最龌龊，最英雄好汉最王八蛋，最能喝酒最能爱"这样极端的铺陈排比来渲染祖辈蓬勃狂放的生命冲动和事迹。在"我"看来，祖辈的生命力早已在后辈身上退化成"不灭的人性畸曲生长"，在苟且自卑中认同受贫困和等级压榨的异化宿命。在这场对话中，"我"只能以"爬虫"的角色惊叹祖辈的力与美，但在仿佛连语言都不足以表达这种惊叹的一连十个"最"中，我们又分明感觉到"我"对"种的退化"的不甘，对曾经的强悍生命近乎偏执的呼唤。这焦虑是个人的也是群体的，既指涉作家个人经受环境长期压抑后的自我关切，也关注整个民族在多年动荡之后的损耗和危机，更是对被不可抗拒的社会、经济、道德因素压抑的个体生命的忧虑，其背后含有比《喧哗与骚动》更多的社会内涵。在一定意义上，这是鲁迅"一代不如一代"箴言的回响，是对五四"改造国民劣根性"的启蒙思想的重申。

对社会历史层面的焦虑促使莫言在创作层面上迫切地寻求形式上的突变以摆脱沉重的危机感，因此这种断裂式的形式创新不但具有美学意义，而且具有相当的社会历史期待，这与福克纳偏重美学意义上的形式实验有很大不同。基于这种焦虑，莫言在借助叙述视角增加文本的不确定性上比《喧哗与骚动》走得更远。

《喧哗与骚动》割裂的叙述主体破坏了情节的稳定，但每个叙述者对各自的声部还是有确定权威的，由此看出不信任情节的福克纳并不否定生命个体的情感与思维的真实性。考虑到情节自亚里士多德时代就被视为是对必然事物或者说历史的某种浓缩态的模仿，那么福克纳的视角安排最深层的动机是他对历史的某种回避。莫言在《红高粱》中也追求叙述的不确定效果，但他干脆将视角虚无化。小说开头宣叙"父亲""爷爷""奶奶"的种种言语感受，仿佛以他们为视角讲述故事，但又有一个无所不知的叙述眼光不停扫视着说话的诸人。这个眼光按说应该源自"我"了，但小说又很快否定："有人说这个放羊的男孩就是我，我不知道是不是我。"这样"我"也被排除在叙述的眼光之外，成为被扫视的对象，叙述的主体变得非常模糊，既像是"我"也像是"我爷爷""我奶奶"，但又都不是。这个比《喧哗与骚动》中更加虚无的视角，提供了自由穿梭于历史与现实、传说与掌故的叙述空间，使莫言随意深入各色人等的内心深处。他拆解情节但又试图言说情节，从这艺术的前卫表层往下推求，则莫言所拆解的不是历史而是对历史的特定言说。对于历史，福克纳在《喧哗与骚动》中的态度是将其排斥于文学之外；莫言则拒绝特定被言说的历史并主动在文学中书写他所渴望的历史。这里的差别，已然不仅是文艺观念的差异，更源自作家所处的不同社会历史环境和文化传统。文以载道是中国文学的题中之议，优秀的中国作家常是历史感很强的作家。

　　病态视角的运用是《喧哗与骚动》对莫言的又一处启发。小说中除了迪尔西，其他几个人都是精神上有缺损的叙述者，思维都带有偏颇或缺陷，莫言肯定读过的班吉更是一个白痴。福克纳的本意在于借病态视角表现人物内心的真实，但莫言则将其发展为一种解构的手段。萌芽于《红高粱》而在后来的作品中大量出现的儿童视角，甚至狗眼、驴眼、猪眼看世界的眼光将现实世界描述得荒诞不经。"这种荒诞感并非要将一些严峻的现实问题引向娱乐化的层面，而只是虚化了部分现实，调整了我们与现实生活之间的某种关系，使现实有了一定的'陌生化'的效果，从而让我们摆脱了理解现实的惯常思维方式。在这个意义上，莫言的这种叙述不仅是一个前卫性的技术手段，它本身也传达着某种态度。"[1] 解构的需要使莫言将叙述视角推向彻底的虚无，直至连自己的声音也不放过："莫言从小就喜欢妖言惑众，他写到小说里的那些话，更是真真假假，不可不信又不可全信"；"都是胡言乱语，可信度很低"[2]。彻底地自嘲、戏谑以求狂欢化的效果在福克纳的叙述中是看不到的，这种多少妨碍了艺术性的纯粹态度表达，是否是作家过于重视文学以外要素的结果呢？

　　"如果《红高粱》没有这种独特的人称叙述视角的话，写出来就会是一部四平八稳、毫无新意的小说。"[3] 破旧立新，既是一个饱经磨难的青年人改变人生境遇的途径，也带有同传统战争文学比高的争鸣企图，更有一丝挑战权威的意味。现实的需要，促使莫言在对福克纳的接受过程中倾向于吸收其艺术技法中破坏性的一面，在语言风格、叙述视角等方面皆是如此。当莫言选择将多角度叙事中潜藏的解构意味推向颠覆的极致，而牺牲美学的考量，他后来作品中叙事角度给人乖张错乱的空虚感也就不足为奇了。对文学来说此种情况多少是遗憾，但是负重致远，也是中国文学百年来的使命，中国作家理应面

---

　　① 周立民：《叙述就是一切：谈莫言长篇小说中的叙述策略》，《当代作家评论》2006年第6期，第80页。

　　② 同上书，第79页。

　　③ 莫言、王尧：《莫言王尧对话录》，苏州大学出版社2003年版，第155页。

对命运的召唤。当莫言在《天堂蒜薹之歌》中不顾多角度叙事的艺术需要直接跳出来大谈民生疾苦的时候，同样为了现实的目的，却显出为民请命的悲怆。即便视角这样的文学要素也显得严肃而沉重，这对福克纳而言是无法想象的。

"结构与叙述视角有关，人称的变化就是视角的变化，而崭新的人称叙事视角实际上制造出一个新的叙述天地。"① 在视角安排中已见端倪的颠覆取向将《红高粱》的文本引入了狂欢化的结构，使之迥然不同于《喧哗与骚动》。

在写作《喧哗与骚动》的时刻，福克纳对社会历史内容并没有太多主动性的兴趣。福克纳虽然实验了前卫的视角，但狂欢化结构肯定不是他的选择。"《喧哗与骚动》是深思熟虑且技巧成熟的产物：他表现南方，但植根于现代心理学及小说技巧的试验。福克纳对其他作家的革新试验了如指掌：陀思妥耶夫斯基、詹姆斯、康拉德，最重要的是乔伊斯。"② 在视角安排上，确可见出陀思妥耶夫斯基的些许影子，但将视角形成结构时，福克纳更接近亨利·詹姆斯、乔伊斯这一系的唯艺术论者，结构的整体性是这类作家的共同追求。《喧哗与骚动》借由"对位"手法保持了高度有序和统一的整体结构，它更接近现代派诗歌布局而非狂欢化结构。稍微对照一下 T. S. 艾略特在《荒原》中始于个人抒情终于概括时代的结构安排，便不难看出现代主义大家维持作品有机整体性的共识。

当然，诗化的结构仍然间接地透露社会历史信息。理查德·皮尔斯指出，福克纳不动声色地选择叙述者并给予他们不同的可信度，但作为焦点的女性凯蒂却没有自我陈述的机会，而只是被动地被赋予身份。这样的结构透露出南方社会对妇女的贞操观念和歧视。③ 米尔盖特也认为班吉的视角是高度个人化的主观视角，但在宏观上却在其他

---

① 杨扬编：《莫言研究资料》，天津人民出版社 2005 年版，第 101 页。

② Michael Millgate, *The achievement of Faulkner*, Athens and London：The University of Georgia Press, 1989, p. 291.

③ Richard Pearce, *The politics of Narration：James Joyce, William Faulkner, and Virginia Woolf*, New Brunswick and London：Rutgers University Press, 1991, p. 80.

视角的互文下，成为任人解释的声部，反倒最为客观，而这种客观性却巧妙地向读者提示着这个家族衰败的社会历史内容。

创作早期的福克纳喜欢将孤独的个人从社会历史中提纯出来，表现他们内心的异化，一般不会把社会历史内容直接加载于作品，整体性的结构则整合了这些不知所云的呓语所传递的社会历史信息，这种信息需要较高的艺术修养才能解读出来。对于莫言来说，这种结构中所蕴含的唯艺术追求与社会历史的紧张关系是多余的隔靴搔痒，他需要的是直接的态度表达。

按巴赫金的设想，对话性是复调的本质，以此为基础，对话赋予小说多层次的空间，使得平等性、颠覆性乃至宣泄性交合于这样的空间，文体由此具备了狂欢化的美学特征。这个理论实则谈到两个层次的问题，其中复调更多指涉视角层面，而狂欢化是在结构层面上比复调更为杂语的开放性文体。因而包括《喧哗与骚动》在内的很多具有复调色彩的现代作品，却并不以狂欢化为结构要旨，但《红高粱》则显然具有狂欢的结构。

莫言借助时空的颠倒以插叙、倒叙、回环拼接的手段将故事的时间顺序打乱，从中间部分开始叙述，将十多个事件穿插在多层次的空间。爷爷、奶奶、冷支队长、江小脚、花脖子、五乱子，这些来自民间、官府、革命者、土匪、帮会的各色人物以五花八门的行为逻辑演出了历史的混乱与复杂的原貌。在这样的结构中，语体的杂糅不可避免。古典、现代、欧化、民间的语言混杂着粗话、俚语、俗语、民谣、顺口溜，将巴赫金所设想的"杂语体"表现得淋漓尽致。多维的叙述层次和语体在更高的层面上又形成相互间风格迥异的结构板块，比如"墨水河伏击"中以自由联想和色彩印染著称的现代主义华章就与"曹县长查案"中滑稽的民间评书并熔一炉，这打破了小说中统一的现实空间，将反讽与狂欢植入开放性的结构，并明显区别于结构上紧致收缩的《喧哗与骚动》。

狂欢化结构包含着功利性的目的。莫言说得很明白："对社会黑暗和丑恶的现象，如果不用这种方式来处理的话，我也就没有办法……这种写法实际上是戴着镣铐的舞蹈，反而逼出了一种很好的结构方式，结构也是一种政治。"① 评论界对此也早有备述："当然，还不能说莫言的小说中完全没有占统治地位的声音，事实上在他的小说里存在着一种非常紧张的关系，那就是对僵化声音的颠覆和对抗，这是作家的现实处境所致。"②《红高粱》的结构携载了文学外的社会功利目的，已是公论，但在结构对权威极尽反讽与戏谑，将把握历史本质这样一个传统的文学命题抛在一边，努力提供多元化的情景来模糊历史面目的意图实现之后，《红高粱》是否还具有类似福克纳的文本结构中那些建构性的因素呢？实际上是有的，那就是性爱描写和暴力美学。莫言曾经认为在整个十七年文学中，只有作家们不经意间流露于作品的情爱意识才是僵化创作中艺术生气的点点存留。所以在《红高粱》中性爱描写具有对抗现实生存丑态以及维护艺术独立性的作用，莫言实际上将炙烈的性爱作为一种独立的生存意志以获得打破伦理、秩序乃至意识形态的力量。在这种纯粹的力度中，幻藏着作者建构理想生存状态的期许。暴力在莫言的叙述中超越了伦理规范、善恶是非，是生命对束缚最为暴烈的破除，他用高度形式化的审美方式将暴力表现为生存权利的扩张。贯穿于《红高粱》错乱叙事空间的这两大因素，是文本在颠覆之外的建设性力量。"性和暴力在中国农村是一种司空见惯的自然行为，而所谓的'土匪'文化实际上又是农民文化的一种变相延伸。"③ 民间的人本文化环境是性和暴力的共同指向，这个环境的精髓固然在于它最接近土地和生活，具有原生态的鲜活，但由于缺乏管束的多元发生性所带来的不可预见的活力才是它被忽略的最大优势。因此，自觉地将社会历史内容加载于作品，在否定权威之后，乞灵于民间的创造精神，返回到最基本的人类情态以期获得重建的支点，这是《红高粱》文本结构的内在精神。在这个层面上，莫言是站在一个中国农民的立场保持着自己的性格和创造性

---

① 周立民：《叙述就是一切：谈莫言长篇小说中的叙述策略》，《当代作家评论》2006年第6期，第82页。

② 同上。

③ 宋剑华、张冀：《革命英雄传奇神话的历史终结——论莫言〈红高粱家族〉的文学史意义》，《湖南大学学报》（社会科学版）2006年第5期，第94页。

的，与福克纳的现代主义思维方式完全不同。这种思维方式的差异植
根于两位作家所生长的不同环境，再往下考究则在于他们所生存的社
会具有不同的组织结构和历史任务，而这已不是文学范畴的论题了。

第二节　福克纳的心理描写与余华的先锋形式

中国当代作家中在语言形式上最能汲取福克纳之精华者当为莫
言。如福克纳般执着书写内心世界者，则尤以余华为甚。不能说余华
对内心的执着得自福克纳的影响，余华的笔下丝毫没有福克纳抒情的
诗意。暴力、血腥、死亡的轮回，这些是贯穿余华写作的主题。但这
两位作家都力图解决自我与现实之间的矛盾冲突，都力图将内心的冲
突表达为某种永恒的形式。

余华又确乎受到福克纳的影响："影响过我的作家其实很多，比
如川端康成和卡夫卡，比如……又比如……有的作家我意识到了，还
有更多的作家我可能以后会逐渐意识到，或者永远都不会意识到。可
是成为我师傅的，我想只有威廉·福克纳。我的理由是做师傅的不
能只是纸上谈兵，应该手把手传徒弟一招。威廉·福克纳就传给我
了一招绝活，让我知道了如何去对付心理描写。"[1]

余华不是一个以意识流见长的作家，他的文本中几乎找不到意识
流的痕迹。他的心理描写是这样的："我回想起了那个细雨飘扬的夜
晚，当时我已经睡了，我是那么的巧，就像玩具似的被放在床上。屋
檐滴水所显示的，是寂静的存在，我逐渐入睡，是对雨中水滴的逐渐
遗忘。应该是在这时候，在我安全而又平静地进入睡眠时，仿佛呈现
了一条幽静的道路，树木和草丛依次闪开。一个女人哭泣般的呼喊声
从远处传来，嘶哑的声音在当初寂静无比的黑夜里突然响起，使我此
刻回想中的童年颤抖不已。"[2] 看似平淡而顺滑的描写中仍存有两处
现代的表述方式。一是叙事眼光从视角中的抽离，叙述的自我以异常

---

① 余华：《奥克斯福的威廉·福克纳》，《上海文学》2005 年第 5 期，第 84 页。

② 余华：《在细雨中呼喊》，载《余华作品集（三）》，中国社会科学出版社 1994 年
版，第 4 页。

冷漠的眼光扫视当时自我入梦前后的意识变动，仿佛观看与自己不相干的可怜动物的战栗。二是"水滴乃寂静的存在，入睡乃对水滴的遗忘"。其中既有对存在这种现代主义命题的淡淡玄想，又将一丝对仗的诗意化入乡村少年清冷的噩梦。

> 因为只有风和雨单为没有入睡的朱厄尔和我勾勒出它们的轮廓。而且因为睡眠是"不存在"，而雨和风则是曾经是的事，因此木材也是不存在的。然而大车是存在的，因为一旦大车成了过去的事，艾迪·本德仑就会不存在了。既然朱厄尔存在，那么艾迪·本德仑也准是存在的。这么看来我也准是存在的，否则我也无法在一间陌生的房间里排空了自己准备入睡了。因为如果我还没有排空自己，那我就是存在的。
>
> 有多少次我在雨中躺在陌生的屋顶之下，想念着家呢。（《我弥留之际》，第 59 页）

同是乡村少年的达尔在雨夜也冥想着关于存在于自我的关系。虽然福克纳的笔触显然更着力于自由联想的拓展，但在似梦非醒之间由雨滴引发的对存在的思考，在舒缓的叙述节奏中融入的既是作家也是主人公淡淡哀愁的诗意，则提示着这两段文字的相似性。在写作《在细雨中呼喊》之前，余华肯定已经读过《我弥留之际》，但除非作家坦承，我们仍无法认定这段文字是对福克纳的直接模仿。这影响来自更为宽泛的渗透与滋润，早已化作无形，但又确定地表现出相似性。如福克纳所说：

> 我认为每个作家都被他在所有可能的地方读过的每个词所影响。电话号码簿、广告、报纸、书籍，他不能确定地说："这个比其他更多地影响了我。"他自己也不知道，但是，他所读过的任何东西都影响了他。我说不出谁或者什么影响了我，我只能说出那些我喜欢的，敬佩的，在我的生涯中希望可以比肩甚至超越的作品。我希望写出的作品不会让读者羞于阅读，但作为作家我

认为所有你读过的东西都影响着你。①

在此之前我最害怕的就是心理描写。我觉得当一个人物的内心风平浪静时，是可以进行心理描写的，可是当他的内心兵荒马乱时，心理描写难啊，难于上青天。问题是内心平静时总是不需要去描写，需要描写的总是那些动荡不安的心理，狂喜、狂怒、狂悲、狂暴、狂热、狂呼、狂妄，狂惊、狂吓、狂怕，还有其他所有的狂某某，不管写上多少字都没用，即便有本事将所有的细微情感都罗列出来，也没本事表达它们间的瞬息万变。这时候我读到了师傅的一个短篇小说《沃许》，当一个穷白人将一个富白人杀了以后，杀人者百感交集于一刻之时，我发现了师傅是如何对付心理描写的，他的叙述很简单，就是让人物的心脏停止跳动，让他的眼睛睁开。一系列麻木的视觉描写，将一个杀人者在杀人后的复杂心理烘托得淋漓尽致。从此以后我再也不害怕心理描写了，我知道真正的心理描写其实就是没有心理。②

短篇小说《沃许》是《押沙龙，押沙龙！》的雏形，萨德本为得到继承人而诱惑了穷白人沃许十五岁的外孙女米丽。当她生下一女后，失望的萨德本竟声称："真可惜，你不是匹母马。不然的话，我就能分给你间挺像样的马棚了。"③ 备受侮辱的沃许用镰刀杀死了他心目中曾经的英雄。其实原文并没有太多"麻木的视觉描写"，福克纳向来不会直接描写凶杀或者色情的场面，萨德本的死被略过了：

　　当沃许爬起身来再往前走的时候．他的手里握着那把大镰

① James B. Meriwether and Michael Millgate, eds., *Lion in the garden*: *Interviews with William Faulkner* 1926—1962, Lincoln and London: University of Nebraska Press, 1980, p. 176.

② 余华：《奥克斯福的威廉·福克纳》，《上海文学》2005 年第 5 期，第 84 页。

③ ［美］威廉·福克纳：《沃许》，范与中译，载陶洁主编：《福克纳短篇小说选》，译林出版社 2001 年版，第 299 页。以下引文同此版本，只在引文后标注页码。

刀，那是他三个月以前跟萨德本借的，萨德本再也用不着它了。

　　他再进屋的时候，外孙女在草垫上动了一下，恼怒地叫了声他的名字。"什么事呀？"她问。（第 308 页）

沃许杀人后的复杂心理也不是被烘托出来的，福克纳表达得非常细腻而周详：

> 　　现在，他好像意识到、感觉到那些男人了，他们该正带着马和枪还有狗在集合——那些古怪的、报复成性的人：跟萨德本一类的人，在沃许还不能越过葡萄棚，到离房子更近的地方的那个时候，聚在塞德潘饭桌旁的也就是这帮人——那些给年轻点的做出了怎样打仗的榜样的人们，他们或许也从将军们那里得到了签过字的纸片，说他们是第一流的英雄好汉；他们从前骑着骏马，傲慢而神气地跑过美好的种植园——是引起赞慕和希望的象征；也是造成悲恸和绝望的工具。
>
> 　　他们会以为他要逃跑，躲开他们这样的人。他都觉得逃去的地方也并不比他要逃开的更好。如果他跑，那不过只是从一群显得挺大的邪恶阴影跑向跟这一模一样的另外一群，因为他知道，普天之下，这种人都是一样的，而他也已经老了，太老了，就算要逃，也逃不远了。不论他怎么跑，跑上多远，也绝对躲不开他们：一个快六十岁的人跑不了那么远。（第 310 页）

沃许终于看出了萨德本这类人在勇敢、神气这些令人敬佩表象之下残暴的一面，对逃跑的否定既是出于现实可能性的考虑也是对最后尊严的维护。可福克纳并没有就此停笔，他还让沃许继续思考，保持着几页心理描写的高度紧张：

> 　　可是他心理已经又在不由自主地接着往下想了："您知道我绝对没有。您知道我从来就没指望过、从来就没请求过任何一个活着的人，除开您，您也清楚我指望您的是什么。我从来就没请

求过。我觉得用不着。我说过，我用不着。怎么会用得着像沃
许·琼斯这么个人去质问、去怀疑一个连李将军都在一张手写的
纸片上说是勇敢的人呢？勇敢，"他想，"要是他们一个都没有在
一八六五年骑着马回家来就好了。"他想，最好是他那种人和自
己这种人都从来没有出气进气地在这个世界上活过。最好是自己
一类还活着的人都叫一阵大风从地面上刮走，总比让另外一个沃
许·琼斯亲眼看着他的整个生命从自己身上硬撕下来，像扔到火
上的干玉米皮一样卷巴卷巴地烧掉的好。（第311页）

　　沃许知道来抓他的人会认为自己想借外孙女怀孕套住萨德本，
他的意识在不断为尊严辩白。不断重复的"绝对没有"，是这个穷
白人仅有自尊的呢喃。即使在被自己杀死之后，他仍然敬重勇敢的
萨德本。"连李将军都说是勇敢"是一个神话，沃许也是这神话的
一部分，是被这神话踩在脚下的奴隶。但此时这神话般的勇敢已经
陷入反讽的深渊，因为不仅沃许，读者们也已经看出，这种不考虑
他人尊严的勇敢是自私虚伪的——这是南方旧秩序崩溃的道德根
源。"最好他那种人和自己这种人都从来没有出气进气地在这个世
界上活过"，这是沃许的人生希望全部破灭后的慨叹。福克纳在短
篇小说中少有地使用了意识流以表现崩溃者的心理。这心理是绝望
的，但绝不麻木，而且也不是被烘托而是在紧张的节奏中反复地被
渲染出来的。"真正的心理描写其实就是没有心理"，这似乎并非
《沃许》的特点。

　　在另一篇文章《内心之死》中，余华将《沃许》与陀思妥耶夫
斯基、司汤达放在一起讨论。"有一点他们是相同的，那就是当书中
的人物被推向某些疯狂和近似于疯狂的境地时，他们都会立刻放弃心
理描写的尝试。福克纳让沃许坐到了窗前，给予了沃许麻木和不知所
措之后的平静；而陀思妥耶夫斯基则让拉斯柯尔尼科夫继续疯狂下
去，当高利贷老太婆'两眼突出，仿佛要跳出来似的'以后，陀思
妥耶夫斯基给了拉斯柯尔尼科夫分散在两个章节里的近二十页篇幅，
来展示这个杀人犯所有的行为，一连串的热锅上的蚂蚁似的动作，而

不是心理描写。"① 在这篇文章的后半部分，余华用紧张而自我折磨的文字详细讲述陀思妥耶夫斯基如何借助拉斯科尔尼科夫神经质的动作行为一步步将他杀人后的可怕心理穿插在数百页的小说中，保持整个作品的高度紧张基调和形式上的紧凑。余华此处的文字不由自主地沾上了陀思妥耶夫斯基的风格，仿佛陀思妥耶夫斯基写作时他一直紧张地在场，此刻必须将作者连同他笔下人物自我强迫的极度敏感再现出来才能化解这份紧张。

不难看出，陀思妥耶夫斯基的心理描写似乎更深刻地影响了余华。在一次讲演中，余华谈到阅读世界名著的顺序："我一直以为进入外国经典文学最好是先从大仲马开始，因为阅读的耐心是需要日积月累的，你不能一上来就读陀思妥耶夫斯基，那很多年轻人可能受不了。因为大仲马太吸引人了，所以应该从他开始。然后我想第二个应该是狄更斯了，最后再慢慢的是像司汤达、陀思妥耶夫斯基，然后当然就进入了比森林还茂盛、宽广的文学世界了，这时候读者有耐心应付形形色色的阅读了。"② 这样看来，对《沃许》的理解，可能是余华在接受了陀思妥耶夫斯基、司汤达等 19 世纪优秀作家的心理描写手法之后，对福克纳有选择的接受。

短篇小说不能代表福克纳的最高成就。为了发表的方便，福克纳在短篇小说中，其实很少直接写到心理。即使在最优秀的短篇《送给艾米丽的一朵玫瑰花》和《熊》中，福克纳也没有施展他在《喧哗与骚动》和《押沙龙，押沙龙！》中细致多变的心理描写才能。"人物被推向某些疯狂和近似于疯狂的境地时，他们都会立刻放弃心理描写的尝试。"这不是福克纳的习惯，人物越疯狂越亢奋，他越喜欢大肆渲染。福克纳真正的心理描写是意识流，是将大量的意识的折光反复穿插拆排，不厌其烦地渲染与咏叹，形成"如大西洋般无边无垠"的长句，并且将不断累积的感染力赋予这浩瀚的句子形式。虽不能说福克纳就是一个意识流作家，但是福克纳出色的心理描写常用意识流

---

① 余华：《内心之死：关于心理描写（二）》，《读书》1998 年第 12 期，第 24 页。

② 余华：《华语文学与世界文学：从大仲马说起》，《西部》2007 年第 11 期，第 26 页。

来完成，这是无疑的。余华此处对福克纳的体悟并不全面。

　　应该说福克纳对余华的影响是宽泛地体现在余华的写作之中的，而不仅是心理描写。就像前面谈到的两人对雨夜少年思绪的书写，那现代主义的叙事眼光和不易察觉的工整诗意很难说不是福克纳影响下的杰作。其实大作家的借鉴往往都是无形的，"卡夫卡给我带来的那种感觉，好像是'小偷'变成了'大盗'。以前，我觉得自己还仅仅是个'小偷'，所有的技术只能满足于'小偷小摸'，充其量，也就是能做到不留痕迹。但是，读了卡夫卡之后，才明白人家才是一个无所畏惧的'江洋大盗'，什么都能写，没有任何拘束。所以，从那以后，我找到了那种无所羁绊的叙事和天马行空的想象，找到了那种'大盗'的精彩感觉"①。这就是福克纳所谓"优秀的作家可以毫不犹豫地偷窃自己的母亲"。在这个意义上，余华对福克纳的理解无所谓准确与否，根据自己的需要去摘取其他作家的长处对一个优秀作家而言已经足够了。

　　应该在另一个层面看待两人的文本。"我在八十年代写的那些作品，其中一个优点就是，它们让我完全掌握了我所需要的一种叙述，就是我写什么都行。"② 1986 年到 1992 年是余华的先锋时期，这个时期余华通过对外国文学的借鉴完成了对叙述形式的学习。从川端康成那切合新时期"人的复归"需求的细部刻画笔法，到福克纳的心理描写范式，再到卡夫卡褪去细节真实、夸张而变形的"现实寓言"文体，国外优秀作家的写作经验帮助余华在文本的各个层面上获得了新的形式模型。

　　在《虚伪的作品》中，余华进一步总结了形式革新与想象力的关系。"我个人认为二十世纪文学的成就主要在于文学的想象力重新获得自由。十九世纪文学经过了辉煌的长途跋涉之后，却把文学的想象力送上了医院的病床。""当我发现以往那种就事论事的写作态度只能导致表面的真实以后，我就必须去寻找新的表达方式。寻找的结果

---

① 余华、洪治纲：《远行的心灵》，《花城》2004 年第 5 期，第 30 页。

② 同上。

使我不再忠诚所描绘事物的形态，我开始使用一种虚伪的形式。这种形式背离了现状世界提供给我的秩序和逻辑，然而却使我自由地接近了真实。"①

选择一种背离现象世界逻辑秩序的变异形式，将深刻的真实性表达为富于想象力的感悟，这是余华先锋时期叙述形式的基质。以内敛而优美的纯净语言描绘简单、抽象甚至带有类型化特点的人物与世界，则是这形式的具体表征。这种叙述形式对于传统现实主义的叛逆意义是不言自明的，简单、抽象、类型化则是其非常重要的特点。这特点不仅仅是余华所声称的从卡夫卡身上发现的形式特征，而且是整个现代主义文学的重要叙事风格。乔伊斯的都柏林、艾略特的荒原，福克纳的约克纳帕塔法，或多或少都有这个特点，诺斯普斯·弗莱在《批评的剖析》中称之为反讽文学的文类特征。"如果某人比我们自己在能力和智力上低劣，从而使我们对其受奴役、遭挫折或荒唐可笑的境况有一种轻蔑的感觉，这样的主人公便属于'反讽的'模式。""反讽本来起源于低模仿：它始于现实主义和不动感情的观察。但从这点出发，它在照直地走向神话而且其中已经隐约地重新显出牺牲仪式和将死的神的轮廓。在反讽中神话的重现，这在卡夫卡和乔伊斯那里表现得特别明显。"② 现代主义作家笔下那些比读者低劣、荒唐可笑的反讽人物通常简单而抽象，没有现实主义写法中精细到发梢的音容笑貌，但这些甚至可以说是类型符号的人物却又常常为他们自身的现代性付出代价甚至牺牲，以获取《金枝》意义上的带有神话色彩的某种重生希望。在福克纳的作品中，昆丁、艾萨克、达尔、乔·克里斯默斯的外貌都不明晰，性格也不复杂，但他们都具有耶稣式的自我牺牲的神话色彩。余华的先锋作品也是如此。《十八岁出门远行》中的"我"单纯朴素，保护别人的苹果，却遭到哄抢苹果的村民甚至失主本人的殴打，成为"人性之恶"的牺牲品。《河边的错误》中

---

① 余华：《虚伪的作品》，载《余华作品集（二）》，中国社会科学出版社 1994 年版，第 278 页。

② ［加］诺斯普斯·弗莱：《批评的剖析》，陈慧等译，百花文艺出版社 1998 年版，第 5、19 页。

的刑警队长马哲，耗时两年弄清了由疯子制造的并不复杂的谋杀案，他枪杀疯子后必须被诊断为精神失常才能免责。他不愿当精神病，非常正确地回答医生的问题。可他回答得越正确就越被力图保护他的同事们诊断为疯子，终于成为荒唐现实的祭品。《四月三日事件》中的迫害狂患者，总在幻觉中觉得受到周围人的谋害，终于离家出逃，为与现实的严酷关系付出沉重代价。这些或单纯，或平庸，或狂躁，或暴戾的人物类型和他们的抽象化故事，将余华的叙事与包括福克纳在内的现代主义叙事归于一类。这种类型化的叙事将现实主义叙事中丰富的细节真实统统褪去，叙事本身被锐化成为一个高度特型化、风格化的模型，形式本身的表意作用被极大强化。福克纳就认为促成自己多产文学生涯的不是内容，而是风格，是他小说中多样的形式。余华对现代主义叙事形式特点的把握是非常准确的，由此他从文学叙述上打开了变革的缺口。这变革在当时，"不是纯粹的艺术操作的革命，它本身携带着一个更大的目的，那就是用这些文化思想来解读中国社会，指认现实的荒诞与人生的荒诞，其社会变革的思想表现为潜指性和复杂性。"① 高度风格化的叙事模型使得余华在叙事艺术上比当代其他作家更接近福克纳等现代主义大师，比照的意义也就在这里。

福克纳的叙事模型比余华的要丰厚得多。正如霍恩豪森指出，神秘主义色彩、瞬间顿悟、轮廓效应、时序介入、行为主义的形象，声音混响，复杂的句式，深涩的用词，这些是福克纳叙事中最具天才的成分。这些成分的来源是大量来自诗歌和绘画的高度风格化的程式。在前文中我们已经讨论了这些程式如何在文本的各个结构层面使福克纳的叙事形式获得了艺术生命力，以及它们与传统之间的继承关系。这种继承关系，以结构主义的观点来看，"在一定程度上就是一种特殊的艺术形式和文学史范式"②。

这里有必要再提到弗莱的理论。弗莱的原型批评理论将虚构的文学作品依悲、喜剧划分为神话模式、浪漫故事、高模仿、低模仿、反

---

① 　王敏达：《余华论》，上海人民出版社 2006 年版，第 227 页。

② 　Lothar Hönnighausen，*William Faulkner：the Art of Stylization in his early Graphic and literary work*，New York：Cambridge University Press，1987，p. I.

讽五种文类。在这些文类中基于神话的原型不断地发生位移而形成了不同风格的情节套式，并且驱动了文学创作在这五种文类间的反复循环。"可以说我们的这第四个相位是把诗歌看成为文明的技巧之一。因此，它涉及诗歌的社会方面，涉及诗歌作为社会共有的焦点。在这个相位中的象征是可交流的单位，我给它取个名字叫原型（arche-type）：它是一种典型的或重复出现的意象。我用原型指一种象征，它把一首诗和别的诗联系起来从而有助于统一和整合我们的文学经验。而且鉴于原型是可交流的象征，原型批评主要关注作为社会事实和交流模式的文学。通过研究程式和文类，这种批评试图把个别的诗篇纳入作为整体的诗歌体。"①

我们无意全面探讨原型批评理论的晦涩细节，但这个理论有一点值得考虑，就是弗莱令人信服地描述了传统如何在文本的关联域（context）中以程式的形态借助变形、置换和位移将古老的信息传递给后起文学形式，从而在新的文类中既变化又重复。这与福克纳的实际创作过程和文本结构非常吻合。比如，在福克纳的文本中比比皆是的诸如"科林斯像柱""女神像""林中仙女""牧神""烟""镜子""影子"等微观形式模块，或直接搬用自典故，或将传统文学范式加以变形，其中包含着精练的艺术特征。这些形式模块经由象征主义、浪漫主义传统，可以上追中世纪的神秘主义，最后归源于希腊神话和《圣经》象征系统。从这个角度讲，福克纳的叙事形式既是对传统的反讽与叛逆也是对传统的依靠与回归。相比之下，我们可以看到余华的叙述形式最大的不足，那就是单薄。

尽管如评论界所言，余华的叙事模型也具有某种"意蕴由'含在'而非确指带来的不确定性"，具有"本原状态叙写"的特征；我们也不怀疑如余华自己所言，"现在，技术对我来说，已经不是写作上的障碍了"。② 但是一个核心问题在于，余华的叙事模型没有铺设与传统叙事程式沟连的管道。没有如福克纳文本中那些关联着传统甚

---

① ［加］诺斯普斯·弗莱：《批评的剖析》，陈慧等译，百花文艺出版社 1998 年版，第 99 页。

② 严锋、余华：《〈兄弟〉夜话》，《小说界》2006 年第 3 期，第 43 页。

至神话的丰富程式提供次级结构的支撑，所以不论怎么变化与求索，总给人单薄之感。严苛一点说，空荡荡的叙事模型有把作为文类的小说退化到了寓言叙述水平的危险。西方现代主义的艺术革命，不仅仅是对传统的反叛，这已是公论。其过程很有点类似于中国的古文运动，古文运动用汉魏传统去反对六朝传统，以新的文学形式表现中古时代中国人的国家观念和社会情趣。旧有的那些华丽而讲求音韵的文学程式经由改造、变形和移置完成了叙事形式的整体更新。所以在古文运动最优秀的作品中常可见到骈散交错、用典讲究、气韵有致的句式与段落。但在余华的激进叙事形式中，我们很少看到传统被有效地移置后所形成的文本厚度和关联着中国人集体无意识的审美感觉。对比莎士比亚、济慈、史文朋、魏尔伦、马拉美、王尔德、比尔兹利为福克纳提供的丰富形式资源，不免让人慨叹中国当代文学还须在古代与现代的割裂间寻求缝合的线索。

余华在 20 世纪 90 年代的转型，似乎也是因为意识到自己以前写作风格的不足，"变化是基于他本人对自己比较熟练的写作方式的一种不满或慢慢产生的疲惫感"①。"向伟大的十九世纪小说"寻求灵感使得很多评论将余华与"纯净节制的现实主义叙事"相联系，但察看这转折的焦点作品《活着》，则似乎抽象化、寓言化的书写依旧主宰着文本。小说人物依旧比较符号化，主角福贵、他的妻子家珍、女儿凤霞、儿子有庆、女婿二喜、外孙苦根的外貌长相几乎不见于文本。家珍的贤淑、凤霞的孝顺、有庆的懂事、二喜的质朴、苦根的可怜使得这些寓言化的人物颇似约翰·班扬（John Bunyan）在《天路历程》（*The Pilgrim's Progress from This World to That Which Is to Come*，1678）中以老实、虚荣、骄傲、伪善、淫荡、宽容、虔诚命名的那些角色。在追求对生活的本质理解上，《活着》也多少可以看作中国版的《天路历程》，但其中的体悟很不一样。福贵是个抽象的人物，他能活着是为了见证死亡：妻子病死、女儿难产死、女婿工伤死、外孙吃豆子撑死。福贵的生活不停承受着苦难，在与困难的共生共存中他

---

① 余华、潘凯雄：《新年第一天的文学对话》，《作家》1996 年第 2 期，第 26 页。

学会忍受，不再需要反抗与愤慨之类的想法。"他拥有了比别人多很多死去的理由，可是他活着。"① 于是"活着就是活着本身"成为这篇小说所要表达的终极意义："这辈子想起来也是很快就过来了，过得平平常常，我爹指望我光耀祖宗，他算是看错人了，我啊，就是这样的命。年轻时靠着祖上留下的钱风光了一阵子，往后就越过越落魄了，这样反倒好，看看我身边的人，龙二和春生，他们也只是风光了一阵子，到头来命都丢了。做人还是平常点好，争这个争那个，争来争去赔了自己的命。像我这样，说起来是越混越没出息，可寿命长，我认识的人一个挨着一个死去，我还活着。"② 在忍耐退守中聊以自慰乃传统中国的民间意识最集中的表达。福贵们"只要褪尽外在的一切非分之想，固守命定之一端，就可化解困难，让生命在苦难中超然腾升"。③ 余华在此提供的"生活本真"缺乏真正的现代性。鲁迅曾经批评过这种自得的安慰是"僵尸的乐观"，伏尔泰讥诮这是"苦役犯玩弄自己的镣铐"，如果再对比福克纳在南方最敏感的种族问题上所做的真诚探索和思考深度，这看似存在主义的感悟则实在意义有限。

在《活着》中，余华丰富自己叙事形式的途径主要是走向民间和回顾现实主义传统，这个努力的方向是值得肯定的。但客观地讲，成果并不显著。特别是走向民间，本应着力于鲜活形式采集的努力变成了民间主题的嫁接，这主题却连"五四"的传统也放弃了。先锋文学忙于破坏旧形式却无力总结新的时代精神，并提出与之对应的新形式的尴尬在此暴露出来。④

福克纳的叙事艺术所产生的文学史作用至少是加速了南方文艺复兴。艾伦·塔特说："如果说即使没有莎士比亚，伊丽莎白时代仍然

---

① 余华：《我能否相信自己》，人民日报出版社 1998 年版，第 219 页。

② 余华：《活着》，载《余华作品集（三）》，中国社会科学出版社 1994 年版，第 376 页。

③ 王敏达：《余华论》，上海人民出版社 2006 年版，第 28 页。

④ 早在余华的先锋时期的作品《四月三日事件》中就存在重视结构形式而忽视理想精神、人文关怀在文学中作用的倾向。患受迫害狂的主人公只挂念自身的安危，全然没有鲁迅笔下狂人的启蒙意识。

是英国文学之骄傲的话，那么南方各州的新文学即使没有福克纳也是杰出辉煌的。"① 这话从另一个角度来看，说明了福克纳对南方文学的意义相当于莎士比亚对伊丽莎白时代英国文学的领军作用。如果放在美国文学史上讲，则马尔柯姆·考利在《流放者归来》中说得很明白，包括福克纳在内的一批现代主义作家将从欧洲学来的文学革新最终融入美国文学的传统之中，帮助了美国文学在 20 世纪登顶世界文学之巅。

对于余华这样确已精通现代叙事手法的一流中国作家，我们只能苛求其在融通西方现代技巧与本国文学传统这个历史命题上做得更多。如果在未来的文学史上，先锋文学的作用只是消解了至少还将理想主义奉为宏旨的传统叙事，却被各种被商业化所侵蚀的消费性书写填补了由此形成的真空，这大约也不是一代先锋作家所愿意看到的。

---

① 转引自肖明翰《威廉·福克纳研究》，外语教学与研究出版社 1997 年版，第 1 页。

结　语

福克纳叙事艺术的成就是什么？犹如一千个读者会有一千个哈姆雷特，这个问题难有被一致认同的答案。

布洛特纳曾经总结说，福克纳有两个固定的创作动因，一是对诗歌的深刻喜爱。在我们看来，这帮助他的叙事形成了自己的风格内核。福克纳是从"迷惘的一代"的写作氛围中开始自己的创作实践的，这氛围对他最有益的影响在于将他引上了向欧洲文学艺术学习的道路。新艺术主义绘画、象征主义诗歌、意向派诗歌、意识流小说，这些当时前卫的艺术探索所提供的表达技巧，日后成为他小说中形式实验的主要借鉴对象。在庞杂的学习过程中，对诗歌的热爱和相对内向的性格使得他一直坚守着浪漫主义的传统，南方腹地的成长环境又赋予了他的足以和欧洲文化保持距离的保守思想和乡土题材。这些因素帮助他坚持自我立场，将外国文学的滋养和本土的根基牢固地结合在一起，造就了其优秀作品中特点鲜明的叙述形式：从伊丽莎白时代的庄严独白到黑人土话，他的句子总是携带尽可能多的修饰子句。多变的视角在追求错乱的叙述时空的同时，又保留着让人物如在传统戏剧中那般大段独白的抒情空间。看似不相容地汇聚着传统与前卫风格元素的各个文本部分，最后在源自诗歌的重复性结构法则的捏合下融为有机的整体。独特的艺术形式使得他的叙事比较成功地为南方文学解决了继承与创新、传统与变革之间难以妥协的矛盾，在美国甚至世界文学中自成一格，这是非常了不起的成就。

二是对作家的社会责任的逐步明确。随着创作的深入，福克纳逐渐认识到，"作家应该记录人类的努力，那些经年日久乃至穿越世纪的，为改变苦难与不公的自我升华，作家的责任是讲述真相。""随着他年纪越大，因著作本身而越发获得公众影响力，这个思想就越强烈。"① 社会责任感和正义感使得福克纳对思想主题不断发掘，在意识形态领域进行了深刻而真诚的探索。这种探索的渐进性又同他独特的叙事形式融合在了一起，即如理查德·摩兰德所观察到的，福克纳会主动重复使用某些结构性的内容，但又通过"批判性的审视"对其作出部分修改，使其获得新的生命力，从而在重复中"表现出更高水平的整合性和复杂性"，形成一种修正性重复。② 世系的不同作品之间借助旧题材的再次使用，互文，以及后期作品对早期作品的修改，形成了在重复中体现出修正的独特关系，驱动这一变化的正是他对社会良知的思考。故而这种关系既是思想主题层面的，又是结构形式方面的，以独特的方式将思想性、现实性与艺术性统一在一起，实现了对南方社会最为深入的考察。其影响力，随着对托尼·莫里森等人的影响，最终汇入了 20 世纪 60 年代的民权运动，参与了南方现代意义上的文化自我意识的形成，这是福克纳叙事艺术的另一个了不起的成就。

对中国文学而言，福克纳在这两个方面的成就给我们提供了很好的参考范例。其价值在于，在对本土与外国文化的选择与扬弃中，创作主体如何在自己个性的基础上获得既跳出历史惯性的拘囿又不与普遍的表达经验相去太远的叙述形式，以此构思出的文本既能击破传统的某些僵化之处，又成为其有益的补充？福克纳当年的探索给出了很好的答案。此外，福克纳高度重视对艺术整体性的追求。其创作从最基层的遣词造句开始，经由视角而上升到文本结构直至世系架构的层面，均由基于重复与对称的诗化形式原则一以贯之，其对思想主题的思考与这一架构堪称完美地融合在一起。他的叙事艺术，对于如何实现艺术创作审美性与思想性的统一这个问题，也做出了很好的示范。

20 世纪 70 年代末 80 年代初，以莫言、余华为代表的一批中国作

①　Joseph Blotner，"The Sources of Faulkner's Genius，" in Doreen Fowler and Ann J. Abadie（eds.）*Fifty Years of Yoknapatawpha*，Jackson：University Press of Mississippi，1980，p. 265.

②　Richard C. Moreland，*Faulkner and Modernism：Rereading and rewriting*，Madison：University of Wisconsin Press，1990，pp. 4 - 6.

家用从包括福克纳在内的国外大师那里得到的艺术灵感去反对僵化的文学教条时，文学寻找自身独立性的渴望就已经和书写新的民族寓言的冲动纠缠在了一起。后者从一开始便不自觉地裹挟着现实目的，这使得对外国文学的借鉴很快便离开了文学技巧与美学的范畴，融入社会变革的需要中去了。

其实百年来中国文学始终试图找到一个高度结合文学性与社会功用的新形式，但寻找的最终结果大都是社会功用压倒了美学需要。这种质胜于文的归宿究其原因还是中国社会的现代化进程远未完成，谢冕先生所言的百年忧患也还未弥散。在《红高粱》中作者对于民族语言特质的坚持，对于"种的退化"的忧惧，对于狂欢化结构的选择，无不蕴含着深深的忧虑；在余华的先锋作品中，我们也能感受到对社会现实无法挥去的关注。

中国作家常常不自觉地萦绕于对民族和族群苦难的忧戚悲怆。这忧戚悲怆又反过来赋予他们的作品不同于任何外国作家的视野和寄寓。如果我们将眼光放得再远一点，回味一下中国文学历史上每一次文学革新均以风骨自谓、恢复道统相倡的历程，不难发现文学的改革总是在文学外的旗帜下进行的。抑或对现实的忧患已经成为中国文学审美情趣的一部分，这忧患给了作家们的文本一种集体力度，其间纠葛着反省、焦虑、失落和忧愁，但更多的是一种自新的渴望。

《喧哗与骚动》《押沙龙，押沙龙!》《去吧，摩西》再杰出，也代替不了中国作家们的文本中只有本国读者才能体会的民族气质，只有民族的才是世界的。反过来说，如福克纳当年所做的那样深刻理解和吸收世界文学大师们的艺术优点，才能使本民族的文学传统发展壮大。美国文学借助欧洲经验而实现的崛起已经证明，只有世界的才是民族的。

一个多世纪前，勃兰兑斯在《十九世纪文学主流》的前言中写道："我打算同时对法国、德国和英国文学中最重要运动的发展过程加以描述。这样的比较研究有两重好处：一是把外国文学摆到我们面前，便于我们吸收，一是把我们的文学摆到一定距离，使我们对它获得更符合实际的认识。"外国文学研究的意义与归宿最终还是本国文学，借助对于他人经验或者过失的总结与检讨来为本国文学的生长提供滋养，是这一研究的最终目的。那种沉醉于普世主义幻象中的自我感化对民族文学来说是危险的，因此这种直接或者隐含的比照关系决定了我们的外国文学终究是某种意义上的比较文学。当然也只有在这个意义上，本书对福克纳叙事艺术的研究才有其意义。

福克纳主要作品创作年表

1924 年　　　《大理石牧神》（*The Marble Faun*）诗集

1926 年　　　《士兵的报酬》（*Soldier's Pay*）小说

1927 年　　　《蚊群》（*Mosquitoes*）小说

1929 年　　　《沙多里斯》（*Sartoris*）小说

1929 年　　　《喧哗与骚动》（*The Sound and the Fury*）小说

1930 年　　　《我弥留之际》（*As I Lay Dying*）小说

1931 年　　　《圣殿》（*Sanctuary*）小说

1931 年　　　《这是三篇》（*These* 13）短篇小说集

1932 年　　　《八月之光》（*Light in August*）小说

1933 年　　　《绿枝》（*A Green Bough*）诗集

1934 年　　　《马蒂诺医生》（*Doctor Martino*）短篇小说集

1935 年　　　《标塔》（*Pylon*）小说

1936 年　　　《押沙龙，押沙龙!》（*Absalom，Assalom!*）小说

1938 年　　　《没有被征服的》（*The Unvanquished*）小说

1939 年　　　《野棕榈》（*The Wild Palms*）小说

1940 年　　　《村子》（*The Hamlet*）小说

1942 年　　　《去吧，摩西》（*Go Down，Moses*）小说

1946 年　　　《袖珍本福克纳文集》（*The Portable Faulkner*）作评
选集

1948 年　　　《坟墓闯入者》（*Intruder in the Dust*）小说

1949 年　　　《让马》（*Knight's Gambit*）短篇小说集

1950 年　　　《威廉·福克纳短篇精选集》（*Collected Stories of William Faulkner*）短篇小说集

1951 年	《修女安魂曲》（*Requiem for a Num*）小说
1954 年	《寓言》（*A Fable*）小说
1955 年	《大森林》（*Big Woods*）小说
1957 年	《小镇》（*The Town*）小说
1958 年	《新奥尔良札记》（*New Orleans Skeches*）散文集
1959 年	《大宅》（*The Mansion*）小说
1962 年	《掠夺者》（*The Reivers*）小说

参考文献

英文参考文献：

Abadie, Ann J., ed., *Faulkner, Modernism, and Film*: *Faulkner and Yoknapatawpha*. Jackson: University Press of Mississippi, 1979.

Anderson, Eric G. *American Indian Literature and the Southwest*. Austin: University of Texas Press, 1999.

Ayers, Adward L. *The Promise of the New South*: *Life after Reconstruction*, Oxford: Oxford University Press, 1992.

Bloom, Harold, ed., *William Faulkner's The Sound and the Fury*. New York: Chelsea House Publishers, 1988.

Blotner, Joseph, ed., *Selected Letters of William Faulkner*. New York: Vintage Books, 1978.

Blotner, Joseph, ed., *Uncollected Stories of William Faulkner*, New York: Vintage, 1981.

Blotner, Joseph. *Faulkner*: *A Biography*. London: Chatto and Windus, 1974.

Brooks, Cleanth. *The Yoknapatawpha Country*. Baton Rouge: Louisiana State University Press, 1990.

Brooks, Cleanth. *Toward Yoknapatawpha and Beyond*. Baton Rouge and London: Louisiana State University Press, 1990.

Brooks, Cleath. *William Faulkner*: *First Encounters*. New Heaven and London: Yale University, 1983.

Bryer, Jackson R, ed., *Sixteen modern American authors*. New York: Norton Library, 1973.

Cowley, Malcolm, ed. , *The Portable Faulkner*. New York: Penguin Books, 1980.

Daniel, Pete. *Breaking the Land: TheTransformation of Cotton, Tobacco and Rice Cultures since* 1880, Urbana and Chicago: University of Illinois Press, 1984.

Dudden, Arthur P. , ed. , *American Humor*. Cary: Oxford University Press, 1987.

Duvall, John N. and Ann J. Abadie, eds. , *Faulkner and Postmodernism: Faulkner and Yoknapatawpha*. Jackson: University Press of Mississippi, 1999.

Earl Bassett, John. F*aulkner: An Annotated Checklist of Recent Criticism*. The Kent State University Press, 1983.

Fowler, Doreen and Ann J. Abadie, eds. , *Faulkner and the craft of Fiction*. Jackson: University Press of Mississippi, 1987.

Fowler, Doreen and Ann J. Abadie, eds. , *Fifty Years of Yoknapatawpha*. Jackson: University Press of Mississippi, 1980.

Gray, Richard. *The life of William Faulkner: A Critical Biography*. Cambridge, MA, and Oxford: Blackwell Publishers, 1994.

Hale, Grace Elizabeth. *Making Whiteness: The Culture of Segregation in the South*, 1890—1940, New York: Vintage Books, 2010.

Hamblin, Robert W. and Ann J. Abadie, eds. , *Faulkner in the Twenty-First Century*. Jackson: University Press of Mississippi, 2003.

Harrington, Evans and Ann J. Abadie, eds. , *Faulkner and the short story*, Jackson: University Press of Mississippi, 1990.

Hobson, Fred C. *William Faulkner's Absalom, Absalom! : A Casebook*. Oxford and NewYork: Oxford University Press, 2003.

Hönnighausen, Lothar. *William Faulkner: the Art of Stylization in his early Graphic and literary work*. New York: Cambridge University Press, 1987.

Irwin, John T. *Doubling and Incest/Repetition and Revenge: A Speculative Reading of Faulkner*, Baltimore: Johns Hopkins University

Pressv, 1975.

J. Hoffman, Frederick and Olga W. Vickery, eds., *William Faulkner Three Decades of Criticism*. Ijklmn: Michigan University Press, 1963.

Kartiganer, Donald M. and Ann J. Abadie, eds., *Faulkner at 100: Retrospect and Prospect*. Jackson: University Press of Mississippi, 2000.

Kartiganer, Donald M. and Ann J. Abadie, eds., *Faulkner and Ideology*, Jackson: University Press of Mississippi, 1992.

Kartiganer, Donald, and Ann J. Abadie, eds., *Faulkner and the Natural World: Faulkner and Yoknapatawpha*, 1996. Jackson: University Press of Mississippi, 1999.

King, Richard H. *A Southern Renaissance: The Cultural Awakening of the American South*, 1930—1955. New York: Oxford University Press, 1980.

M. Inge, Thomas, ed., *William Faulkner The Contemporary Reviews*. New York: Cambridge University Press, 1995.

Matthews, John T. *William Faulkner: Seeing Through the South*, Oxford: Wiley-Blackwell Publishing, 2009.

Meriwether, James B. and Michael Millgate, eds., *Lion in the garden: Interviews with William Faulkner* 1926—1962. Lincoln and London: University of Nebraska Press, 1980.

Millgate, Michael. *Faulkner's place*. Athens and London: The University of Georgia Press, 1997.

Millgate, Michael. *The Achievement of William Faulkner*. Athens and London: The University of Georgia Press, 1989.

Millichap, Joseph R. *Dixie Limited Railroads, Culture, and the Southern Renaissance*, Lexington: The University Press of Kentucky, 2002.

Minter, David. *Faulkner's Questioning Narratives*. Urbana and Chicago: University of Illinois Press, 2001.

Moreland, Richrd C. *Faulkner and Modernism: Rereading and Rewriting*. Madison: The University of Wisconsin Press, 1990.

Pearce, Richard. *The politics of Narration: James Joyce, William Faulk-*

ner, *and Virginia Woolf.* New Brunswick and London: Rutgers University Press, 1991.

Pilkington, John. *The Heart of Yoknapatawpha.* Jackson: University press of Mississippi, 1981.

Quirk, Tom. *Nothing Abstract: Investigations in the American Literary Imagination.* Columbia: University of Missouri Press, 2001.

R. Karl, Frederick. *William Faulkner: American Writer,* New York: Ballangine, 1990.

Urgo, R. and Ann J. Abadie, ed., *Faulkner and His Contemporaries.* Jackson: University Press of Mississippi, 2004.

Schmidt, Peter. *Sitting in Darkness: New South fiction, education, and the rise of Jim Crow colonialism,* 1865—1920, Jackson: University Press of Mississippi, 2008.

VoLpe, Edmond L. *A Reader's Guide to William Faulkner.* New York: Straus and Giroux, 1981.

W. Hamblin, Robert, ed., *William Faulkner Encyclopedia.* Westport: Greenwood Publishing Group, 1999.

Wagner-Martin, Linda, ed., *William Faulkner Six Decades of Criticism.* East Lansing: Michigan State University Press, 2002.

Weinstein, Philip M. *Faulkner's Subject: A Cosmos No One Owns.* Cambridge: Cambridge University Press, 1992.

Weinstein, Philip M., ed., *The Cambridge Companion to William Faulkner.* Shanghai Foreign Language Education Press, 2000.

Williamson, Joel. *The Crucible of Race: Black-White Relations in the American South since Emancipation,* Oxford: Oxford University Press, 1984.

中文参考文献：

［英］安德鲁·桑德斯：《牛津简明英国文学史》，谷启楠等译，人民文学出版社 2000 年版。

［比］M. 布洛克曼：《结构主义》，李幼蒸译，中国人民大学出版社
　　2003 年版。

［德］W. 沃林格：《抽象与移情》，王才永译，辽宁人民出版社 1987
　　年版。

［法］保尔·利科：《虚构叙事中时间的塑形》，王文融译，生活·读
　　书·新知三联书店 2003 年版。

［丹］勃兰兑斯：《十九世纪文学主流》，张道真译，人民文学出版社
　　1997 年版。

程锡麟、王晓路：《当代美国小说理论》，外语教学与研究出版社
　　2001 年版。

［美］戴维·明特：《福克纳传》，顾连理译，东方出版中心 1994
　　年版。

［英］戴维·洛奇：《小说的艺术》，王峻岩等译，作家出版社 1998
　　年版。

［美］戴卫·赫尔曼主编：《新叙事学》，马海良译，北京大学出版社
　　2004 年版。

董衡巽等编著：《美国文学简史》，人民文学出版社 2000 年版。

［俄］果戈理：《果戈理全集》第 6 卷，冯春译，河北教育出版社
　　2002 年版。

［德］海德格尔：《路标》，孙周兴译，生活·读书·新知三联书店
　　2004 年版。

［德］黑格尔：《美学》，朱光潜译，商务印书馆 1996 年版。

［美］亨利·詹姆斯：《小说的艺术》，朱雯等译，上海译文出版社
　　2001 年版。

侯维瑞主编：《英国文学通史》，上海外语教育出版社 1999 年版。

［美］杰伊·帕里尼：《福克纳传》，吴海云译，中信出版社 2007
　　年版。

［德］康德：《判断力批判》，韦卓民译，商务印书馆 1964 年版。

拉曼·塞尔登编：《文学批评理论——从柏拉图到现在》，刘象愚、陈
　　永国等译，北京大学出版社 2000 年版。

［美］勒内·韦勒克、奥斯汀·沃伦：《文学理论》，刘象愚等译，江苏教育出版社2005年版。

［美］雷纳·韦勒克：《近代文学批评史》（1—8卷），杨自伍等译，上海译文出版社1997—2007年版。

李赋宁总主编：《欧洲文学史》（共3卷4册），商务印书馆2004年版。

李维屏：《英美现代主义文学概观》，上海外语教育出版社1998年版。

李维屏：《英美意识流小说》，上海外语教育出版社1996年版。

李文俊：《福克纳评传》，浙江文艺出版社1999年版。

李文俊编选：《福克纳评论集》，中国社会科学出版社1980年版。

柳杨编译：《花非花·象征主义》，旅游教育出版社1991年版。

鲁迅、茅盾：《中国新文学大系》（1917—1927）（史料·索引卷），上海文艺出版社1981年版。

［美］梅·弗里德曼：《意识流：文学手法研究》，申雨平等译，华东师范大学出版社1992年版。

莫言、王尧：《莫言王尧对话录》，苏州大学出版社2003年版。

［美］默里·埃利奥特主编：《哥伦比亚美国文学史》，朱伯通等译，四川辞书出版社1994年版。

［德］尼采：《悲剧的诞生》，周国平译，生活·读书·新知三联书店1996年版。

［加］诺思罗普·弗莱：《批评的解剖》，陈慧等译，百花文艺出版社2006年版。

潘小松：《福克纳——美国南方文学巨匠》，长春出版社1995年版。

［法］热拉尔·热奈特：《新叙事话语》，王文融译，中国社会科学出版社1990年版。

［法］萨特：《萨特文论选》，施康强选译，人民文学出版社1991年版。

申丹：《叙述学与小说文体学研究》，北京大学出版社2004年版。

申丹主编：《英美小说叙事理论研究》，北京大学出版社2005年版。

王春元、钱中文主编：《英国作家论文学》，生活·读书·新知三联书店1985年版。

王敏达：《余华论》，上海人民出版社2006年版。

王佐良:《英国诗史》,译林出版社 1997 年版。

[美] 威廉·福克纳:《福克纳随笔》,李文俊译,上海译文出版社
　　2008 年版。

维·什克洛夫斯基:《散文理论》,刘宗次译,百花洲文艺出版社 1997
　　年版。

[意] 维柯:《新科学》,朱光潜译,商务印书馆 1997 年版。

肖明翰:《威廉·福克纳研究》,外语教学与研究出版社 1997 年版。

亚里士多德:《诗学》,陈中梅译,商务印书馆 1999 年版。

杨扬编:《莫言研究资料》,天津人民出版社 2005 年版。

[美] 伊恩·P. 瓦特:《小说的兴起》,高原等译,生活·读书·新知
　　三联书店 1992 年版。

尹国钧:《先锋试验——八九十年代的中国先锋文化》,东方出版社
　　1998 年版。

周宪:《20 世纪西方美学》,南京大学出版社 1999 年版。

朱光潜:《西方美学史》,人民文学出版社 1999 版。

后　记

　　研究福克纳这位古怪而又生机勃勃的作家，是一种充满困难和收获的令人感谢的体验。他的文字之艰涩，作品之复杂，在美国作家中数一数二。初入之时，不得门径，从社会背景、作家个性、人物形象甚至套用新颖理论的角度所做的尝试，常常不得其要领而失之肤浅。直到后来了解到福克纳早年的诗人与绘画爱好者的艺术成长背景，并且认真研习了这些诗、画元素如何融到了他后来的小说写作，才得以理解他成熟时期那些晦涩文字中的抒情咏叹、前卫视角中的浪漫与愤世、怪异结构中诗化风格，以及他对南方最敏感问题的思考是如何与约克纳帕塔法世系的独特结构交融在一起的。这些是理解他全部创作的关键，单纯以他的一两部代表作来讨论又很难洞见。这些文本元素作为有意味的形式所体现的传统与变革间既不破不立又互相依存的关联，以及社会现实与作家之间的影响关系，为我提供了理解福克纳叙事艺术及其文学史地位的路径，并且也获得了与中国作家相比较的角度。至此，我个人对福克纳的认识才豁然开朗，多年收集的关于他个性、生平、创作过程、时代背景的种种资料也只是和这些文本要素结合起来之后，才真正成为文学批评所需要的材料。

　　回望自己的学术成长过程，最应感谢的就是恩师汪介之先生。他始终以充满真知灼见的学术指导和殷切的鼓励扶助着我的成长。早年攻读硕士时，我曾将过多精力放在文学理论的操演上，是先生及时提醒我坚持文学批评的研究方向。在选择研究对象时，我曾以为旁人关注较少的冷门作家是研究的捷径，是先生鼓励我要敢于从事对经典作家的"高峰研究"，虽然出成绩可能会慢些，但走得扎实。刚开始研究福克纳时，我陷入对其创作主题演变的梳理却忽视了他的艺术特色，是先生"脱离了艺术形式的批评不是真正的文学批评"的警策将我领回正确的研究道路。在从事学术研究的重要节点上，我非常幸运能够得到先生高屋建瓴的指导而避免了许多弯路。先生所教导的"文学批评的本质是作品鉴赏，应该坚持以文本解读为核心的批评原则"，也一直是我所遵循的基本研究思路。先生是一位有君子之风的长者，虽然从文章遣词造句的基本功到研究方法、研究思路的习得，他都给予我手把手的指导，并且指明应向哪些学者学习，但他绝少提及自己的作品和成就，尽管先生的著作事实上绝不亚于他向我推荐的前辈，并且深刻影响了我的研究工作。先生谦虚、淡泊的高尚品格尤其令我钦佩。杨莉馨教授在我的求学生涯中亦曾给予过诸多指点与帮助，师兄赵山奎教授和同门卢婧副教授也给过我有价值的学术建议和帮助，多年来我一直心存感激。

著作的完成，要感谢江苏省政府留学奖学金的资助，这项资助使我有机会赴福克纳的母校密西西比大学访学。其间得到了前后两任 Howry Professor（密西西比大学专设的福克纳研究教职）唐纳德教授（Donald M. Kartiganer）和杰教授（Jay Watson）的指导和帮助。唐纳德教授为《哥伦比亚美国文学史》所写的福克纳一节，启发了我从风格入手研究福克纳的最初思路。当时未曾想到日后有机会当面聆听教授的指导，如今他又欣然为本书撰写序言，让人感叹一种超越了国界的学术缘分。杰教授以宽阔的学术视野帮助我掌握了大量有针对性的资料，得以"站在巨人的肩膀上"。本书后半部分研究所具有的某种程度的后结构主义视角，也受益于与杰教授的多次交流。

本书得以出版，有赖南京医科大学科技处同仁的襄助。另外，南京医科大学的冯振卿、徐珊、周建伟三位教授，虽然与我专业方向不同，但他们的学识与修养令人尊敬。他们多年来先后予以我诸多关心与提携，帮助了我的学术成长，在此表示真心的感谢！

最后我要感谢我的家人。开始写作这本书时，我还未成家，如今已是两个孩子的父亲。要特别感谢我的母亲与妻子，家人的支持让我可以全心投入学术工作。我的妻子总是我的第一个读者和批评者，她的语言天赋令我赞叹。没有全家的支持，我断难完成这项艰苦的工作，这本书要献给他们。

　　本书的部分内容曾经在《译林》《外国文学动态》《作家》《南京师范大学文学院学报》等刊物发表，在此亦表示感谢。